DROEMER

MARIE SAND

UND MORGEN WIEDER SCHÖN

ROMAN

DROEMER

Besuchen Sie uns im Internet:
www.droemer-knaur.de

FSC www.fsc.org MIX Papier | Fördert gute Waldnutzung FSC® C014496

Originalausgabe September 2024

Ein Imprint der Verlagsgruppe
Droemer Knaur GmbH & Co. KG, München

Ein Projekt der AVA international GmbH Autoren- und
Verlagsagentur, München. www.ava-international.de

Redaktion: Silke Reutler
Covergestaltung: KRISTIN PANG
Coverabbildung: © Irene Lamprakou / Trevillion Images
Satz und Layout: Adobe InDesign im Verlag
Druck und Bindung: GGP Media GmbH, Pößneck
ISBN 978-3-426-44778-9

2 4 5 3 1

Eitelkeit ist Selbsterhaltungstrieb.
Und das ist gar nicht so ungesund.

Karl Lagerfeld

Berlin, 1979

Ein weißes Tuch über dem Spiegel, die Lampe an der Decke gedimmt, so sollte es sein, so wünschte sich Amanda die Atmosphäre im hinteren Bereich ihres Ladens. Sie zog am schweren Vorhang, teilte mit ihm den Raum. Vorne scherzte sie mit ihren Kundinnen, da durfte sie laut sein, schlagfertiger als manche Berliner Schnauze, auch mal zu Rockmusik mit den Hüften wippen. Hinten aber herrschte Stille. Da gab es nur sie und die andere, selten ein Lachen, eher die Angst vor dem, was das Leben gerade bot. Hinten im Raum roch es nicht nach Haarspray, nicht nach Ammoniak. Das würde die Schleimhäute ihrer besonderen Kundin reizen. Deshalb duftete es nach indischen Ölen, und die Musik, die leise aus dem Lautsprecher kam, beruhigte das Gemüt.

»Kriegen wir das hin?«, fragte die junge Frau vor ihr und fügte trotzig hinzu, dass sie sonst die Chemo abbreche. Dabei rutschte sie tiefer in den Ledersessel und umklammerte die Lehne. »Mein Kind soll eine schöne Mama haben – und keine mit nacktem Schädel. Sie darf all das nicht wissen, deshalb nenne ich nicht meinen Namen.«

»Wie alt ist dein Kind?«

»Ein Töchterchen, sie ist vier und so verliebt in mich.«

»Das ist gut.«

»Wird es gelingen?«

»Klar, wir zwei haben einen Plan. Du wirst nicht haarlos sein. Versprochen. Und abgebrochen wird hier gar nichts! Kotz dir von mir aus die Medizin aus dem Leib, doch deine

Seele hältst du gesund, die trägt dich da durch.« Amanda fuhr mit den Fingern vorsichtig durch die blonden Haare der Frau. Strähnen rieselten hinab. Sie bückte sich, hob jedes einzelne Haar auf, als wäre es ein Faden aus Gold. »Es wird Zeit«, erklärte sie, »länger können wir nicht warten.«

Die junge Frau schloss für einen Moment die Augen, dann öffnete sie sie wieder und bestimmte: »Fangen wir an.«

Amanda drehte die Haare zum Zopf, setzte die Schere nah am Kopf an und schnitt. Sie zeigte keine Regung im Gesicht, denn sie wusste, Mitleid wäre fehl am Platz und aufmunternde Sätze ebenso. Es war eine durch und durch ernste Situation, Worte konnten stören. Sie nahm den Rasierer zur Hand, fuhr über den Kopf. Vor und zurück, vor und zurück, bis sich die Linien in die Musik einfügten wie ein Refrain aus Schmerz und Hoffnung.

In das Surren des Apparates bat die junge Frau: »Nimm das Tuch vom Spiegel. Ich sehe hin, dem Krebs zeig ich's!«

»Gut«, sagte Amanda und legte den Rasierer auf den kleinen Beistelltisch. Sie ließ das Tuch hinuntergleiten, während sie den Blick zur Seite wandte, denn diese ersten Sekunden gehörten der jungen Frau, dem Rendez-vous mit ihrem fremden Ich. *Männer setzen sich eine rattenscharfe Brille auf die Nase und finden sich mit Glatze sexy,* dachte Amanda. *Frauen leiden.*

Dann trafen sich ihrer beider Blicke im Spiegel.

»Ich bin da«, versprach Amanda, »wann immer du mich brauchst.« Und als sie das Zittern in den Schultern bemerkte, wusste sie, jetzt war der Zeitpunkt richtig für eine Umarmung. »Du bist nicht allein«, flüsterte sie. »Atme langsam ein und aus, immer ein und aus.« Und erst als die Schultern der jungen Frau sich entspannten, lockerte Amanda die Umarmung und goss das rote Öl in die Handflächen, massierte es sehr sanft in die ungeschützte Kopfhaut, als wäre die Nacktheit ein Wunder.

»Warum ich?«

Die Frage war zu groß. Niemand kannte die Antwort. Kein Arzt. Kein Priester. Kein Heiler. In keine Klinik passte sie hinein.

»Ich weiß es nicht. Auch nach all den Jahren finde ich kein Muster. Obwohl ich viele, sehr viele Geschichten ähnlich wie deine kenne.«

TEIL I, PARIS

1968 bis 1972

KAPITEL 1

Mai 1968

Mit ohrenbetäubendem Quietschen bremste der Zug in den frühen Morgenstunden im Gare de l'Est. Amanda raffte ihre Sachen zusammen und eilte durch den schmalen Gang zur Tür, als könnte sie den Ausstieg verpassen. Sie hob das Kinn, streckte den Rücken. Um Punkt sechs Uhr morgens setzte sie an diesem denkwürdigen Dienstag den ersten Schritt auf Pariser Boden, stellte die Trainingstasche ab und dachte: *Wahnsinn, fast im Modehimmel angekommen.* Mehrmals rieb sie mit den Handflächen über den Faltenrock. Obwohl eine Kühle sie umfing, schwitzte sie. *Die Nerven, es sind die Nerven.*

Nur wenige Menschen liefen an ihr vorbei, vermutlich Berufspendler oder Reisende, so wie sie eine war. Ihre Gesichter wirkten freundlich, manche noch verschlafen. Amanda aber war hellwach und kniff die Augen zusammen, um alles, wirklich alles in sich aufzunehmen, kein Detail sollte ihr entgehen. Lange hatte sie diesen Moment ersehnt, und endlich war er da. Unter ihren Füßen floss ein Muster aus Licht, über ihr wölbte sich die gläserne Decke des Pariser Ostbahnhofs. Wie oft hatte sie sich vorgestellt, was sie bei diesem Schritt in die neue Zukunft empfinden würde. Hatte überlegt, ob sie vor Rührung weinen, sich aus Angst vor der eigenen Courage schütteln oder ob ein Schauer über ihren Rücken jagen würde, weil alles fremd und doch geplant war? Nichts dergleichen. Nur die feuchten Hände nahm sie wahr und auch die Sorge um ihr Skizzenbuch. Seit dem heimlichen Aufbruch aus Bonn steckte es zwischen Rockbund und Lendenwirbel. Gut so. Es würde ihn beeindrucken. Sie malte sich aus, wie er danach griff, darin blätterte, wie er nickte und bemerkte: »Mon dieu, c'est magnifique.« Schon jetzt spürte sie seine vier Küsschen, seinen Dank nach Pariser Art. Sehr langsam berührte Amanda ihre Wange, fast schien es ihr, als würde diese Stelle glühend. Noch ahnte er nicht, dass sie auf dem Weg zu ihm war, doch das würde sich bald ändern. Sie lächelte. Ein herausforderndes Lächeln, es prickelte auf den Lippen wie ein Lutschen am Brausestäbchen. Fort aus Palmersheim, fort aus dem kleinen Friseursalon der Mutter, in dem die Langeweile ein und aus ging. Grau getönt, spraygefestigt, ohne Fantasie reingeschnitten oder am Hinterkopf toupiert bis zum Spliss. Nicht so ihre Entwürfe, gezeichnet mit weichem Bleistift in zackigen Linien. Nichts Gestricheltes, nichts Nachdenkliches, ihre Skizzen verrieten künstlerische Unbedingtheit. Wie Paris! Sie reckte das Kinn noch höher und schloss die Augen, um dem Klang der Stadt zu lauschen. Sie hörte das leise Sprechen der anderen im Vorübergehen, das Klackern der Schuhsohlen auf Stein, das Rauschen des Straßenverkehrs, sobald sich die Türen der Bahnhofshalle öffneten. Ein Spatz flog nahe der Kuppel und fiepste, jemand schleifte einen Koffer vorbei. Amanda bewegte die Hüften, das war der Swing, den sie wollte, nichts wollte sie mehr, als hier zu sein. In ihrem Kopf gab es ein Straßennetz gefügt aus Gedanken, all die Sehenswürdigkeiten könnte sie tanzenden Schrittes finden: den Eiffelturm, den Pont Neuf, den Louvre, den Jardin du Luxembourg, die Champs-Élysées und die großen Avenuen entlang der prächtigen Fassaden in Saint Germain. Sie war bereit! Sie hatte über ein Jahr lang Französisch gebüffelt, heimlich hatte sie die Volkshochschule zweimal wöchentlich besucht. *Wenn ihr wüsstest, wenn ihr wüsstet von mei-*

nem Plan …, hatte sie gedacht und jede Eventualität berechnet und das lästige Wort *scheitern* aus ihrer Vorstellungskraft gestrichen. Und jetzt sagte sie es laut, weil es endlich zur Wahrheit wurde: »Karl, ich bin dir auf den Fersen.«

Damit hob Amanda die Trainingstasche wieder hoch, zog den Reißverschluss auf und fingerte die alte Zeitschriftenseite heraus. Obwohl sie den Text auswendig kannte, überflog sie wieder die Zeilen, die von Karl erzählten, von dem Deutschen in Paris, von seinem Talent zum Zeichnen und seinem Sinn für Schönheit, und wieder dachte sie: *Der ist wie ich.* Aber sie hatte sich vorgenommen, nichts zu überstürzen. Alles brauchte einen Plan, eine Reihenfolge, wenn es gelingen sollte. Peu à peu, so lautete das Motto: Erst das Zimmer, dann das Auskundschaften, und am Ende stand das Treffen.

Amanda eilte über den Bahnsteig und weiter durch die Halle, durch eine der bogenförmigen Flügeltüren. Als sie auf den Vorplatz trat, verschnaufte sie, denn es stach in ihrer Seite wie nach einem Hundertmeterlauf. Erst da fiel ihr auf, dass sie gesprintet war, dabei sollte sie bedachtsam sein, um keinen Fehler zu machen, auch wenn die Freude auf alles unter den Fingernägeln brannte, so galt es, den Plan einzuhalten. *Erst in die Unterkunft*, bestimmte sie. Ein kleines Zimmer unterm Dach, mitten im Quartier Latin. Perfekt. Die Concierge hatte die Lüge mit der Volljährigkeit geschluckt, und das Zauberwort »Austauschstudentin« hatte ihr die Mietzusage beschert. *Ein bisschen Geflunkere gehört dazu, will man ans Ziel. Hat Karl auch gemacht. Hat es mit dem Alter nicht so genau genommen.* Versonnen schürzte Amanda die Lippen, wie sie es immer tat, wenn sie an den schönen Karl dachte. An dessen perfektes Profil, an die schwarzen Augen und seinen etwas verzogenen Mund, als wollte er sagen: *Noch nicht gewusst? Der König bin ich.* Würde Amanda ihren Traummann zeichnen, er sähe aus wie Karl, hätte dieses unbesiegbare Selbstbewusstsein. Es schien ihm der Stolz in die Wiege gelegt wie der Start in ein ganz und gar wunderbares Leben. Ja, sie kannte seinen Aufstieg, jeder Schnipsel, jede Reportage aus den Magazinen pappte auf der Tapete ihres Kinderzimmers, was die Mutter mit einem Tippen gegen die Stirn und dem Wort *Dötschkopp* kommentierte. In ihre Wiege hatte man weder ein Kuscheltier noch einen schönen Satz gegeben, eher das Naserümpfen der Mutter samt Frage: *Was soll aus dem Panz nur werden?*

Amanda blinzelte gegen die gleißende Helligkeit an, die sich über den Vorplatz des Ostbahnhofs ergoss, und rief sich den Weg in Erinnerung. So oft vorgestellt, so oft mit dem Finger über die Stadtkarte gefahren! Da entdeckte sie das rote Metro-Schild. Inmitten einer vierspurigen Straße prangte es weithin sichtbar. Darauf steuerte sie zu, lief die Treppe hinunter in den Tunnel. Es roch nach abgeriebenem Gummi, nach Schweiß und Parfüm.

Es roch nach Leben.

KAPITEL 2

Was die Einzigartigkeit der Stadt ausmachte, hätte sie nicht in einem Satz benennen können, zu vieles beeindruckte sie. Die Fassaden der Häuser aus hellem Sandstein, in der Sonne leuchtend, die roten Tonschornsteine, wie Blumentöpfe auf den Dächern dekoriert, oder die verschlungenen Wege in den Parks und die Brücken über die Seine – all das verursachte ihr auch Wochen nach der Ankunft Herzklopfen. Amanda wurde nicht müde, das Pariser Leben aufzuspüren. Stundenlang hielt sie sich an einer Tasse Kaffee fest, um den angeregten Gesprächen an den Tischen der Bistros zu lauschen und dabei ihr Französisch zu verbessern. Sie mochte das Gitarrenspiel der Stadtmusiker, wenn die an den Straßenecken ihr Repertoire zum Besten gaben. Und neugierig war sie auf die Clochards. Oft fragte sie sich, an welcher Stelle deren Alltag eine Wende genommen hatte, sodass die Männer und Frauen zwischen Hecken schliefen. Manchmal setzte sie sich auf eine Bank zu ihnen, teilte ihr Baguette, hoffend auf eine Geschichte, aber die Clochards nickten nur und schwiegen. All diese Eindrücke sog Amanda in den ersten Wochen in sich auf. Was ihr missfiel, das war der hektisch lärmende Verkehr. Hatte sie bislang die Ordnung auf den Straßen in Palmersheim, Euskirchen oder Bonn kennengelernt, so kam es ihr vor, als ob es in Paris kaum Regeln gab. Das Rot einer Ampel schien nicht immer zu gelten, und manches Mal sprang Amanda erschrocken zur Seite. Deshalb gewöhnte sie es sich ab, an der Ampel stehen zu bleiben, vielmehr versuchte sie es, den anderen gleichzutun und wartete auf eine Lücke, um zwischen den Autos hindurch auf die andere Seite zu gelangen. Das brachte ihr manchmal ein wildes Hupen ein. *Wie auf einem fremden Stern*, dachte sie und nahm sich vor, sich noch mehr dem Takt der Stadt anzupassen.

Nach solchen Tagen des Auskundschaftens bot ihr das muffige Zimmer in der Rue de la Montagne-Sainte Geneviève ein Refugium, wenn sie sich abends auf der Matratze ausstreckte, die fadenscheinige Decke aus braunem Damast bis zum Hals zog und ihre Erlebnisse sortierte. Ja, sie war angekommen in Paris, aber noch lange nicht am Ziel. Um das zu erreichen, brauchte sie Karl! Nur fühlte sie sich noch nicht gewappnet, um dem Modekönig gegenüberzutreten, ihr Skizzenbuch aufzublättern und zu sagen: »Herr Lagerfeld, das will ich zu Ihrer Mode beitragen! Sehen Sie die Frisuren? Sie müssen wissen, es sind die Haare, die eine Frau unverwechselbar machen. Stoffe und Schnitte sind Beiwerk – die Haare sind die Essenz.« Noch zögerte sie, fragte sich, ob er ihr Anliegen verstehen oder nur belustigt die Nase rümpfen würde angesichts einer jungen Deutschen aus der Provinz. Deshalb wollte sie weitere Gründe sammeln, um Karl zu überreden, dass die Haute Couture eine Haarkünstlerin wie sie brauchte.

Es würde nicht einfach sein, ihn für sich zu gewinnen. Aus den Zeitschriftenartikeln wusste sie um seine Scharfzüngigkeit. Dem Mann war nur mit Überzeugungskraft beizukommen. Aber wie?

Sie suchte in den Schaufenstern der Modeläden entlang den Champs-Élysées, in den angesagten Hochglanzmagazinen, selbst in den Schaukästen der Modelagenturen – und wurde nicht fündig. Was konnte sie vorbringen, das dieser Karl Lagerfeld nicht mit einem herrischen Wedeln der Hand abtun konnte? Da kam ihr eines Abends, es war in jenem vagen Zustand zwischen Wachen und Schlafen, der Louvre in den Sinn. Wie elektrisiert setzte Amanda sich im Bett auf, krallte die Finger in die Decke. *Das ist es! Auf den Gemälden finde ich, was ich suche.* Göttinnen, Bräute, Geliebte, Königstöchter – sie dachte an die Renaissance-Frauen von Botticelli, Michelangelo, Dürer und da Vinci, allesamt in besten Farben gemalt. Wie hatte Amanda an den Lippen der Zeichenlehrerin gehangen, als die erzählt hatte, dass diese Künstler ihre Farben aus gestoßenen Knochen, aus Pflanzen, aus giftigem Blei gewonnen, dass sie ein Vermögen für die Ingredienzen ausgegeben hatten. So viel Läuseblut in einem einzigen Gramm Purpur, um den Zauber zu entfalten. Diesen Männern war kein Weg zu weit gewesen, um das Geheimnis der Schönheit in der Malerei zu lüften. Von Nürnberg aus war Albrecht Dürer losmarschiert, hatte die gefährliche Strecke über die Alpenpässe genommen – wer weiß, vielleicht hatte er hinter jeder Biegung eine Räuberbande vermutet – und sich doch nicht aufhalten lassen. Er wollte damals, um 1500, nach Venedig, und das um jeden Preis, selbst wenn es das eigene Leben gekostet hätte, er hätte die Anstrengungen auf sich genommen, Amanda war sich sicher, um die Nacktheit der Frauen in der Malkunst zu studieren und ihnen Licht und Schatten auf die Körper zu malen – und zwar ohne Marderpelz auf den Schultern und ohne Perlenkette um den Hals. Die pure Schönheit suchten sie alle in Haut und Haaren und im Lächeln eines einzigen Augenblicks.

»Morgen gehe ich ins Museum«, entschied sie. Wenn Dürer auf einem Esel wochenlang für die Kunst über Berge geritten war, dann würde sie ganz Paris erlaufen. *Das mache ich*, dachte sie und stellte sich die Köpfe der Frauen vor, die sie für die Haute Couture bearbeiten würde. Gepflegte Haare mit intakter Schuppenschicht, einzelne Fäden wie

Gold, Pech oder Kupfer, die sich zu etwas Wunderbarem fügten. Wenn die Haare glänzten, dann war die Frau schön. Mit diesen Gedanken kuschelte sich Amanda unter die kratzige Decke und schlief ein.

Die nächste Woche verbrachte sie im Louvre. Punkt neun Uhr stand sie am Eingang und grüßte freundlich das Personal, schritt schnurstracks auf die Gemälde zu, um vor dem Gedränge, das bald einsetzen würde, ruhige Minuten zu finden. Es kam sogar vor, dass sie zu dieser frühen Stunde dort allein war. *Das sind*, so dachte sie, *Momente wie Gottesgeschenke.* Es faszinierte sie das helle Rot der Haare, das Botticelli den Grazien gab. Und der Sog, den Mona Lisa verursachte, bestand für Amanda aus dem perfekten Zusammenspiel von Mimik und Frisur, denn Mona Lisa war keine klassische Schönheit, keine nach Bewunderung strebende Frau. Das Bescheidene betörte. Und als Amanda lange, sehr lange vor diesem Bild stand, da kam ihr gar in den Sinn, dass es der verborgene Schmerz war, den das Lächeln offenbarte und der Mona Lisa eine Unsterblichkeit gab. Wie anders kam Albrecht Dürer in seinem Selbstbildnis als junger Mann daher. Auch hier sinnierte Amanda lange, bewunderte diese Akribie seiner Locken, die sie als Eitelkeit interpretierte und auch als Wertschätzung seiner selbst. Immer wieder ging sie zu diesem Porträt, stellte sich vor, wie aufwendig es im ausgehenden 15. Jahrhundert gewesen sein musste, diese Frisur zu kreieren. *Vermutlich*, so dachte sie, *mit Hitze und Öl, aufgedreht auf kleinen Hölzern.* Bei dieser Vorstellung kicherte sie in sich hinein und zückte ihr Skizzenbuch, um sie nachzuzeichnen.

Am Ufer der Seine arbeitete sie die Details aus, die sie sich eingeprägt hatte. Darunter schrieb sie einen Satz wie ein Versprechen: *Haarkünstlerin will ich werden.* Und das war viel, viel mehr, als eine Friseurin zu sein.

Sie ließ den Blick entlang der Seine schweifen, dort hinten wohnte Karl. Ab sofort würde sie seinen Tagesablauf studieren, nahm sie sich vor und erhob sich vom Steinrand des Ufers, um nach Hause zu spazieren. Da trat ein älterer Mann neben sie, legte seine Hand auf ihre Schulter, sagte: »Ich habe dich beobachtet. Du zeichnest? Ich auch! Hast du Geld für mich?« Der Mann, mit löchrigen Jeans bekleidet, stand ausgemergelt und in Lederlatschen vor ihr, jede Rippe drückte sich durch seine faltige Haut, die an einigen Stellen mit Henna verziert war. Unwillkürlich fing Amanda an, die Rippen zu zählen und dachte: *Der bräuchte mal was Deftiges, ein Schwarzbrot mit Leberwurst oder einen Sauerbraten.* Und als sie nicht antwortete, da fügte er hinzu: »Keine Angst, wir sind doch Kollegen.« Er wies auf ein Bild aus Kreide, grell und in groben Strichen auf das Trottoir gemalt. Eher aus Höflichkeit als aus Überzeugung sagte Amanda: »Das ist gut, wirklich gelungen.« Er aber lachte sie aus, sagte, er wisse, dass sie lüge, und ob sie ihn auf einen Espresso mit Croissant einladen wolle. »Ich bin schon lange hier und lebe auf der Straße. Ganz Paris ist meine Wohnung.« Sie musterte ihn eindringlich, denn bislang hatte sie noch niemand in dieser Art angesprochen, und neugierig geworden auf seine Geschichte, willigte sie ein.

Bis nachts saßen sie am Rande des Louvre in einem Bistro, sahen die Dunkelheit aufziehen, die Lampen aus den Fenstern der Häuser am gegenüberliegenden Ufer der Seine scheinen, sahen die Sterne am Himmel. Der Mann, er nannte sich Antoine, redete davon, dass Paris nie ganz dunkel und nie ganz still wurde, dass in Dakar im Senegal auch nachts die Trommeln schlugen und dass es in der Schweiz eine Höhle gab, die jedes Geräusch schluckte. Überall habe er seine Kreidebilder hinterlassen. Auch wenn der Regen oder der Schnee sie verwischten, so würde doch immer eine kleine Spur von ihm bleiben. Er fuhr sich mit den schmutzigen Händen durchs Gesicht. »Mein Trip rund um die Welt dauert schon zwanzig Jahre. Und? Wie ist es bei dir?« Sie antwortete nicht, weil das Strahlen seiner Augen ihr die Sprache verschlug. *In diesen Augen*, so dachte Amanda, *ist sein Zuhause, seine ganze Vorstellung vom Glück wohnt nur in ihm.*

KAPITEL 3

Zwar war Amanda davon überzeugt, dass Mode eine vergängliche Schönheit bot, doch sie wusste um das Lebensgefühl, das Kleider und Accessoires einer Frau schenkten. Je praller das Portemonnaie, desto farbenfroher das Schweben auf feinen Ledersohlen, mit schicken Taschen am Handgelenk und mit Stoffen, die sich zarter um den Körper schmiegten als die eigene Haut. Auch Amanda war vor diesem Verführerischen der Mode nicht gefeit, ja, manchmal sah sie neidisch den Frauen in engen Kostümen und Absatzschuhen hinterher, wenngleich sie ahnte, dass ihr solch teure Teile nicht standen. Sie war zu klein, ein wenig pummelig, der Saum hinge dann zu tief, die Ärmel müsste sie krempeln und um die Hüften spannte der Bund. Sie hatte es ausprobiert in den ersten Tagen in Paris. »Dieses Kostüm von Christian Dior schmeichelt jeder Frau«, hatte die Verkäuferin erklärt und gleichsam geraten, es eine Nummer größer als üblich zu nehmen. »Die Kollektion ist in diesem Sommer auf Figur geschneidert.« Amanda hatte am Vorhang der Umkleidekabine so lange herumgeruckelt, bis kein Schlitz mehr offen gewesen war, bis die Verkäuferin keinesfalls hineinsehen könnte. Sie hatte sich in die Sommer-Schurwolle gezwängt, ihre Kniestrümpfe bis zu den Fußfesseln runtergerollt, den Bauch eingezogen, bis es stach. *Sieht an mir aus wie ein eingelaufener Putzlappen*, fand sie und wuschelte sich durch die blonden Locken, kniff sich in die roten Wangen und formte ihre vollen Lippen zum Kussmund. Da riss die Verkäuferin den Vorhang zurück, sagte zunächst nichts. Sie trat näher an Amanda heran und flüsterte: »Unbedingt Nylonstrümpfe und Absatzschuhe. Türmen Sie die Haare hoch, falscher Zopf da rein, halbe Flasche Haarspray, vielleicht noch ein bisschen Strass, dann sieht die Sache besser aus.« Amanda hatte kurz überlegt, den Blick vom Spiegelbild zur Verkäuferin wandern lassen und festgestellt: »Mein Stil ist anders, wissen Sie, ich mag's eher locker, weil Haare beim Gehen und beim Lachen schwingen sollen, deshalb mag ich kein Spray.« Sie war mit hocherhobenem Kopf und aufreizender Langsamkeit aus dem Laden stolziert, und dabei war ihr zwischen den Kleidern, so teuer wie ein Monatsumsatz der Mutter im heimischen Friseursalon, ein Gedanke gekommen: *Man darf diese Mode lieben, aber muss sie nicht tragen, um eine Star-Friseurin zu sein.*

Davon würde sie Karl überzeugen. Auch wollte sie ihm erzählen, dass es Frauen gab, denen die klasse Kurven und die optimale Beinlänge nicht gegeben waren, die sich trotzdem an edlen Kleidern nicht sattsehen konnten und insgeheim hofften, da möge einer kommen, um auch für sie etwas mit raffinierten Nähten und einem Schwung im Stoff zu entwerfen, das jedes Pölsterchen verschwinden ließe. »Lieber Herr Lagerfeld, jede Frau will, dass sich andere den Hals nach ihr verrenken. Wissen Sie, Krankenschwestern, Friseurinnen, Studentinnen, Hausfrauen aus Mietkasernen, auch Verkäuferinnen und Sekretärinnen in der Verwaltung träumen von so was.« Er würde das verstehen, Amanda war sich sicher. Und dann würde sie ihm von der angeborenen Schönheit verraten, von den Haaren. Da wollte sie ran, an die Köpfe von Karls Models bei der großen Show, um Frauen auf den Straßen von Paris zu zeigen, wie Mode und Haar eine Symbiose bilden konnten. *Dafür muss ich auf die Showbühne von Chloé!,* dachte sie, und ihr wurde ganz heiß im Nacken. Wenn er es verlangte, würde sie dafür ihre rosafarbene Bluse und den geliebten Karorock ablegen, sich in ein Cocktailkleid reindrehen und Stöckelschuhe tragen, einzig, um neben ihm zu arbeiten. Zwei Künstler aus Deutschland! Ja, sie würde Karl klarmachen, dass der teuerste Fummel nicht wirkte, wenn die Haare wie ausgeleiert hingen. Allmählich nahm ihr Plan Gestalt an. Es wurde Zeit, ihn zu präsentieren! Nur hin und wieder funkte noch die Stimme der Mutter dazwischen: *Lieber Gott, womit habe ich dieses Kind verdient, was habe ich nur falsch gemacht?* Dann verschränkte Amanda die Arme vor der Brust. *Der Mutter und der Heide werd ich's zeigen!* Und doch kam dabei ein Stückchen Heimweh in ihr hoch. Sie drückte es entschieden wieder runter, für so was hatte sie keine Zeit. Nein, ein Zurück nach Palmersheim gab es nicht, eine Ausbildung in Mutters Friseursalon kam nicht infrage. Überhaupt wäre es eine Schmach, reumütig dort wieder anzuklopfen. Die Mutter würde vielleicht lachen, vielleicht zur Ohrfeige ausholen, das wusste man nie, auf jeden Fall würde sie sagen: »Haste nix in der Täsch, biste nix wert. Zieh den Kittel über und rühr die Dauerwelle an.« Wenn Amanda daran dachte, zählte sie das Geld im Brustbeutel nach. Tatsächlich musste sie handeln.

Seit Tagen schon notierte sie Karls Tagesablauf, um den richtigen Moment für das Gespräch zu finden. Nie betrat er das Geschäft von Chloé vor dem frühen Nachmittag, denn vormittags zeichnete er. Da sah sie ihn vom Ufer der Seine aus im ersten Stock seines Appartements sitzen, den Kopf geneigt, keine einzige Bewegung in seinen Schultern. Sie erkannte ihn an den schwarzen Haaren, am blendend weißen Hemd, immer stand das Fenster offen und hob die Sonne um zehn Uhr seine Silhouette hervor. Karls Tage hatten Struktur. Und allmählich erkannte sie, dass solch eine Konsequenz zum Erfolg führte. Wer sich treiben ließ, erreichte kein Ziel, der verlief sich auf seinem Weg. Gerne hätte sie ihrer Schwester Heide von dieser Einsicht erzählt, hätte abends im Bett mit ihr darüber geflüstert, aber Heide war nicht da, die saß fest im Dorf, war dort geboren und würde dort irgendwann einmal sterben. *Nicht mit mir*, dachte Amanda, *meine Welt soll groß sein*! Ihr fiel der Kreidemaler von der Seine ein, der rund um den Erdball seine Spuren hinterließ. Das hatte ihr imponiert, trotz der zerschlissenen Hose und der hervorstehenden Rippen hatte der Mann etwas Schönes an sich. Der war mit sich im Reinen. War sie es auch?

Beleuchtet von dem funzeligen Schein der Nachttischlampe wirkten die Möbel im Dachzimmer noch schräger und spärlicher als bei Tageslicht. Ein Holzschrank, dessen Türen nicht richtig schlossen, ein Tisch mit Stuhl und ein Waschbecken an der Wand, ein erblindender Spiegel darüber. Aber es war sauber und warm im Zimmer und die Aussicht über Paris atemberaubend. Hier könnte sie bleiben, bis die Frauen von Paris erkennen würden: Da gab es eine, die Haarkreationen erschuf wie die begnadeten Modemacher die Klamotten. *Diese Amanda*, würden die Frauen tuscheln, *hat eine Formel für Schönheit gefunden*. Solche Gedanken machten ihr Mut. Dann versenkte sie sich die halbe Nacht in Bücher, die sie bei den Bouquinisten am Seine-Ufer erstanden hatte, las von den mathematischen Berechnungen des großen Leonardo da Vinci, von seinen Regeln zu Proportion und Körperbau. Oder sie verglich in Magazinen Fotos von Sophia Loren mit denen von Claudia Cardinale, auf der Suche nach etwas, das sich nicht in einen Zeitgeist pressen ließ, sondern gültig blieb. Sie sah sich wieder und wieder die ausgeschnittenen, gesammelten, abgehefteten Kreationen der Modeschöpfer an und starrte auf all die Models, die sie vorführten. Und dabei fiel ihr das Unverkennbare von Karls Werken auf, jene mit lockerem Handgelenk gezeichnete Linie, spritzig und leicht, ohne die Schwere einer berechnenden Art. *Bist ein Genie*, dachte sie zärtlich und fuhr mit den Fingerspitzen über die Seiten.

Die Reporter porträtierten den Deutschen in Paris. Ganz wild waren sie darauf, von seinem Talent zu berichten. Wie er zeichnete. Wie er schneiderte. Wie flott er über die Laufstege in Paris, Rom, New York lief, gefolgt von seinen Mannequins mit den launenhaften Gesichtern. Und fast verwegen fühlte sich Amanda, als ihr der Gedanke kam, dass auch sie selbst sich solche Reportagen wünschte. Sie würden davon schreiben, wie sich eine Frau ins richtige Licht rücken konnte. Worauf es ankam, war das Heben des Kopfes, und zwar immer ein bisschen höher als normal. Dann gelang der Auftritt selbst im Kittel. *Kommen wir ins Geschäft, Karl,* dachte Amanda. Es würde kein leichtes Gespräch für sie werden in seiner Schneiderei, das ahnte sie. Auf jeden Fall aber sollte er am Ende durch die Zähne pfeifen und sagen: »Du bist mit allen Wassern gewaschen.« *Ja, Karl, lass uns über Schönheit reden, du und ich. Über die schicken Frauen, die auf zehn Millimeter hohen Absätzen stöckeln, auf Pumps, die ich niemals tragen würde, weil meine Mutter zu oft gesagt hat, einem Trampel wie mir läge der Fuhrmannsschritt in den Genen. Lass uns auch darüber reden, wie die schicken Frauen aussehen, wenn sie barfuß sind, abgeschminkt und mit verquollenen Augen nach dem Aufwachen in ihren Tag starren, hoffend auf die Liebe vom Ehemann, auf ein bisschen Anerkennung von irgendwoher, wenn Sorgen und Ängste auch ihren Blick trüben. Lass uns reden, Karl! Was bliebe, wären die schicken Frauen nackt und schutzlos und ohne deine Kleider. Was, Karl, wäre dann?*

Mit diesen Gedanken setzte sich Amanda auf eine Parkbank und zeichnete ihre Ideen. Sie nahm das Geschmücke weg, strichelte die Natürlichkeit, holte mit Bleistiftlinien hervor, was sich unter Hüten, Seidentüchern und falschen Zöpfen verbarg – die Frechheit auf der Stirn, den Humor in den Augen, die Klugheit in den Mundwinkeln, den Schalk im Nacken, die Würde in der Brust. Sie schenkte den Frauen andere Frisuren, solche, die mit ein wenig Wuscheln und Schütteln in Form fielen, die nicht versuchten, einer kleinen Gestalt mehr Länge zu geben oder hageren Wangen mehr Fülle. Mal herrisch, mal lasziv, mal mit einer Schläue im Blick brachten die Frauen im Skizzenbuch das Gegebene zum Leuchten. Irgendwo zwischen Wahrheit und Täuschung musste die Formel für Schönheit liegen.

Von diesem Gedanken angetrieben, wagte sie sich am frühen Nachmittag endlich auf die Avenue de Montaigne und in die Nähe von Chloé. Sie stellte sich auf der gegenüberliegenden Straßenseite in die Hofeinfahrt, ließ das Haus mit der goldenen Nummer fünfzig nicht aus dem Blick. *Nur nichts überstürzen*, dachte sie und wartete auf den einen Moment, den das Schicksal ihr vor die Füße werfen sollte. Aus dem Halbdunkel der Einfahrt starrte sie hinüber auf das Haus Chloé, sah den schwarzen Rolls-Royce um zwei Uhr vorfahren. Sie wunderte sich, dass Karl trotz Nieselregen eine Sonnenbrille trug, und kurz hatte sie das Gefühl, er blicke schlecht gelaunt zu ihr hin. Da verließ sie der Mut. Vielleicht war es Intuition, vielleicht auch die Angst vor Karls Nein. Zum ersten Mal fürchtete sie, dass ihr Plan an einem seidenen Faden hängen könnte. Würde Karl nämlich mit seiner Hand durch die Luft wedeln, sie hätte keine Alternatividee. Sie setzte alles auf diese eine Karte, aber die, das spürte sie jetzt deutlich, war noch nicht dran, die war noch nicht im Spiel.

In dieser Nacht träumte sie von Frauen in spektakulärer Garderobe. Sah sich hinter Bühnenvorhängen stehen, beflissen mit Kamm und Schere und mit hitzigen Wangen. Sah sich umhüllt von einer Blase aus feinster Seide. Sah sich in dieser Seidenblase hoch und höher steigen. Sie entschwebte der Stadt über den Eiffelturm hinweg, bis die roten Dächer zu Farbklecksen verschwammen, bis diese Blase, in der sie saß und staunte, den zackigen Sternen zu nahe kam und platzte. Und als Amanda hochschreckte und sich umsah, als sie versuchte, diesen Traum zu deuten, da ahnte sie, was sie davon abhielt, Karl zu begegnen. Es war die Einsicht, dass sie etwas Altes zu Ende bringen musste, bevor sie etwas Neuem Raum geben konnte. Das Gespräch mit der Mutter war überfällig. Es galt, der Mutter die Flucht aus Palmersheim endlich zu erklären.

KAPITEL 4

Amanda umrundete die Telefonzelle, es war die einzige in der Nähe ihrer Unterkunft in der Rue de la Montagne-Sainte Geneviève. Die Scheiben waren teils eingeschlagen, teils mit Farbe beschmiert, soweit sie erkennen konnte, stand dort etwas wie: *Seid Realisten. Verlangt das Unmögliche!* Seit Tagen blieb es jedoch ruhig auf den Straßen im Quartier Latin, seit Präsident de Gaulle Neuwahlen angekündigt hatte, herrschte Friede in der Nacht. In den Wochen vor dem Abitur hatten sie in der Schule über die Revolte in Frankreich diskutiert. Amanda erinnerte sich an die Vorhersage der Lehrerin: »Das schwappt noch bis zu uns ins Rheinland.« Auf der Abiturfeier hatte die Lehrerin betont, dass Handwerk goldenen Boden habe und ein Studium manchmal den Geist verdrehe. Amandas Mutter hatte am lautesten applaudiert und ihren Töchtern diesen Satz später wiederholt, wobei sie Amanda streng angesehen hatte: »Ab sofort hörst du mit der Kritzelei in deinem Heft auf. Die Leute tuscheln schon im Dorf. Du lernst Haare zu schneiden im Salon, dann weißt du, was du hast, und kommst nicht auf dumme Gedanken.«

Diese Zurechtweisung fiel Amanda ein. Sie warf trotzdem die Münzen in den Apparat und wählte die Nummer.

»Lennart!«

Die Stimme der Mutter klang ungehalten.

Drama, das wird ein Drama, kam es Amanda in den Sinn.

»Hallo, wer ist denn da?«, fragte die Mutter harsch.

»Ich bin's.«

Schweigen.

»Ich bin in Paris.«

»Ich bin in Paris«, äffte die Mutter sie nach. »Du Dötschkopp! Du kommst sofort zurück.«

»Mutter!«

»Beweg deinen Hintern hierhin, oder ich mach dir so einen Knatsch, dass dir Hören und Sehen vergeht. Einfach abzuhauen!«

Der Wortschwall traf Amanda unvermittelt, mit solch einer Schimpftriade hatte sie nicht gerechnet. Sie wollte sagen, dass sich niemand sorgen müsse. Sie wollte erzählen vom Anfang in dieser Stadt, vom Ankommen und Gewöhnen, von all den Eindrücken. Von dem Grummeln im Bauch, wie eine gute Verheißung, ihr Plan würde gelingen. Doch die Mutter sprudelte ohne Punkt ihre Vorwürfe heraus. Bis Amanda rief: »Ich kann nicht! Ich kann nicht in deinem Salon arbeiten, frisieren wie du und Heide.«

»Dann lernst du das.«

»Nein. Das ist zu klein für mich.«

Die Mutter sog die Luft ein, dann gab sie einen zischenden Laut von sich: »Was heißt hier ›zu klein‹? Stell du mal so was auf die Beine! Wir schuften, bis unsere Füße platt sind, und du machst dich lustig über den Salon? Fräuleinchen, du bist neunzehn, noch nicht volljährig. Du nimmst den nächsten Zug, ich warte am Bonner Bahnhof. So jeck wie du kann man doch nicht sein!«

»Aber wir haben hundert Mal darüber gesprochen. Ich hab doch immer wieder erklärt, wovon ich träume.«

»Bliev op 'm Teppich! Hast einfach Geld genommen.«

»Das war mein Geld.«

»Es war für die Aussteuer.«

»Aber ich will gar nicht heiraten!«

»Aber dich diesem Willy aufdrängen? Peinlich ist das.«

»Nicht Willy, Karl! Bei ihm hat es auch mit dem Zeichnen angefangen. Erster Preis für eine Skizze. Wollmantel.« Sie drückte die Worte heraus, Widerworte, die die Mutter wie Unsinn abwinkte, Amanda konnte sie in der heimischen Küche stehen sehen, vor einem Berg Kartoffeln, vor einer riesigen Schüssel Mayonnaisesoße, die Wiener Würstchen im warmen Wasserbad. An den Montagnachmittagen war die Laune der Mutter schlecht, denn sie vermisste ihre Kundinnen und die Arbeit im Salon, sie fühlte sich zu Hause wie strafversetzt an den Herd, wenn sie die Mahlzeiten für die kommenden Tage vorbereitete und in luftdicht verschließbare Behälter füllte. Dann presste sie ihre Lippen zusammen oder stritt mit jedem, der ihr in die Quere kam, selbst Heide verschonte sie nicht.

Ein Kochtopfdeckel schepperte auf den Boden, und das Fluchen der Mutter folgte zu laut. »Stuss! Haareschneiden ist doch keine Kunst! Du machst die Lehre bei mir und Heide. Basta.«

»Nein!« Amanda umklammerte den Telefonhörer derart fest, dass die Finger schmerzten, fuhr sich mit der anderen Hand über das Gesicht, über den Hals, legte die Hand auf ihr Herz. Es wurde zu eng in dieser Telefonzelle, sie fühlte sich gefangen in diesem Gespräch, deshalb öffnete sie die Tür einen Spaltbreit, um den eigenwilligen Geruch der Straße zu schnuppern. Knoblauch und Espresso vermischten sich mit etwas Modrigem, mit dem Dunst der Müllsäcke, die gestapelt an den Hauswänden standen. Amanda lauschte den Geräuschen. Immer tat sie das, wenn sie zur Ruhe kommen wollte, wenn sie längst im Bett lag, wurden die Klänge der Straße zu ihrer Schlafmelodie – gedämpfte Stimmen von der kleinen Terrasse auf der gegenüberliegenden Straßenseite. Obwohl das Café längst geschlossen war, blieben häufig Menschen dort sitzen, um zu diskutieren, anstatt nach Hause zu gehen. Oder es holperten Lastwagen durch die enge Straße, Männer entluden frühmorgens vor Sonnenaufgang die Waren. Nie wurde es still in diesem Viertel. Kaum hörte sie ein Käuzchen rufen, eine Nachtigall singen wie in Palmersheim. Anfangs hatte sie ihr Dorf inmitten der von Mohnblumen betupften Rapsfelder vermisst. Anfangs hatte sie das Sonnenlicht herbeigesehnt, das auf das Korn hinter Mutters Haus schien und den Ähren alle Nuancen gelber Farben schenkte, gebrochenes Pastell bis Dunkelgold. Bald würden die Strohballen dort liegen, wie oft hatte sie zusammen mit Heide daraus eine Höhle gebaut. Aber die Kindheit war vorüber und das Dorf nicht mehr ihre Welt. Und plötzlich formte sich ein Satz, er kam wie von selbst und völlig unerwartet über Amandas Lippen, er schmeckte süß und tröstlich. Sie hörte sich sagen: »Ich will die versteckten Schönheiten erkennen. Mutter, das ist meine Bestimmung.« Es klang in ihr nach, wurde zum Echo. Ihr Herz überschlug sich, sie atmete flach und schnell, denn sie hatte endlich den Grund gefunden, weshalb es diese lustvolle Unruhe in ihr gab, wenn sie zeichnete. Mit einem Mal wurde ihr klar, weshalb sie den kleinen Salon der Mutter und auch das Rheinland verlassen hatte und sich sauwohl fühlte in Paris. »Die verstehen das hier. Ich bin mir sicher.« Sie wiederholte es, als wäre es eine Tatsache, als wäre die Mutter begriffsstutzig.

»So ein Blödsinn. Versteckte Schönheit, was soll das sein?«, rief die Mutter dazwischen.

»Gut, lassen wir das«, befand Amanda. Und weil sie Frieden wollte, auch wenn sie den Segen der Mutter nicht bekam, schlug Amanda vor: »Kommt doch demnächst zu mir. Besucht mich mal. Sieben Stunden, und ihr seid in Paris! Wir machen es uns nett. Wir passen zu dritt ins Bett.

Das Haus liegt mitten im Quartier Latin. Im fünften Stock. Wenn ich mich auf die Zehenspitzen stelle, sehe ich die Dächer und weiter hinten die Kuppel vom Pantheon!«

Wieder das Scheppern im Hintergrund. Dann stöhnte die Mutter auf: »Du hast en Ratsch em Kappes. Wie dein Vater. Du kommst zurück, oder ich habe ab sofort nur noch eine Tochter, nur noch Heide.«

»Ach, es renkt sich alles ein. Es gibt hier eine Concierge, die kann mir was ausrichten. Ich gebe dir mal die Telefonnummer. Hast du was zum Schreiben?«

Das Kratzen des Stifts war zu hören. »Heide meldet sich.« Dann ein Knacken in der Leitung.

Verdutzt starrte Amanda auf den Hörer. Einfach aufgelegt. Noch nicht mal ein Auf Wiederhören! In ihrem Magen verdrehte sich etwas. Aus der Enttäuschung wurde Trotz. Nie wieder Palmersheim. Nie wieder Handtücher stapeln, Kundinnen Komplimente machen und dabei die Finger im Rücken kreuzen, weil die den Salon so nichtssagend verließen, wie sie ihn betreten hatten. Sie schnappte durch den Spalt der Zellentür nach Luft. Nein, Haare waren für Amanda nicht bloß Fäden aus Keratin, die man einfach abschnitt, fallen ließ, vom Boden fegte und entsorgte. Jedes einzelne gab einen Hinweis auf den Zustand der Seele. Bei Traurigkeit brach es, bei Schmerz wurde es glanzlos, und es verlor seine Strahlkraft, wenn etwas im Leben falsch lief. Unwillkürlich griff Amanda sich in die kurzen blonden Locken, dachte, dass ihre eigenen Haare nie geschmeidiger waren. Obwohl sie in der Fremde wohnte, obwohl ihr Zimmer spärlich eingerichtet war und sich die großblumige Tapete an den Rändern wellte. Obwohl nur kaltes Wasser aus der Dusche im Flur tröpfelte und sie sich besonders abends nach jemandem sehnte, mit dem sie die Erlebnisse des Tages teilen konnte, nahm Amanda etwas Helles in sich wahr.

Sie wischte mit der Hand durch die Luft, wie sie es bei Karl gesehen hatte. Weg mit dem Störenden. »Meist gehen die Dinge gut aus«, murmelte sie.

***

»Amanda! Ici tout de suite«, rief die Concierge. Das Wortgewirr, das folgte, verstand Amanda nur bruchstückhaft. Irgendetwas von *Strafe*, von einer *Ungehörigkeit*, sogar das Wort *Betrügerin* meinte sie zu verstehen. Müde schielte sie auf den Wecker neben dem Eisenbett, sechs Uhr, zu früh für Paris. Durch die geschlossenen Gardinen fiel ein dumpfes Licht. Deshalb zog sie die Decke über den Kopf, dachte, es handle sich um ein Missverständnis, warum sonst sollte die Concierge nach ihr rufen? Aber die trampelte die Stufen hinauf bis zum Dach, an keinem Morgen zuvor hatte sie das getan, und klopfte wuchtig an die Zimmertür. »Ouvre la porte!« Amanda tastete sich aus dem Bett, wuschelte sich durch die Haare, strich das Nachthemd glatt und öffnete die Tür. Was die aufgebrachte Concierge redete, verstand sie kaum. Eher entnahm sie den Gesten, dass es sich um einen Rauswurf handelte, denn die ansonsten behäbige Frau wies auf die Tasche in der Ecke und dann auf Amanda: »On ne veut pas de police ici! Vite, vite, sors! Cinq minutes!« Dabei zog sie den Schlüssel aus dem Türschloss, ließ ihn in die Tasche ihres Kittels gleiten und warf Amanda einen strafenden Blick zu, während sie auf das Bett zumarschierte und die Kissen ausschüttelte. Amanda trat hinter sie, zögerlich berührte sie die Schulter der Frau: »Il y a un problème?« Aber die Concierge schüttelte sich, fauchte: »Ta mère.«

Mutter! In diesem unsäglichen Moment, in dem Amanda kaum bekleidet vor der aufgeregten Madame stand, fiel es ihr wie Schuppen von den Augen: Mutter hatte sie verraten. Hatte gesagt, dass sie nicht volljährig war. Dass sie ohne Erlaubnis hier wohnte, abgehauen war und nach Hause zurückkommen sollte. Das war gestern Abend am Telefon keine leere Drohung gewesen. Sie machte ernst, mehr noch, sie wollte Amandas Glück verhindern. »Nicht mit mir!«, rief Amanda so laut aus, dass die Concierge einen Schritt zurückwich. Deshalb zwang sich Amanda zu einem Lächeln und hob beschwichtigend die Hände. Das alles sei ein Missverständnis. Gleichzeitig pochte die Angst hinter ihrer Stirn, dieses Zimmer zu verlieren und damit ihre ganze Zukunft, die gerade erst begann. Dieser Gedanke trieb ihr Tränen in die Augen. Sie faltete die Hände, bettelte nun ohne Scham wie eine Hungernde um eine Scheibe Brot: »Non, non. Madame. Sie dürfen mich nicht rauswerfen. Ich will bleiben.« Dabei zeigte sie auf den fleckigen Teppich, zeigte auf das geschmacklose Heiligenbild an der Wand, auf die Vase mit den verstaubten Trockenblumen und rief in ihrer Aufregung auf Deutsch: »Das ist mein Zuhause. Verstehen Sie? Sonst ist mein Leben zu Ende!« Die Concierge runzelte die Stirn, verstand kein Wort, aus ihrem Mund kam nur ein unbarmherziges: »Non. Cinq minutes. On veut pas de police.«

Nochmals bat Amanda kleinlaut: »Nur eine Nacht«, und sie hielt den Zeigefinger nah vor den Augen der Madame in die Höhe: »Juste une nuit.«

»Non!«

»Wenigstens noch duschen …« Die Vokabeln fehlten in der Aufregung, ihr Gehirn war plötzlich leer, deshalb wies sie auf das Bad im Flur, stammelte immer wieder: »Pardon Madame, je suis désolée.«

Aber die Concierge hielt fünf Finger hoch, wobei sie Amanda von Kopf bis Fuß nun wortlos musterte. Dann zog sie die Bettwäsche ab und hängte das Plumeau aus dem Fenster. Da schwieg auch Amanda – man musste wissen, wann zu betteln keinen Sinn mehr machte. Sie stopfte flugs ihre Sachen in die Trainingstasche, schalt sich gefühlsduselig, als sie sich noch einmal auf Zehenspitzen an das offene Dachfenster stellte und im Morgenlicht die Kuppel des Pantheons betrachtete. Sie zählte bis drei, weil, wie sie aus Büchern wusste, eine Gegenwart drei Sekunden dauerte. *Vorbei! Meine Zeit hier ist vorbei.* Amanda schwor sich, nie, nie wieder Heimweh zu empfinden, überhaupt nie wieder irgendjemandem von ihren Plänen zu erzählen, denn das brachte Unglück.

KAPITEL 5

Tatsächlich stand Amanda wenige Minuten später ungewaschen und ungekämmt auf der Straße, den schalen Geschmack der Nacht noch im Mund. Sie schleuderte die Tasche auf das Kopfsteinpflaster und hockte sich daneben – wohnungslos, bevor der Tag begann. Gleich würden die Rolltore gegenüber zur Seite geschoben und die Obst- und Gemüsestände vor dem Laden bestückt. Bald darauf würden Männer in kleinen Gruppen vorbeilaufen, die schwarzen Hüte ins Gesicht gezogen, die langen Mäntel wehend wie Schleier. Mütter würden ihre Kinderwagen vor sich herschieben bis zum Jardin de Luxembourg. Das Viertel war Amanda zur Heimat geworden, es kam ihr vor, als würde sie hier schon Jahre leben und nicht erst Wochen. Jetzt gehörte sie nicht mehr dazu. Es gab kein Dach über dem Kopf, kein Bett, kein Bad, keinen noch so schiefen, selbst gezimmerten Schrank für sie. War sie verloren wie die Clochards der Stadt, die ihr bei Spaziergängen begegnet waren? Manche von ihnen stierten mit leerem Blick vor sich hin. Nicht jeder war glücklich wie Antoine. Sie dachte auch an die Tänzerinnen an der Seine, deren Lächeln einfror, wenn sie in den Armen fremder Männer wie kleine verlorene Königinnen schritten und vor dem letzten Klang des Tangos die Hand aufhielten, bittend um ein paar Francs. Amanda hatte sie oft beobachtet, hatte die Grazie bewundert und das Temperament, wenn sie zu blecherner Musik aus dem Kassettenrekorder in den Boden geschwungene Linien malten. *So begnadet und verlassen am Ufer*, hatte sie dann gedacht. Und es kam ihr in den Sinn, dass nur der bettelte, der unterlegen war, der seinen Stolz abschüttelte, um sich verletzbar zu zeigen. Amanda hatte die Concierge angefleht, aber jedes Wort war an ihr abgeprallt. *Dann eben nicht!*, auch sie hatte ihren Stolz. Es gab jenen Punkt, an dem sich Erfolg oder Niederlage entschied, der war jetzt, sie spürte es. Eineinhalb Jahre hatte sie an ihrem Plan gefeilt, da durfte dieser Rauswurf nicht das Ende sein. *Es geht weiter, es gibt einen Weg! Wenn es diese Wohnung nicht sein soll, finde ich eine andere. Wäre doch gelacht.* Sie stand auf, schwang die Tasche über die Schulter, während sie näher an die Fassade des Hauses trat. Fast berührte Amanda den Stein und sog Kühle und Kalk, etwas Bitteres ein. Noch einmal wanderte ihr Blick über die schmiedeeisernen Balkone der Beletage und weiter bis zu den Dachgauben. Aus halb geschlossenen Lidern schienen die Gauben ihr zuzuzwinkern, nicht ohne leisen Spott für sie: »Hast halt Flausen im Kopf, kleines Landei.« Solches Necken könnte sie verstehen. Wo sie herkam, wohnten junge Mädchen im Elternhaus und jagten keinem Modekönig hinterher. »Ich weiß, was ich will, ich weiß, was ich kann!«, rief sie den Gaubenfenstern zu und zupfte die rosa Bluse aus dem Rock, krempelte die Ärmel hoch, um lässiger zu erscheinen. Was zählte, war nicht das Jammern, sondern für sich selbst einzustehen. Ihre Mutter nannte das: dem Schicksal einen Arschtritt geben. Genau das hatte sie vor! Karl würde das verstehen. Wer sonst, wenn nicht er? *Ich bin weit gereist, eigentlich bin ich durchgebrannt, um dich zu treffen. Ich will dir was zeigen, denn ich bin ein bisschen wie du.* Nun gut, er hatte eine reiche Familie im Rücken. Karlchen Glücksklee, Sohn einer Hamburger Unternehmerdynastie. Sie dagegen kam aus kleinen Verhältnissen, vermutlich rümpfte er die Nase über solche wie sie. Dabei verband sie beide der Sinn für die

Schönheit und das Zeichnen! Zack, zack – Ideen wurden zu Linien, raus aus dem Innern, rauf aufs Blatt. Körper und Seele aus Strichen entworfen. Ja, mit Skizzen sollte auch ihre Karriere beginnen. Unwillkürlich tastete Amanda nach dem Skizzenbuch zwischen Rockbund und Lendenwirbel. Würde man es nehmen, dann verschwände ein Stück von ihr selbst. Ihr Schatz aus Papier. Der Griff zum Buch beruhigte sie, gab ihr die Gewissheit, dass niemand – nicht die Concierge und schon gar nicht die Stimme der Mutter über sechshundert Kilometer hinweg – sie aufhalten konnte.

Sie lief hinunter zur Seine und endlich über eine der prächtigen Brücken, achtete nicht wie sonst auf die vergoldeten Figuren, die ihre Schwerter auf beflügelten Pferden in den Himmel streckten, sondern beschleunigte das Tempo, bis sie außer Atem geriet. Auch sah sie den kleinen Brunnen nicht, an dessen Rand sie üblicherweise saß und nachdachte, weil dort das Sonnenlicht ins Wasser floss und Schattenflecken auf dem weißen Grund tanzten. In ihrem Kopf tickte nur der eine Satz: *Heute brauche ich den Termin, denn morgen ist es zu spät.* Was sie zu dieser Vermutung trieb, hätte sie nicht sagen können, es war mehr Gefühl als Wissen. Und es war auch die Erfahrung, dass Chancen flüchtiger vorüberzogen, als man sich danach bücken konnte. Deshalb rannte sie weiter, bog in die Avenue Montaigne ein, hielt inne vor dem schmiedeeisernen Zaun, der wirkte, als hätte man Speere in eine Reihe gestellt. Haus Nummer fünfzig. *Eher abweisend als einladend*, dachte sie und murmelte: »Wo ein Wille, da ein Weg«, weil es gut klang, ein bisschen wie ein Kuss für ein Gelingen.

Während sie ihren Blick fest auf den Schriftzug *Chloé*

heftete, während sie gegen die Tür drückte, rappelte, noch einmal mit ganzer Kraft dagegenstieß, aber die Tür verschlossen blieb, kam ein Portier auf sie zu und fragte, ob sie einen exklusiven Termin zur Anprobe habe, wobei er sie von oben bis unten musterte. Da war er, ihr Moment kurz vor dem Eintreten in diesen Modetempel, rein ins Allerheiligste, ins Atelier von Karl Lagerfeld! Sie fuhr sich mit der Hand über die Stirn, schob die Locken zurück. Lächelte. Amanda hatte sich die Worte hundert Mal zurechtgelegt, hatte Wendungen gelernt, den Charme geübt. Hatte sich vorgestellt, wie die Tür sich öffnete und damit ihre Zukunft. Sie tat einen Schritt vor und wollte aufsagen, was sie auf Französisch vorbereitet hatte, aber vor diesem Portier, der auf sie herabsah, fiel ihr nichts mehr ein. »Bonjour«, stammelte sie und dass sie unbedingt zu Herrn Lagerfeld müsse, sie habe schon viel zu lange gewartet.

»Votre nom?«

»Mademoiselle Lennart. Ich habe Unterlagen für den Chef.«

Da hielt der Mann ihr die offene Hand hin: »Pas de problème, je peux les prendre …«

Nein, dem Mann würde sie das Skizzenbuch nicht geben. Er war nicht sympathisch, auf eine leise Art höhnte er, wie er dastand mit seinem überheblichen Blick, sie prüfend ansah von Kopf bis Fuß, ohne eine Regung zu zeigen. »Das ist etwas Besonderes, das gebe ich nur persönlich ab«, sagte sie entschieden.

Da schnaubte der Mann und setzte an, die Tür zu schließen. Als Amanda keinen Millimeter wich, bemerkte er: »Die tricksen alle, um hier reinzukommen.« Sie wollte sagen, dass sie weder Model war noch eine Muse, dass sie sich für so etwas gar nicht eigne, dass sie eine Friseurin sei, eine Zeichnerin, man könnte auch sagen, eine Künstlerin. Aber sein starres Gesicht verriet ihr, dass es kein Gespräch mehr geben würde. »Alle haben sie Träume!«, flüsterte er. Fast huschte etwas Freundliches über seine Lippen, während er sie vorsichtig auf den Gehweg zurückschob. »Désolé, Mademoiselle Lennart.«

Und weil der Portier sich abwendete und ihr weitere Worte fehlten, um sich zu erklären, kamen die Tränen. Selten hatte sie sich so erbärmlich gefühlt. Die Tasche rutschte ihr von der Schulter. Sie sah an sich hinab, auf ihre Kniestrümpfe, die flachen Sandalen, spürte den zu langen Rock in der Kniekehle und die bis zur Hüfte reichende Bluse, kam sich plötzlich nicht mehr lässig vor, sondern altbacken. Ganz langsam schwand die Kraft aus ihren Knochen und auch der Plan aus ihrem Kopf. *Nur geträumt.* Von einem Mansardenzimmer in Paris. Von einer Zusammenarbeit mit Chloé. Von einem freien, künstlerischen Leben fernab von Palmersheim. Und als sie sich umdrehte, um diesen Ort der Blamage zu verlassen, sah sie in der gegenüberliegenden Hofeinfahrt einen jungen Mann im hellen Anzug und barfuß. Er stopfte eine Plastiktüte in den Abfallbehälter, drückte nach, verschloss den Deckel und fingerte ein großes weißes Tuch aus seiner Hosentasche, um daran wieder und wieder seine Hände abzureiben. Dabei sah er zu ihr hinüber, hob wie zum Gruß das Tuch. Noch gestern hatte Amanda in dieser Einfahrt gestanden, sich an ihre Idee geklammert, der Modekönig würde ihr Unterstützer sein. Vorbei. So lange gehofft, so vieles auf sich genommen, mit der Mutter gebrochen. Und dann das unerbittliche Ende vor der Tür. Der Portier hatte noch nicht einmal gefragt, was sie denn zu bieten hätte, nicht das kleinste Interesse hatte der Mann gezeigt. Sie wischte sich die Tränen mit dem Ärmel ab. Eigentlich konnte es kaum schlimmer kommen. War sie jemals derart enttäuscht worden? Ja, vom Vater. Da war sie zehn und Heide fünfzehn Jahre alt, als der Vater sie an den Küchentisch gerufen hatte, um ihnen mitzuteilen, er gehe fort, gehe in eine andere Stadt, in ein anderes Leben. Er hatte es freudig gesagt, als wäre das eine frohe Botschaft, und unter Amanda hatte sich die Erde aufgetan, gar keinen Halt, keinen Stand, nichts mehr hatte sie gefunden. Und doch war die Welt nicht untergegangen, weil die Mutter sich zusammengerissen hatte, geschuftet hatte für zwei. Immer wieder hatte sie den Töchtern gesagt, man dürfe sich nie, nie unterkriegen lassen, man müsse immer den Kopf oben halten. Deshalb würde Amanda einen neuen Anlauf wagen, der erste Versuch war danebengegangen, aber mit dem zweiten würde sie gewinnen. Sie war an der Situation gescheitert – nicht an ihrem Können: *ungeduscht, wohnungslos,* die Bluse mit Schweißflecken unter den Achselhöhlen, die Kniestrümpfe verrutscht, *so kam keine in den feinen Modetempel.* Und wieder kam ihr in den Sinn, dass äußere Schönheit in Karls Welt den entscheidenden ersten Eindruck machte. Nun, das würde sie beherzigen. Es gab, wie sie gesehen hatte, in Paris Flohmärkte für gute Mode, auch mit wenig Geld ließe sich da was machen. Und sollte sie dann noch immer nicht durch diese Tür marschieren dürfen, dann musste sie eben einen anderen Weg finden, um in Paris die Haarkunst zu erlernen. Ohne Karl. Entschieden winkte sie dem jungen Mann zurück und ging über die Straße auf ihn zu. Der grüßte überraschend in einem akzentfreien Deutsch: »Hallo. Dachtest du wirklich, du kommst da rein? Ich wohne hier und sehe dieses Elend täglich. Junge Mädchen hoffen auf den Durchbruch – und werden weggeschickt.«

»Woher weißt du …«

»Dass du Deutsche bist?« Er faltete das Tuch und steckte es in die Hosentasche. »Die Putzfrau weigert sich, den Müll runterzubringen. Und ich hasse Bakterien. Ich werde ihr kündigen. Du hast übrigens eine scheußliche Aussprache. Nie würde eine Französin so reden, das tut in den Ohren weh. Wenn du willst, kannst du hier reinemachen, zweimal in der Woche. Müllentsorgen inklusive.« Er sprach sie offenherzig an, und sie fand seine Augen zu blau, seine Haare zu blond, die Hände zu zart für einen Mann. Mit seinem langen Zeigefinger deutete er nach oben. »Die Wohnung von meinem Alten ist einfach zu groß. Und Putzen ist nicht mein Ding.«

Was für ein seltsamer Vogel, dachte Amanda, *aber süß*. »Du bist ein Nachbar von Chloé?«

»Sozusagen.« Er streckte den Rücken und grinste sie von oben herab an. »Meine Mutter kauft da ein, wenn sie mal hier ist, meist lebt sie in der Schweiz.«

»Du wohnst mit deinem Vater hier?«

»Ne, der ist in Berlin, Chefarzt.«

»Aha, dann fasse ich mal zusammen: Du bist allein und beobachtest junge Frauen auf der anderen Straßenseite und vergraulst Putzfrauen? Tolle Beschäftigung.«

»Manchmal studiere ich. Medizin. Oder gebe Partys, zu denen niemand kommt, weil die Studenten in meinem Seminar Deutsche nicht leiden können.«

Oder weil du ein verzogener Bengel bist, dachte Amanda und fragte laut: »Kennst du Karl Lagerfeld persönlich?«

»Klar.«

»Okay, ich brauche seine Telefonnummer mit Durchwahl. Dringend.«

»Na, na, nicht so indiskret. Was willst du von ihm?«

»Geheimsache.«

»Dann kann ich nicht helfen. Der Typ ist begehrt. Und vermutlich bist du nicht seine Kragenweite, wenn ich das mal so sagen darf.« Er beugte sich aus ein Meter neunzig

Höhe zu ihr hinunter. »Ich mag den nicht. Nur seine Muckis an den Oberarmen, die hätte ich gerne.«

»Kann man trainieren.«

»Ja, wenn man Zeit hat und nicht vom Alten angetrieben wird wie ein Schlittenhund.« Er fingerte eine Visitenkarte aus der Jackentasche. »Melde dich. Ich zahle fünfzehn Franc in der Stunde auf die Hand. Fürs Putzen. Alles klar?« Damit drehte er sich um und ging zur Haustür. Amanda rief ihm hinterher, er solle Schuhe tragen, denn auch auf dem Gehweg würden sich die Bakterien tummeln. Aber er hob beide Hände wie zur Abwehr – dann kam ihr die Idee. Sie rief: »Einmal putzen für eine Auskunft.« Und sie machte einen Sprung neben ihn, weil das ein Moment des Schicksals sein könnte, warum sonst tauchte der Sohn des Nachbarn von Karl gerade in dieser Minute an den Mülltonnen auf? »Weißt du, wo ich ihn sonst noch erreiche, also ich meine ohne diese Wachmannschaft um ihn herum?«

»Klar, im *Café de Flore*. Da gibt es ein Millefeuille zum Dahinschmelzen«, er schnalzte mit der Zunge und beugte sich wieder zu ihr hin: »Dahin geht der schöne Karl an jedem Mittwochabend und sitzt ab sieben Uhr rechts auf der roten Lederbank an der Wand und verspeist einen Hummer.« Er machte eine Pause, währenddessen er sie eindringlich ansah. »Kapiert? Heute ist Mittwoch … und Donnerstag ist Putztag bei mir.« Er reichte ihr die Hand, sagte, er heiße Ben, Ben Lilienthal, und sie schlug ein, fand seine wirbeligen Haare plötzlich keck, die Stupsnase niedlich, und sie konnte nicht anders, als seine Hand lange zu drücken, weil sie ahnte, diese Minute wäre ein Wandel zum Guten. »Du solltest Klavier spielen, so feingliedrige Finger wie du hast«, lachte sie, und er bemerkte, sie komme ihm irgendwie überdreht vor.

Dass er hinter ihr herrief, er sei kein Klavierspieler, sondern ein Medizinstudent, ob er das nicht erwähnt habe, hörte sie kaum, denn in ihrem Kopf hämmerte es: Jeden Mittwochabend um sieben im *Café de Flore* rechts auf der Lederbank bei einem Hummer.

KAPITEL 6

Die Tanzpaare schoben sich im Tangoschritt entlang des Ufers der Seine, kurvten zwischen Bäumen, die keinen Schatten spendeten, weil die Kronen gestutzt worden waren und sich noch nicht wieder entfaltet hatten an diesem fünften Juni. Deshalb gleißte die Sonne auf den staubigen Boden nahe dem Wasser, und Amanda befürchtete, bis zum Abend einen Hitzschlag zu riskieren, wenn sie am Ufer bliebe, um den Tänzerinnen zuzusehen, wie sie es manchmal tat. Heute aber musste sie frisch und wach bleiben. Zwar wusste sie nicht, ob der Typ im feinen Anzug gelogen und sich einen Spaß gemacht hatte. Aber sie wollte nicht zweifeln, sondern an das Beste glauben, und das Beste war, dass Karl um neunzehn Uhr im *Café de Flore* speiste. Sie strich ihre Bluse glatt und auch den Rock, die rutschenden Kniestrümpfe zog sie aus. Karl, das hatte sie in den Magazinen gelesen, mochte nur adrette Menschen, Ungepflegtes war ihm zuwider. Verstohlen roch sie unter ihren Achselhöhlen und entschied weiterzulaufen, vielleicht einen Park aufzusuchen, einen mit viel Gebüsch, wo es Schatten gab und eine ruhige Ecke, um ein Nickerchen zu halten. Oder sie könnte vor dem Treffen einen Flohmarkt aufsuchen, um ein neues Outfit zu finden, aber diese Idee verwarf sie wieder. Soweit sie wusste, gab es die nur am Wochenende und meist außerhalb der Stadt. *Also Parkbank unter Bäumen*, dachte sie und entfernte sich mit entschlossenen Schritten vom Ufer, als sie ein Schleifen auf Schuhsohlen hinter sich hörte. Eine tiefe Stimme fragte:

»Schon wieder hier?« Eine Hand umfasste sie in der Taille, fuhr weiter über den Rücken. »Na, was haben wir denn da? Ein Tagebuch für schlüpfrige Gedanken?« Blitzschnell packte die Hand unter die Bluse, griff nach dem Skizzenbuch, riss es aus dem Rockbund. Und bevor Amanda registrierte, was da geschah, sah sie, wie eine junge Frau kichernd zum Flussrand lief, während sie durch die Seiten blätterte. »Oh, eine Deutsche, hab ich's mir doch gedacht.« Sie fächelte mit dem Buch über dem Kopf und drehte sich im Kreis, dass die Fransen ihres Kleides wirbelten.

»Halt! Gib das zurück! Sonst …«

»Ja? Was denn, sonst? Zwanzig Franc, oder es ist meins«, rief die Frau, und mit jedem Schritt, den Amanda auf sie zukam, setzte sie wiederum einen Schritt zurück. Ihr Körper war drahtig, sie sprang leichtfüßig daher, es war keine Frage, würde sie mit dem Buch in der Hand flüchten, würde Amanda ihr nicht folgen können. Deshalb blieb sie stehen, dachte nach, dachte an die Concierge, die am Morgen voller Furcht »Pas de police!« gerufen hatte – und das brüllte nun auch Amanda der Tänzerin entgegen, warum, das wusste sie nicht genau. Es war Eingebung oder Hilflosigkeit, vermutlich beides, jedenfalls stoppte die Tänzerin abrupt und antwortete verblüfft: »Ich hab's gewusst, du bist eine von uns. So was rieche ich auf hundert Meter.« Ihre langen rotblonden Haare fielen über die Schultern. Mit schräg gestellter Hüfte stand sie da, bereit, wieder loszulaufen, würde Amanda sich nähern. Ein Träger ihres Kleides hatte sich gelöst, ihre weiße Haut schimmerte wie Porzellan in der Sonne. Sie drückte das Buch gegen ihre Brust und hob das Kinn. »Eine von uns. Erzähl!« Sie drehte eine Pirouette. »Willkommen im Club«, ihr Blick glitt über Amanda, vom Kopf bis zu den Füßen schien sie jede Kleinigkeit zu speichern, als sie fragte: »Kommst du vom Land?« Mit einer unwirschen Handbewegung fügte sie hinzu: »Egal, hier gibt es auch Männer, die auf so was stehen, auf Schulmädchengehabe.« Sie lachte auf, sagte, ihre Sache sei das nicht. Amanda starrte auf diese Haare, irisierend waren die, ein Lichtspiel aus Rot und Gold. Nie hatte sie solch volle, wellige Haare gesehen, sie musste diese Haare zeichnen, unbedingt wollte sie darin fühlen, eine Strähne in ihr Buch kleben wie zum Beweis, dass es diese Pracht tatsächlich gab. Überhaupt kam ihr die Tänzerin vor wie eine Erscheinung. Ihr fiel der Bildband über die ganz Großen der Renaissance ein, über jene Maler, die nach Schönheit geforscht hatten. Es war ihr Lieblingsbuch, seit sie in Paris angekommen war, seit sie im Louvre tatsächlich vor den Gemälden gestanden hatte, blätterte sie darin, um sich faszinieren zu lassen von der komplexen Zeichnung mit Kreisen und Dreiecken und diesem Versuch von da Vinci, den Menschen zu vermessen. Oder sie suchte im Selbstbildnis von Dürer nach diesen Mustern der Harmonie. Jede Seite im Buch könnte sie nacherzählen, und eine hatte ganz besonders ihr Herz gestreift. Die wies mittlerweile Eselohren auf und leider auch Kaffeeflecken, weil Amanda den Blick nicht davon nehmen konnte, nicht beim Frühstück und nicht am Abend vor dem Schlafengehen – darauf die Venus von Sandro Botticelli. Und während Amanda der Tänzerin gegenüberstand, flüsterte sie den Text, von dem sie nicht wusste, aus welcher Feder er stammte: »Die Göttin betritt die Erde, begleitet von Wind und all den Farben der Natur. Mit Haaren, lang und lockig, zu dicken Strähnen gedreht. Fängt damit, was sie begehrt, bringt am Ende nicht die Liebe.« Diesen Bildband hatte sie, das fiel ihr ein, in der Wohnung der Concierge vergessen. Der Tag hatte beschissen begonnen und würde vermutlich ebenso enden. Und diese Tänzerin mit ihrem kehligen Lachen gab ihr den Rest, auch wenn die ihr Theater wohl lustig fand und sich noch immer elegant drehte. Schwankend zwischen Wut und Bewunderung streckte Amanda langsam die Hand aus, drohte: »Gib her, gib mir sofort mein Skizzenbuch zurück, sonst passiert hier ein Unglück.« Sie sagte es ruhig, aber mit Nachdruck, sie war bereit, nach vorne zu springen, es ihr zu entreißen, sie würde um ihr Buch kämpfen. Und erst als die Tänzerin auf sie zukam, sehr bedächtig einen Absatzschuh vor den anderen setzte und dabei die Hüften übertrieben kreiste, ihr das Skizzenbuch hinhielt, da schüttelte es Amanda, als wäre sie aus einem bösen Traum erwacht, und sie sagte nachdrücklich: »Tu das nie wieder.« Aber die Tänzerin beeindruckte das nicht, stattdessen antwortete sie mit einem aufreizenden Lächeln: »Wo die Angst, da die Wunde.« Mit einer Armbewegung wies sie auf die anderen jungen Frauen am Ufer, Frauen, die Wange an Wange, Brust an Brust mit Männern über den Boden schoben. »Wir alle kennen das. Kommen aus Norwegen, England, Spanien, Deutschland. In unserem Gepäck liegen die Träume. Was für dich dieses Buch ist, ist für uns der Tanz, die Schauspielerei oder die Mode. Dafür würden wir uns prügeln, würde man es uns nehmen. Und wir halten zusammen, damit wir nicht verkommen in Paris.« Sie lachte auf. »Wollen wir uns setzen? Drüben auf den Stein unter dem verkrüppelten Baum?« Noch murmelte Amanda: »Ich bin keine von euch«, aber die Tänzerin hob wie zur Abwehr die Hände: »Kein Problem, jede erzählt nur, was sie preisgeben will.«

So saßen sie eine Weile beieinander und schwiegen. Der Stein drückte in die Schenkel, seine gespeicherte Hitze brannte auf der Haut. Verlegen starrte Amanda vor sich hin, sehnte sich nach einem Glas Wasser und nach einer kalten Dusche. Einzig um das Schweigen zu durchbrechen, wiederholte sie: »Ich bin keine von euch.« Ihre Mutter hatte einmal gesagt, man werde wie die Menschen, mit denen man sich umgebe. Und wenn sie sich hier umsah, dann wusste sie eines ganz genau: dass sie am Ufer nicht landen wollte, denn das wäre ein Scheitern auf ganzer Linie.

Vor ihr malten die Tänzerinnen eine Acht in die Erde, warfen ihre Füße in die Kniekehlen, schleiften, stampften, knallten durch den Staub auf den unbefestigten Boden. Es hörte sich an wie davongaloppierende Pferde, lauter und eindringlicher als die Musik aus dem Kassettenrekorder, die sich im Wind verfing. Ihre biegsamen Rücken schienen knochenlos, ihre betörende Beinarbeit machte die Männer in ihren Armen zu Clowns. *Künstlerinnen*, kam es ihr in den Sinn, *und nicht geschätzt.* Hier zeigte Paris ein anderes Gesicht. Hier tanzten Frauen für Geld, gaukelten drei Minuten lang den Männern vor, sie würden sich aus Liebe in den Armen winden, würden nur auf ein Zeichen warten, auch jenseits des Tangos mit ihnen zu verschmelzen.

Als hätte die Tänzerin neben ihr diese Gedanken erahnt, bemerkte sie: »Show gehört dazu. Besser, als eine Kokotte zu sein, aber ähnlich gut bezahlt. Ich bin Catherine. Eigentlich Katrin Schmitz, aber das klingt zu Kölsch.« Sie berührte Amandas Unterarm und grub ihre abgekauten, rot lackierten Fingernägel in den Blusenstoff: »Ich hab noch ein paar Minuten, bis der nächste Kerl kommt. Wenn du willst, bring ich es dir bei. Grundschritte reichen völlig. Mit einer einzigen Verzierung, der liegenden Acht, kannst du Eindruck machen. Nennt man Ocho. Schon mal gehört?« Sie musterte Amanda, auf ihrer Nase bildeten sich kleine Querfalten, und ihr Blick war spöttisch.

»Nein, nein, ich sehe lieber zu. Tanzen ist für mich ungefähr so, als müsste ich einen Teller dicke Bohnen essen«, entschied sie und steckte das Skizzenbuch wieder in den Rockbund.

»Der Tango hat noch jede gepackt«, behauptete Catherine, »und manches Mädchen vor dem Sturz gerettet. Hast du was zu essen in der Tasche?« Ihre Wangen röteten sich, sie habe seit zwanzig Stunden keinen Krumen mehr zu sich genommen und einzig von Wasser könne sie nicht leben.

Amanda kramte einen Apfel hervor. »Ich bin rausgeflogen.«

»Verstehe.«

»Ich zeichne Köpfe. Frisieren ist nämlich kein Handwerk, das ist Kunst, und die beginnt für mich mit einer Skizze.« Sie überlegte und fügte den Satz an, der seit gestern zu ihr gehörte wie der verdrehte Eckzahn auf der linken Seite: »Ich suche nämlich die versteckte Schönheit in jeder Frau.« Kaum war der Satz ausgesprochen, schlug sie sich entsetzt mit der flachen Hand vor den Mund, denn sie redete, obwohl sie es nicht wollte, aber gleichsam merkte sie, wie gut es tat, mit Catherine hier zu sitzen, auch wenn der Stein drückte und sie schwitzte und nicht wusste, wie sie sich für Karl zurechtmachen konnte an diesem Ufer. Aber zu ahnen, dass es noch andere junge Frauen gab, die um ihre Zukunft kämpften, das rief in ihr eine seltsame Sentimentalität hervor.

Catherine sah sie durchdringend an. Die Farbe ihrer Augen verdichtete sich, und auf der Stirn vertiefte sich eine steile Linie. Lange sagte Catherine kein Wort, hielt ihren Blick auf Amanda gerichtet, atmete ein und aus, ein und aus wie ein Metronom im immerwährend selben Takt. Plötzlich kam sie nah an Amandas Gesicht und raunte: »Ich erkenne dich.«

»Wie meinst du das?«

Fast berührte sie mit ihren Lippen Amandas Ohr: »Kennst du deine eigene versteckte Schönheit?«

Amanda schwieg.

Da stieß die Tänzerin hervor: »Du bist ein Elfenwesen.«

Amanda prustete los, das hatte noch niemand über sie gesagt, im Gegenteil, sie war das Pummelchen, so lange sie denken konnte. Aber Catherine wiederholte den Satz und strich mit den Fingern über Amandas Schulter, über ihre Brust, legte die Hand auf die Bluse. Darunter beschleunigte sich Amandas Herz. »Du weißt es, wie dein Herz schlägt, weißt es ganz genau«, sagte Catherine. »Plingpling, plingpling. Und jetzt her mit dem Apfel, besser als nix.«

Amanda zögerte, denn auch ihr Magen knurrte, aber sie wollte nicht kleinlich sein. Außerdem mochte sie Äpfel nicht, überhaupt fühlte sie sich überrumpelt von alldem und wiederholte: »Elfenwesen?« Nein, so was hätte Mutter nicht bestätigt, vermutlich kannte sie noch nicht einmal das Wort. Bodenständig wie sie war, fehlte ihr die Vorstellung davon, ihr Mädchen könnte davonfliegen. Und Amanda stellte sich die Mutter in der Küche vor, die Hände knetend im Fleisch. Sie dachte an Hackbraten! Außen knusprige Kruste und innen weiches Fleisch, gepfeffert, gesalzen, in der Mitte das gekochte Ei. Damit kam das verdammte Heimweh. Nach dem Duft in Mutters Küche. Nach den vollen Regalen im Vorratskeller und vor allem nach ihrem Bett. In Palmersheim gab es ein Dach über dem Kopf, einen Vorgarten hinterm Jägerzaun. Alles quittiert mit zwei Zeilen.

Auf der Rückseite von Mutters Rabattmarkenheft hatte sie an jenem frühen Sonntagmorgen gekritzelt: *Mama, ich fahre nach Paris. Melde mich, wenn ich angekommen bin. Gib mir ein paar Tage Zeit. Ich hab dich lieb.* Die rechte Hand hatte gezittert, aber die Aussicht auf ein spannendes Leben war größer als die Hemmung. Als hätte sie sich selbst einen Schubs gegeben, war sie durch die Tür in den Vorgarten gestolpert und dann die Hauptstraße hinunter bis zur

Bushaltestelle gerannt. Hatte eine Stunde im Gebüsch gehockt, gehofft, dass niemand ihr folgte, bis endlich der Bus angezuckelt kam und der Fahrer sie müde begrüßt hatte.

Sobald der Bus in Richtung Bonner Hauptbahnhof fuhr, weiter und weiter weg von zu Hause, entspannte sie sich. Schon Bonn bedeutete für die Mutter eine Reise mit tagelanger Vorbereitung, und Paris wäre für sie wie der Aufbruch in eine andere Galaxie. Nur hatte Amanda nicht bedacht, dass die Stimme der Mutter auch über sechshundert Kilometer hinweg noch tönte.

Da schubste Catherine sie aus der Erinnerung, gab ihr den angebissenen Apfel und raunte: »Ein Kerl kommt.« In diesem Moment veränderte sich Catherines Gesicht, die Haltung, die ganze Figur dehnte sich auf, angespannte Muskeln malten sich auf den Oberarmen, im Rücken und entlang der Beine ab. Alles an ihr strahlte zu diesem Mann in schlabberigen Cordhosen hin, als wäre der ein Held. Wie die anderen Frauen schlängelte sie sich in seine Arme hinein, die Augenlider niedergeschlagen. Sie umfasste seine Hand, wiegte sich hin und her, bis er einen ersten Schritt setzte und sie ihm folgte. Sie berührte seinen Oberschenkel mit ihrem. Drehte sich von ihm fort und wieder zu ihm hin, die Hüfte kreisend, nun den Mund halb offen, nah an seinem. Die Musik leierte, stoppte und ratschte weiter, und doch schmachtete die Tänzerin, als wäre es ein ungemein betörendes Tango-Konzert. Der Mann zog Catherine näher an sich, drückte zu, kein Blatt passte mehr zwischen ihre Körper. Amanda befürchtete, er nehme ihr die Luft zum Atmen. Ein bisschen ekelte sie sich vor dem Schweiß des Mannes, vor den nassen Flecken auf dem Hemd, und dass er seine Kralle von ihrer Taille nach unten gleiten ließ, fand Amanda unverschämt.

Plötzlich brach Catherine den Tanz ab und schimpfte:

»Ohne Anstand und Führung klappt das nicht.« Damit verlor ihre Haltung an Geschmeidigkeit, und ihr zuvor unterwürfiger Blick wurde herausfordernd, feindselig gar. Sie hielt die Hand auf, zappelte dabei mit den Fingern, und er legte einen Schein hinein, eilte davon wie einer, der sich blamiert hatte und dem die Scham nun folgte. »Zehn Franc, der Geizhals. Davon kann keine Sau überleben«, schimpfte sie hinter ihm her und ließ sich wieder neben Amanda auf den Stein nieder. »Weißt du, das Schlimmste ist nicht die Obdachlosigkeit, es ist der Hunger. Darf ich?« Ohne eine Antwort abzuwarten, griff sie wieder nach dem Apfel, schürzte die Lippen. »Lernst du auch noch kennen, dieses Scheißhungergefühl.« Dabei kniff sie die Augen zu Schlitzen. »Wehe, die kriegen dich«, drohte sie und wirkte gar nicht jung, vielmehr zeichneten sich feine Falten auf der Haut, und Amanda entdeckte in den schmalen Augen etwas Verschlagenes. Ihr Lachen klang zu rau, zu laut, als sie riet: »Mach dich älter. Man muss glauben, dass du volljährig bist. Sonst fackeln die nicht lange. Das Leben auf der Straße ist hart, das halten die wenigsten durch.«

»Ich weiß nicht wohin«, gab Amanda zu.

»Also die erste Nacht. Warum tun wir uns das an? Sag schon, warum bist du hier? Bei mir ist es der Tanz. Moulin Rouge, schon mal gehört? Alles würde ich dafür gegeben, sogar meine Ehre. Ich würde die Beine breit machen. Wirklich!«

»Hast du es versucht?«

»Mindestgröße ist eins fünfundsiebzig. Mir fehlen sieben verfluchte Zentimeter. Aber die werden sich noch die Finger nach mir lecken, die werden merken, dass ich besser bin als alle anderen.« Sie sprang auf und hob die Handflächen zum Himmel. »Das ist mein Zauberwort. Moulin Rouge, das soll mein Zuhause sein, ach was, da will ich zum Star der Bühne werden. Wie ein Stern im muffigen Raum sein. Moulin Rouge. Sprich das mal aus! Moulin Rouge. Wer da ist, der hat es geschafft. Begehrt und bejubelt von den sabbernden Leuten, die ihre Hälse recken, um nacktes Fleisch zu sehen, und doch keine Ahnung haben vom Tanz, von der Akrobatik, vom Training, so intensiv, dass einem mit vierzig vermutlich die Bandscheiben rausklacken. Aber es ist verdammt noch mal mein Traum!«, rief sie über die Seine hinweg und hielt nun inne, als warte sie auf ein Echo. Dann sah sie Amanda an: »Jetzt du. Wie ist deine Geschichte?«

Amanda dachte an die jahrelang geübten Zeichnungen, daran, dass Vertrauensseligkeit ein Feind sein konnte und sie sich doch geschworen hatte, nie mehr irgendjemanden in ihre Pläne einzuweihen. Ein geheimes Vorhaben auszusprechen, verstreute die Energie, die flog schneller fort, als das Herz sie bewahren konnte, deshalb schwieg Amanda noch immer, als Catherine abwinkte und behauptete: »Jeder hat Angst, es könnte nur eine Seifenblase sein, die platzen und …«, sie blies hauchzart in die Luft. »Adieu. C'est la vie.« Noch wollte Amanda entgegnen, dass ihr Vorhaben wahr werden würde. Ein perfekter Plan, da flüsterte Catherine: »Stammkunde. Die Arbeit ruft. Den Typen mag ich nicht, der fummelt, aber was soll's?«

»Dann tanz nicht mit dem!«

»Hat nicht jeder eine Wahl zu jeder Zeit.«

Amanda starrte auf den Mann, der herbeieilte. »Bist du bereit, Süße, für meine Führung?«, grölte er schon von Weitem, als wäre das ein Witz, und bleckte dabei seine Zähne. Über dem Hosenbund wölbte sich der Bauch, die langen Arme reckte er zur Tänzerin hin, er sei heute richtig gierig nach Tango.

Amanda schnaubte: »Eine Wahl hat man immer.« Sie hielt die Tänzerin am Handgelenk fest: »Lass es.«

Mit einer aufreizenden Bewegung schob Catherine sich eine dicke Strähne aus dem Gesicht, dehnte sich ins Hohlkreuz. »Komm heute Abend um elf in die Rue Mouffetard im Quartier Latin. Kennst du das? Warte gegenüber dem Haus mit der Nummer siebenundsechzig. Warte an der Wand, an der langen, fensterlosen Wand«, flüsterte sie. »Allein bist du nachts in Paris verloren.«

Wenn sie später an das Lächeln der ersten Freundin in Paris zurückdenken sollte, würde sie diese schmale Zahnlücke vor sich sehen, würde die Worte noch hören, die sich da durchgezwängt und ihr Mut gemacht hatten: *Wer ganz unten ist, kann nicht tiefer fallen.* Oder: *Die dunkelste Stunde ist vor dem Sonnenaufgang.* Oder: *Wirf dir dein eigenes Licht voraus.* Oder: *Zieh dich selbst aus dem Dreck, verlass dich nicht auf andere.* Jeden dieser Sätze hatte Amanda zwischen ihre Zeichnungen geschrieben, um sich daran in schweren Stunden festzuhalten. Von Catherine und den anderen lernte sie die Lektion, nie – wirklich niemals – aufzuhören, an die nächste Chance zu glauben. Und wenn ihr Jahre später jemand erzählen würde, dass im Leben einzig das Hier und Jetzt bedeutsam wäre, dann würde sie mit der flachen Hand gegen den Spiegel schlagen und sagen: *Nein, so ist es nicht! Das ist eine esoterische Plattitüde.* Das Hier und Jetzt konnte grausam sein! Wer krank und verzweifelt war, der sollte sich nicht an den Augenblick klammern, sondern ihn ziehen lassen, damit ein neuer seinen Platz finden konnte, ein besserer, einer ohne Schmerz und Stigma, und irgendwann mit guter Zukunft.

KAPITEL 7

Wie jemand durch eine Tür trat, ob er den ganzen Fuß kräftig aufsetzte oder lediglich die Schuhspitze vorschob, ließ auf die Großzügigkeit eines Gastes schließen. Das hatte Amanda im Friseursalon der Mutter gelernt. Heide konnte sogar voraussagen, ob und in welcher Höhe ein Kunde Trinkgeld geben würde. Hier am Boulevard Saint-Germain wurden die Schritte mit Nachdruck gesetzt, und die Portemonnaies lagen locker in der Tasche. Man umgab sich gerne mit der Aura des Gönnerhaften. Seit einer halben Stunde beobachtete Amanda die Tür zum *Café de Flore*, wartete auf Karl, aber der kam nicht. Versteckt hinter Platanen fühlte sie sich zunehmend von dem jungen Mann im Anzug veralbert, den sie am Morgen vor den Mülltonnen gegenüber von Chloé getroffen hatte. Warum sollte Karl in diesem überfüllten Café die Zeit totschlagen und einen Hummer essen? Er bevorzugte sicherlich die geheimen Lokale der Stadt, solche mit Sichtschutz und ohne Namen auf der Markise oder verborgen im ersten Stock eines prächtigen Gebäudes. Gerade als sie aufgeben wollte, weil der Kellner seltsam zu ihr hinübersah, weil der Kakao dort drinnen ein kleines Vermögen kostete und sie keinen Centime verschleudern durfte, ruckelte plötzlich eine Dame den Stuhl im gläsernen Vorbau zurecht und gab den Blick ins Innere frei. Da saß er! Auf der roten Lederbank rechts. Amanda kniff die Augen zusammen, stierte durch das Fenster. Ja! Leibhaftig. Sie trat vor die Tür, um sich zu vergewissern, ob das auch wirklich keine Verwechselung war, und sofort sprang der Kellner herbei, um ihr zu öffnen.

Nun gut, so soll es sein, dachte Amanda und streckte den Nacken, wie sie es heute bei den Tänzerinnen am Ufer der Seine gesehen hatte. Es war so weit. Stufe drei ihres Plans. Ihr Moment! Die Stiche im Herzen klangen hell, ein Harfenspiel. Auf einmal fand sie das Café einladend, umarmend gar, und sie nickte dem Kellner zu, wollte, dass es ihre Schritte ins Glück wären, zu lange hatte sie von dieser Begegnung geträumt. »Und es kann doch wahr werden!«, murmelte sie trotzig mit dem Gesicht nach links gewendet, weil sie in dieser Richtung Palmersheim vermutete. Was sollte jetzt noch schiefgehen? Sie zog ihr Skizzenbuch aus dem Rockbund, drückte es liebevoll an ihre Brust. Dann tippte sie sich, weil sie so schnell kein Holz fand, dreimal mit den Fingerknöcheln an die Stirn, was der Kellner mit einem missbilligenden Kopfschütteln bedachte. »Bonsoir Monsieur, je suis là«, freute sie sich und merkte, wie ihr die Röte ins Gesicht stieg, nicht aus Scham wie sonst im Salon der Mutter, wenn die Kundinnen hinter vorgehaltener Hand bemerkten, sie sei ein wenig aus der Art geschlagen, sei ganz anders als Heide, aber dennoch freundlich. Nein, diese Röte kam völlig anders daher, sie brannte nicht, sie streichelte die Haut.

Der Kellner grüßte distinguiert. »Bienvenue, Mademoiselle.« Seine Stimme klang leise, ein unterwürfiger Ton darin, der Amanda missfiel. Mit seinen mandelförmigen Augen musterte er sie, zeigte jedoch keine weitere Regung. Ihr Ziel zum Greifen nah, bestellte Amanda bereits im Türrahmen ein Kännchen Kakao mit Sahne, um gleich darauf zu fragen, ob sie auf der Bank neben Herrn Lagerfeld sitzen dürfe, und mit dem Zeigefinger auf ihn wies. »Da, da will ich hin!«

»Non, Mademoiselle.« Mit harscher Geste wies der Kellner ihr einen Platz weit hinten im schmalen Glasvorbau an. Dass zu protestieren vergeblich war, spürte sie, sah es sogar am Malmen seiner Backenzähne. Daher wagte sie lediglich, einen flüchtigen Blick in den Innenraum auf Karl zu werfen. Da saß er noch immer! Adrett in weißes Hemd und schwarzen Anzug gekleidet. Sein Bart gepflegt und die Haare mit Pomade nach hinten gekämmt. Wie gerne hätte sie einige Schritte hin zu seinem Tisch gemacht, hätte das Skizzenbuch daraufgelegt und ihn gebeten, darin zu blättern. Aber der Kellner würde das verhindern, sein Gesicht wirkte verkniffen, als er auf den Stuhl in der abgelegenen Ecke wies: »Voilà, Mademoiselle.« Sie solle Platz nehmen, er brächte den Kakao, was Amanda ärgerte, denn so ging man mit einem Hund um, wenn der sich unauffällig auf eine Decke hinter den Ofen legen sollte.

Nicht mit mir! Mit dem Rauswurf aus ihrem Zimmer hatte sie heute bereits genügend Schmach empfunden. Das Maß war voll. Und sie war immer noch das Mädchen vom Dorf, dem die Mutter beigebracht hatte, die letzten Brötchen beim Bäcker zu ergattern oder das Fallobst vom Markt für einen Kuchen in der Hosentasche zu verstecken oder sich mit den Nachbarskindern um einen Platz in der Brombeerhecke zu prügeln. *Nie abwimmeln lassen*, das war das Motto in ihrer Familie seit jeher. Deshalb fingerte Amanda jetzt den Brustbeutel aus dem Blusenkragen und zog eine Zwanzig-Franc-Note aus dem mittlerweile schon schmal gewordenen Geldbündel: »Das ist für Sie.« Der Kellner nickte, steckte mit unbewegter Miene das Geld in die Tasche seiner langen gestärkten Schürze, und im Abwenden nuschelte er: »Merci.« Aber Amanda hielt ihn am Ärmel fest, sammelte französische Worte, die nicht ausreichten, um ihr Anliegen zu bekräftigen, und schimpfte deshalb in ihrer Sprache weiter, denn auf Deutsch hatte sie das Entrüsten gelernt, fand darin Worte und Gefühle, bis die Röte im Gesicht nicht mehr streichelte, jetzt brannte und Amanda zu laut rief: »Ich muss da rein!« Mit spitzen Lippen schnippte der Kellner ihre Hand von seinem Ärmel, blieb stur. »Non!«

Da endlich kam die Wut. *Der macht mir meine Chance nicht kaputt*, empörte sie sich und stapfte hinter ihm her bis in den Innenraum, steuerte auf den Tisch von Karl zu, der den Kopf nicht hob, sondern versunken auf eine Serviette zeichnete. Sie stand still, sammelte Spucke im Mund, denn der war trocken. Sie hätte gerne einen Schluck Wasser getrunken, doch für Wünsche war keine Zeit.

»Mein Name ist Amanda Lennart. Ich will Ihnen einen Vorschlag machen.« Sie sprach es zum Boden, zu diesem Gelb und Braun, dem wellenförmigen Mosaik, das drohte, sie zu überschwemmen und in die Tiefe zu ziehen. Dann sah sie zu ihm hin. Sie merkte, dass der Hummer fehlte und Karl keine Brille trug. Sie sagte: »Wegen Ihnen bin ich hier. Denn ein bisschen bin ich wie Sie.«

Karl hob den Kopf, und Amanda dachte, dass sie nie zuvor einen schöneren Mann gesehen hatte. Ausgeformte Lippen, hohe Wangenknochen, die Augen stechend, die Haare wie Satin.

»Pardon?«

»Ich will zu Ihrer Mode die Frisuren entwerfen, denn die Haare der Models sehen aus wie der Staubmopp meiner Mutter! Das ist nicht schön. Das kann ich besser. Wenn Sie erlauben.« Jetzt war es raus, und zu ihrem Unwillen japste sie nach Luft, als hätte sie sich an ihren eigenen Worten verschluckt. Er sah sie an, nicht belustigt, nicht neugierig, sondern abweisend, als wären seine Augen ein Schutzschild gegen Belästigung. Während sie überlegte, ob er sie verstanden hatte, ob sie wiederholen sollte, deutete er auf das Skizzenbuch. Erst da fiel ihr auf, wie sie es umklammerte, wie sie zudrückte, dass die Finger wehtaten.

»Was hast du da?«

»Meine Zeichnungen. Skizzen der Frisuren zu Ihren Shows.«

»Gib her«, sagte er, und seine feingliederige Hand schwebte über dem Tisch. Und wie in Trance reichte sie ihr Buch diesem Mann, der sie freudlos ansah, nicht grüßte, sich nicht bedankte, sondern es ziemlich uninteressiert neben sich auf die Bank legte, um anschließend den Kopf wieder über seine Serviettenzeichnung zu beugen.

Sie wollte ihm sagen, dass es ihr Werk, ihr Schatz sei, dass er sorgsam damit umgehen müsse, weil es kein zweites davon gebe. Sie fühlte sich nackt ohne das Skizzenbuch, strich über ihren Rücken, immer rauf und runter, dort, wo es seit Wochen gesteckt hatte, schienen ihre Lendenwirbel jetzt ohne Stütze. »Herr Lagerfeld, das ist mein Leben.« Ohne aufzusehen sagte er: »Das behaupten sie alle. Komm morgen um drei zu Chloé.«

KAPITEL 8

Die Rue Mouffetard führte von einem Springbrunnenplatz zum anderen, hin und wieder warf eine Straßenlaterne gelbliche Flecken auf das Kopfsteinpflaster. Ausnahmslos Männer hielten sich hier auf. Sie standen in Gruppen, über dem Eingang der Bar hinter ihnen flimmerten bunte Neonbuchstaben: *La Petite.* Es war die Hausnummer siebenundsechzig. Die weißen Kaftane der Männer reichten bis zu den Füßen, manche trugen rotweiße Bänder in den dichten Haaren und Schuhe mit Lederriemen auf dünner Sohle. Sie aßen mit den Fingern aus Papiertüten, lachten, kauten mit offenem Mund, was bei der Mutter streng verboten war. Bewegungslos verharrte Amanda gegenüber an der unbeleuchteten Sandsteinwand, die Catherine beschrieben hatte, keinesfalls sollte man sie entdecken und für ein leichtes Mädchen halten, das um diese späte Stunde auf Männerfang ging. Deshalb atmete sie flach. Obwohl der Magen knurrte, traute sie sich nicht, ein Stück Baguette aus der Tasche zu kramen. *Allein bist du nachts verloren*, hallte es in ihrem Kopf wider, und genauso fühlte sie sich. Irgendwo in der Ferne schlug eine Kirchturmuhr elf Mal, doch von Catherine gab es keine Spur. *Dann eben nicht. Ich werde die paar Stunden auch allein überstehen.* Trotzig versuchte sie, ihre Angst kleinzuhalten. Sie ahnte, würde sie nachgeben, würde diese Angst wachsen bis zur Panik. Allein, auf der Straße bei Nacht. Wer würde merken, wenn sie verschwände? Nein, so durfte sie nicht denken, das blockierte den Verstand. Sie rutschte nun doch mit dem Rücken an der Hauswand hinunter in die Hocke, verdeckte die Augen mit den Fäusten, dachte nach. Sie könnte sich die Nacht in einer Kneipe um die Ohren schlagen, es gab ja genügend in dieser Straße, oder gleich in der Bar gegenüber fragen, ob sie dort in einer Ecke einen Wein trinken und einnicken dürfe bis zum Morgengrauen. Wenn sie die Typen betrachtete, die dort aus und ein gingen, dann war es nicht unwahrscheinlich, dass so etwas vorkam, dass allerdings eine Frau darum bat, würde dem Wirt bestimmt eigenartig vorkommen. Amanda seufzte und fror. Was sollte sie nur tun?

Plötzlich zischte jemand ihren Namen. Sie sprang auf, drehte sich nach rechts und links, spähte ins Dunkel. Wieder zischelte es, fast schrie sie auf, als sich eine Hand um ihr Fußgelenk legte.

»Psst, elf Uhr. Komm runter, wenn keiner guckt.«

»Catherine? Was machst du denn im Gully?« flüsterte Amanda.

»Achte auf Polizei! Wenn die Luft rein ist, zwäng dich durch.«

»Warum?«

»Ich zeig dir, was Paris für solche wie uns bereithält.« Amanda wusste nicht, was die Tänzerin meinte, und sah neugierig in das schwarze Loch, nur durch ein fahles Straßenlicht beschienen. »Ist das die Kanalisation?«

»So ähnlich. Beeil dich und pass auf, die Stufen sind glitschig.«

Da stieg Amanda die eiserne Leiter in die Erde hinab, tastete mit dem Fuß nach dem Grund.

»He, du hast den Gullydeckel vergessen!«, raunte die Tänzerin ihr zu. »Mach schon, sonst fällt jemand rein.«

Amanda versuchte sich zu orientieren, kaum gewöhnten sich die Augen an die Dunkelheit. Anderthalb Meter hoch war das Gewölbe und schmal wie die Gartentonne, in der die Mutter hinterm Haus das Regenwasser auffing, um damit an Sonnentagen die Sträucher zu gießen. Mit gebeugtem Rücken stand Amanda da, blickte in den Tunnel.

»Schließ den Deckel und bleib dann dicht an meinen Hacken.« Catherine knipste eine Taschenlampe an und ließ den Schein über die Wände gleiten: »Wir gehen da lang, pass auf deinen Kopf auf. Heb die Füße nicht vom Boden, du musst sie schleifen«, sie machte es vor, indem sie die Sohlen über den felsigen Untergrund schob, »es gibt Spalten, die sind tief wie die Hölle …« Sie ließ den Satz in der Luft hängen und schlurfte mit der flachen Sohle über Stein. »Siehst du? Nicht anheben. Tangoschritt.« Amanda dachte, sie habe nun keine Wahl, außer der Tänzerin zu vertrauen, deshalb kletterte sie noch mal zwei Stufen hoch und verschloss das Loch. »Alles klar. Wohin gehen wir?«

»In unser Schlafzimmer. Und danach wirst du nie wieder behaupten, jeder hätte eine Wahl zu jeder Zeit. So reden nur die, die nie unten waren.«

Amanda erhaschte den spöttischen Blick der Tänzerin, der ihr bereits am Ufer aufgefallen war, den Blick einer jungen Frau, die schon zu viel gesehen und erlebt hatte, als dass irgendetwas sie noch umhauen konnte. »Wer hungrig ist, der nimmt, was er kriegen kann. Merk dir das.«

Amanda rieb mit den Händen ihren Rock glatt, der nun rostige Flecken vom Abstieg auf der Leiter zeigte. Es war der einzige, der bislang noch sauber und gebügelt gewesen war. All die anderen Kleidungsstücke hatte sie am Morgen achtlos und überstürzt in die Tasche geknüllt, als es in ihr getobt hatte: *Nur weg, weg von der Concierge, bloß nicht weiter um eine Nacht im Zimmer betteln.* Wie könnte sie derart zerzaust Karl gegenübertreten? »Komm morgen um drei zu Chloé«, hatte er gesagt, und sie wollte, dass dieser Satz ein sich erfüllendes Versprechen war, und deshalb beruhigte sie sich, dass ein paar Flecken im Rock kein Hindernis sein konnten, wo es doch um etwas sehr, sehr Großes ging – um den Anfang ihrer Karriere in Paris. Aber erst einmal musste sie diese Nacht einigermaßen unbeschadet überstehen, und wenn die Höhle unter der Erde eine Möglichkeit bot, warum sollte sie sich der verweigern? Entschlossen folgte sie Catherine. Es stank nach Urin und Moder, und an den Wänden wuchs Moos. Kein Geräusch war zu hören, außer dem Schleifen ihrer Schritte und ihrer beider Atem. Mit jedem abschüssigen Meter schienen sich die Gewölbe zu verengen, schien es heißer und sauerstoffärmer zu werden, bis sie vor einem Holztor standen.

»Geschafft. Wir sind da. Hast du gut gemacht, die meisten haben hier unten Platzangst.« Catherine öffnete die schräge Brettertür, und unversehens befanden sie sich in einem Raum mit hoher Decke, bemalten Wänden und mit Matratzen auf dem Boden. »Das Schlafzimmer der Vergessenen«, erklärte die Tänzerin und leuchtete durch den Raum. »Wenn du nicht weißt, wo du schlafen sollst, oder wenn du dich vor der Polizei oder einem Arschloch, das dir an die Klamotten will, verstecken musst: Hier bist du sicher. Das wollte ich dir zeigen, denn allein in Paris, ohne Zimmer und Schutz, ist es ganz und gar nicht lustig.« Catherine setzte sich auf eine der Matratzen. »Die anderen vom Ufer kommen meist später. Und ich habe hier gewohnt, bis Abdel von der Bar gegenüber mir vorletzte Woche die Bude unterm Dach angeboten hat.« Sie zuckte mit den Schultern. »Vermutlich war er mein Retter.« Dann fügte sie wie eine Gönnerin mit erhobenen Armen hinzu: »Ist für dich kostenfrei.«

Amanda wollte Danke sagen, weil man das so tat, wenn jemand ein Geschenk machte. Aber sie brachte nichts über die Lippen. Das Schlafzimmer kam ihr unmenschlich vor, eine feuchte, schimmelige Kammer aus Stein, darüber konnten die Kerzen, die halb vertrockneten Blumen in den Ecken, der Obstkorb, ein Eisenständer, behangen mit Kleidern, und die Wolldecken auf den Matratzen nicht hinwegtäuschen. Es krochen hier unten die Kälte in die Knochen, die Fäulnis in die Lunge. Hier würde sie ihre Träume verlieren und auch den Glauben an sich selbst. Kein Sonnenstrahl am Morgen, kein Schimmer einer Straßenlaterne, der abends durch das Fenster auf ihr Bett fiel, kein Silber des Mondes würde sie sehen, kein Stimmgewirr von der Straße, das durch ein halb geöffnetes Fenster plätscherte, würde sie hören. Nichts würde sie hier an einen beginnenden Tag erinnern, an den Duft von Baguette, an den tropfenden Wasserhahn oder das Klackern der Sohlen einer Mieterin nebenan. Es würde jede Nacht ohne Geräusch vorüberziehen, jeder Morgen im Dunkeln beginnen. Deshalb bestimmte sie: »Auf keinen Fall, hier kann ich nicht bleiben.« Sie raufte sich die Haare, stellte sich kerzengerade hin, streifte mit den Händen entlang der Bluse, des Rocks. Sie war eine Lennart! Keine, die sich verstecken musste. »Eher gebe ich auf, eher fahre ich wieder nach Hause.«

»Du bist undankbar«, entgegnete Catherine und erhob sich von der Matratze, »Aber zurückzugehen, das ist keine Wahl.« Sie kam näher, legte ihre Hand mit Druck auf Amandas Schulter, und ihre Augen glimmten giftig grün. »Weißt du was? Heute pennst du hier, und morgen rede ich mit Abdel. Da ist Platz in der Dachbude. Den wickle ich sowieso um den Finger. Und die Sache mit dem Skizzenbuch erzählst du mir irgendwann bei einem Glas Wein im *La Petite.*« Und war es Amanda bislang gelungen, den Kloß im Hals mit netten Sätzen der Hoffnung runterzudrücken, so platzte er jetzt, und sie weinte Rotz und Wasser. Weil

Karl arrogant gewesen war, weil sie sich gefühlt hatte wie eine vom Dorf und nicht wie eine, die in Paris durchstarten würde. Sie weinte, weil sie sich wie eine verlorene Seele im Erdlabyrinth fühlte, heimatlos. Da legte Catherine beide Arme um sie, sah sie mit einem liebevollen Verstehen an, das sie von der Tänzerin nicht erwartet hätte. Es war ein Blick, den Amanda sich oft von der Mutter gewünscht hatte: tröstend, verstehend, begierig, mehr zu erfahren.

»Erzähl deine Geschichte.« Sie drückte Amanda sanft vor sich her bis zur Matratze in der hinteren Ecke.

»Erst du.«

Catherine nickte, als sie sich setzte und ihre Knie bis zum Kinn zog. Ihre Muskeln traten an den Oberarmen hervor, lange, sehnige Muskeln wie die einer Frau, die täglich dafür trainierte, während ihr Gesicht in einer bemerkenswerten Weise entspannt blieb, als würde sie eine Gutenachtgeschichte erzählen, murmelte sie das für Amanda Unglaubliche: »Ich komme aus der schönsten Stadt der Welt, aus Köln. Das ist meine Stadt am Rhein. Die ist nicht eitel wie Paris, sondern mit weniger Geschmack und Stil. Es gibt kaum Grün entlang der Straßen, die Häuser sind ohne Zierde, schnell gebaut nach dem Krieg. Die Menschen quasseln zu laut, ihr Dialekt für Fremde unverständlich. Die Mode so unscheinbar wie bei einem Sack Kartoffeln. Wenn die Eckkneipen schließen, öffnen die Markthallen, du hörst die Penner vor dem Dom singen, siehst Frauen mit Netzstrümpfen in Hauseingängen locken, wo kein Sperrbezirk ist. Niemand stört sich dran, keiner rümpft die Nase über den anderen. Leben und leben lassen. Aber wehe, einem Kind geschieht ein Leid. Als mein Vater, ein Säufer vor dem Herrn, abends so lange auf mich eingedroschen hat, bis der Holzkleiderbügel zerbrochen ist, als meine Oberschenkel in Blautönen changierten wie ein Gemälde von Gauguin, da ist der Gemüsehändler aus dem Parterre hochgekommen, in der Hand einen Hammer, und hat gedroht: ›Pack der Kleen noch ens aan un du bis dut.‹ Danach hat mein Vater mich nie wieder angefasst.« Ein Räuspern aus Catherines Kehle, kurz hielt sie inne, um dann hart auf die Matratze zu schlagen, dass der Staub in die Luft stob. »Genug. Vorbei. Jetzt bin ich hier.«

»Das ist schlimm. Suchen deine Eltern dich?«

»Nein. Ich bin fast ein Jahr hier am Ufer.« Der Kerzenschein huschte über ihr Gesicht und warf flackernde Schatten. »Meine Mutter ist unter ihm stumm geworden. Sie hat das Neinsagen verlernt. Kann sein, er hat es aus ihr rausgeprügelt.« Catherine hob ihre Schultern: »Egal, es geht weiter. Glaub mir, solange wir atmen, geht es weiter«, da streckte Amanda ihren Arm aus, streichelte über den biegsamen Rücken der jungen Frau neben ihr, die sie erst seit wenigen Stunden kannte. Sie wollte etwas Tröstendes sagen, ihr fiel nichts ein außer: »Auch ich bin aus dem Rheinland. Kann ich was für dich tun?«

»Ha! Was denn? Männer zum Tango ranschleppen? Ne, Schätzchen, lass mal. Jeder muss sich selbst aus dem Dreck ziehen. Merk dir das. Jetzt du. Okay?«

Amanda durchwühlte ihre Tasche nach einem Tuch, um sich kräftig zu schnäuzen. »Paris ist nicht sanft zu mir«, sagte sie. Sie dachte an den Rauswurf durch die Concierge, an Karls matte Augen und die manikürte Hand, die über den Tisch im *Café de Flore* gegriffen, in aller Seelenruhe ihren Schatz genommen hatte. In Palmersheim hätte sie der Schwester mit der Kuchengabel in die Hand gestochen, hätte die nur eine Seite in ihrem Skizzenbuch umgeblättert. Und bei dem fremden Modemann hatten zwei Worte ausgereicht: *Gib her!* Sie war eingeknickt wie ein Schulmädchen. Ja, sie sollte davon erzählen, und vielleicht wäre diese

Tänzerin eine, die verstehen würde. »Okay.« Amanda fingerte eine zerknickte Seite aus der Rocktasche und faltete diese bedächtig auseinander. Catherine nahm die Seite an sich, drehte sie ins flackrige Kerzenlicht und rümpfte die Nase: »Der mit dem Rolls-Royce.«

»Der mit den goldenen Händen. Ich will vom Besten lernen.«

Catherine nickte und forderte in ernstem Ton: »Zeig mir dein Buch!«

»Er hat es.«

Sie riss die Augen auf: »Der arrogante Deutsche? Schon mal was von Ideenklau gehört?«

»Ich soll morgen zu ihm kommen.«

»Aha, zu Chloé. Ich kann dir Klamotten leihen.« Sie fasste Amandas Blusenärmel mit den Fingerspitzen an. »So was kommt da nicht gut an. Baumwolle ist verpönt. Und rosa ist so ziemlich das Letzte, worauf der Typ steht. Ich kenne solche Künstler wie den.«

»Aber das hier sind meine Lieblingssachen, die will ich tragen, darin fühle ich mich wohl.«

»Na dann. Wie gesagt, zieh dich selbst aus dem Dreck«, hauchte Catherine, sie bleibe ausnahmsweise hier, lasse Amanda nicht allein. Damit rollte sie sich auf die Seite und schlief von einer Minute zur anderen ein.

KAPITEL 9

Es war eine Frage der Gewohnheit, dass sie sich erst in die Garageneinfahrt stellte, die Eingangstür zu Chloé beobachtete, bevor sie das rote schulterfreie Kleid in Form zupfte. Mit Salz und kaltem Wasser hatte sie am Morgen in Catherines Dachwohnung versucht, die Rostflecken aus dem karierten Faltenrock zu reiben – ohne Erfolg, die Ränder waren geblieben, kleine hässliche Kreise im Stoff. »Tritt weiblich auf, mach dich älter und vor allem zeig eine gehörige Portion Selbstbewusstsein«, hatte Catherine befohlen und dieses Kleid von der Stange genommen. »Zieh das an, das ist elastisch. Denk dran, Kniescheiben hoch, Bauch rein, Schultern strahlen zur Seite, lass die nicht nach vorne kippen wie die Trottel vom Ufer.« Sie hatte es in solch einem harschen Ton gesagt, dass Amanda tatsächlich gehorchte. »Da wächst du gleich um drei Zentimeter, du weißt, es kommt auf jeden einzelnen an«, bei diesem Satz hatte sie eine Grimasse gezogen. »Im Tango wie im Leben gibt es nie den Gleichschritt. Mal schmachtend, mal fordernd, mal weich, mal deftig. Ist auch bei der Mode so. Das fasziniert.« Und als Amanda in diesem roten Kleid aus dem Bad gekommen war, sich gedreht hatte nach allen Seiten, da hatte die Freundin durch die Zahnlücke gepfiffen: »Zum Anbeißen.«

Wieder richtete Amanda ihre Körperhaltung aus. Statt Baumwollstümpfe mit Durchziehgummi trug sie eine helle Nylonstrumpfhose und statt der Sandalen ein Paar weiße Absatzschuhe mit goldenen Spangen. Die Locken hatte sie mit wenigen Tropfen Olivenöl hinter das Ohr gestrichen und ganz zum Schluss etwas Rosenwasser ins Genick getupft. Sie fühlte sich gewappnet für das Gespräch, für die Begegnung mit Karl. »Knallfarben stehen dir«, hatte Catherine befunden. »Blonde dürfen kein Pastell tragen, dann sehen die weichgespült aus. Wir bummeln demnächst mal über die Flohmärkte.« Und zu Amandas Einwand, dass die meisten Kleider unter den Achselhöhlen spannten, meinte die Tänzerin: »Quatsch. Ich kann jedes Kleid umnähen. Oft reicht es schon, im Rücken ein Stück Stoff rauszuschneiden und es mit einem Glitzerband zu vernähen. Etwas Vorstellungskraft und jede Frau sieht aus wie eine Königin«, versprach sie mit einem Augenaufschlag. Und wie zum Beweis hatte Catherine einige ihrer Kleider aufs Bett geworfen, hatte erklärt, die habe sie teilweise aus den Säcken für die Altkleidersammlung gezogen. »Was die Leute alles wegwerfen! Und jetzt üben wir deinen Auftritt. Du musst immer den nächsten Schritt vorausahnen, ist wie beim Tanzen, sonst verhaspelt man sich im Moment.«

Sie hatten Kaffee getrunken und versucht, sich Antworten und Einwände zurechtzulegen. Wo würde Karl stutzen, wo widersprechen, was wäre der Köder zum Anbeißen? Es hatte Spaß gemacht. Auf einmal war da eine, die sich für Amanda interessierte, die nachfragte, die Vorschläge machte und mit ihrer unverblümten Art dem Ereignis die Gefahr des Scheiterns nahm: »Der ist ein Mensch wie du und ich, und der hat nur so viel Macht über dich, wie du ihm gibst. Kapiert? Geh hin wie eine, die weiß, was sie kann. Der muss dich wollen, dich wirklich wollen. Am besten sag dir einen Satz, der dich da durchträgt. Einen Satz wie: ›Bald bin ich dein Star!‹« Amanda hatte unsicher gelächelt, fand die Tänzerin forsch, so, wie sie selbst es sein sollte.

Und jetzt, in der Garageneinfahrt, merkte sie, dass genau

dieser Satz ihr Mut gab. *Bald bin ich dein Star!* Ja, Amanda fühlte sich bereit für das Treffen mit Karl. Sie zählte, eins, zwei, drei und los, zog den Bauch ein, streckte den Nacken und ging über die Straße, ohne zu trippeln, ohne zu zögern, sondern mit festen Schritten bewegte sie sich auf den Eisenzaun mit den goldenen Spitzen zu, dieses Mal ließ sich das Tor öffnen und kein Portier sprang ihr entgegen, um sie aufzuhalten. Sie ging weiter durch den Vorgarten, Buchsbäume säumten den kurzen Weg bis zum Eingang dieses Modetempels, und wie ein Fixstern leuchtete das Schild *Chloé* ihr von der Fassade entgegen. *Jetzt bloß nicht versauen, jetzt klare Kante zeigen, ich weiß, dass ich gut bin,* dachte Amanda. Sie hätte gerne die Augen geschlossen, sich die motivierenden Sätze des Vorabends laut aufgesagt, auf Holz geklopft oder sich bekreuzigt. Doch schon eilte eine hübsche Frau in einem tadellosen schwarzen Kostüm und hochgesteckten Haaren auf sie zu und fragte freundlich, ob sie helfen könne. Amanda nannte ihren Namen, sie tat es stolz und fügte hinzu: »Monsieur Lagerfeld erwartet mich.« Die Frau nickte bestätigend, sie wisse Bescheid, Amanda solle ihr folgen.

Da betrat sie den Himmel auf Absatzschuhen, blickte zu den Kronleuchtern, zu den Strahlern an den Wänden, fließendes weißes Licht umspielte die Puppen, alle gleich groß, gleich schlank, keine fiel aus der Reihe. Und sie dachte an Catherine, der auch hier einige Zentimeter fehlen würden. Für eine Sekunde störte sie diese Harmonie der Puppen, störte sie das Licht überall. Und doch konnte Amanda nicht anders, als mit den Fingerspitzen über die Stoffe an den Puppen zu fahren. Sie fühlte die Qualität. Keine Fähnchen, sondern stark gewebte Garne, freche Muster darin in Beige und Schwarz, Rauten, Blüten, mutiges Durcheinander, das davon erzählte, dass alles möglich wäre in solchen Kleidern, nämlich Ruhm und Bewunderung. Und sie stellte sich Catherine darin vor, die Füße gelenkig, biegsam der ganze Körper, um diesem Kleid jenen Schwung zu verleihen, den kein Modeschöpfer bestimmen konnte, sondern nur die Trägerin seiner Kreation, sodass die paar fehlenden Zentimeter nicht auffielen, weil sie staunen machen würde in solch einem Kleid. Die Frau tippte auf Amandas Schulter: »Möchten Sie mir folgen?«

»Ich bin ganz beeindruckt von der Kollektion.«

Die Frau flüsterte, sie könne das verstehen, alle hier würden den Meister bewundern für seinen Geschmack, er sei ein wahrer Macher der Schönheit.

»Ja. Stimmt. Und ein kleines Stück bin ich das auch. Wissen Sie, ich entwerfe Skizzen für Frisuren.«

»Ach.«

»Selbst gezeichnet. Monsieur Lagerfeld hat sie bereits gesehen: lange Mähnen, ausgefranst in den Spitzen, gepflegte Lässigkeit und ein bisschen was Wildes. Frisuren müssen Temperamente spiegeln! Eingeschlagene Knoten in langen Nacken, verträumte Flechtkränze weit in die Stirn gezogen, Ponys über den Augenbrauen, um die Gedanken zu verstecken. Locken bis zum Steißbein und zu dicken Strähnen gezwirbelt, immer wieder Bänder im Haar. Nie kurz. Nie gescheitelt. Nie wie bei Männern mit Fassonschnitt …« Dass es derart aus ihr heraussprudelte, mochte an der großen Sensation liegen, endlich mitten im Geschäft von Chloé zu stehen – und das mit eigenem Termin.

»Monsieur hat ein paar Minuten für Sie eingeplant. Wir sollten uns beeilen«, unterbrach die Frau Amandas Redeschwall.

»Ein paar Minuten?«

»Ja, was denken Sie? Er hat zu tun.«

Amanda hatte Jahre auf diesen Moment hingefiebert, hatte sich vorbereitet, ausgemalt, wie es sein würde, mit ihm über das Zeichnen zu sprechen. Es sollte einen Austausch geben, nicht ein hektisches Abfertigen. Amanda wusste nicht, was sie entgegnen sollte, deshalb nahm sie schweigend zwei Stufen auf einmal. Gut, dann eben nur ein paar Minuten. Selbst eine Minute konnte ein ganzes Leben, konnte die ganze Welt verändern, wenn sie richtig genutzt wurde. Sie lief über den dickflauschigen Teppich im ersten Stock, an dessen Ende sich eine mit Leder gepolsterte Tür befand. Die Frau klopfte gegen den Rahmen, wartete einen Augenblick, drückte dann die Klinke herunter, deutete einen Knicks an und wies Amanda einzutreten. Angekommen. Im Reich des Königs. Karl sah sie an, winkte sie an den riesigen Arbeitstisch aus Marmor, während er seine Blätter zusammenschob. Vor ihm lag das Skizzenbuch. Er schwieg, seine Augen undurchdringlich, seine Stirn glatt und die Lippen locker aufeinander. Weder Gefühl noch Gedanken konnte Amanda erahnen. Sie nahm an, sie sollte etwas sagen, weil die Uhr tickte, weil sie eine Mission hatte. Sie suchte nach einem Anfang zum Gespräch, suchte sich zu erinnern an das, was sie mit Catherine geprobt hatte, aber jetzt, vor ihm stehend, fiel ihr all das nicht mehr ein, und nur um dieses Schweigen zu durchbrechen, setzte sie an: »Guten Tag, Herr Lagerfeld, ich komme aus Deutschland, wie Sie.«

»Deutsche gibt es über siebzig Millionen.« Er begutachtete sie. Seine matten Augen bewegten sich nun schnell, und seine Hände schienen plötzlich ungeduldig, denn er griff bereits wieder zum Stapel eigener Zeichnungen.

»So geht es mir auch. Ich kann kaum unterbrechen mit den Skizzen, einer Idee folgt die Idee folgt die Idee«, bemerkte Amanda und zeigte auf die Blätter. »Ich zeichne Tag und Nacht, weil ich so viele Bilder im Kopf habe, die rausmüssen aufs Papier.«

»Ich fördere dich nicht. Warum sollte ich das tun?«, sagte Karl schroff.

Amanda verlagerte ihr Gewicht von einem Bein auf das andere, wusste nicht, was sie machen, was sie antworten sollte, denn mit dieser Direktheit hatte sie nicht gerechnet. War das eine Absage? Ein Test? Ein Täuschungsmanöver? Vorsichtshalber entgegnete sie nichts, denn ein falsches Wort, das spürte sie, und die Sache wäre sofort beendet. Sie fummelte am Kleid herum, obwohl sie das nicht sollte, starrte ihn an und fand ihn atemberaubend und männlich und unnahbar und jetzt wirklich arrogant. Da lag was Abschätziges hinter dem Augenmatt, und seine nach unten gezogenen Mundwinkel verrieten ein kleines bisschen Abscheu. Nun ging sein Blick knapp an ihr vorbei. Er war unhöflich! Ja, die Sache lief schief! Vielleicht lag es am roten Tänzerinnenkleid, vielleicht am Öl in den Haaren, vielleicht mochte er den Duft von Rosenwasser nicht? Wie auch immer, er sollte endlich das Skizzenbuch aufschlagen und zur Sache kommen, denn für sein Urteil über ihre Zeichnungen war sie hier. Sie trat noch immer von einem Fuß auf den anderen, und er bat, sie solle aufhören zu zappeln. »Was genau willst du von mir?«

Da kam ihr Trotz. Sie antwortete: »Mein Skizzenbuch.«

Er nickte: »Gut so. Gib es nicht mehr aus der Hand. Was du zeichnest ist okay, nicht perfekt, durchaus mit Potenzial. Lern weiter. Komm in drei Jahren wieder, dann reden wir.«

»Sie bilden mich nicht aus?«, entfuhr es ihr, worauf er auflachte und zur Tür wies. »Mehr gibt es nicht zu sagen.« Damit hielt er ihr das Skizzenbuch entgegen und auch eine Visitenkarte. »René. Mein Friseur für die Shows. Der soll dir mal was beibringen.« Er überlegte kurz, schrieb etwas auf die Karte, gab sie ihr. »Ist ein Geschenk für dich.«

Wie auf ein Zeichen hin öffnete sich die Tür, die hübsche Frau stand im Rahmen, und Amanda war versucht, einen Schritt auf Karl zuzugehen, zu bitten, dass er ihr eine Chance geben solle, dass sie von ihm, dem Meister höchstpersönlich, lernen müsse, dass sie ein Teil seiner Truppe werden wolle, verantwortlich für die Haare der Models. Immerhin hatte sie seit Jahren der Mutter im kleinen Salon geholfen. Sie kannte die Tricks: Hundert Striche mit Wildschweinborsten am Abend, einmal wöchentlich ein Eigelb auf die Kopfhaut, am Ende einer jeden Haarwäsche einen eiskalten Schauer, anschließend eine Sprühkur aus gekochtem Rosmarinsud.

Kein Wort kam ihr über die Lippen, denn sie sah diese unsichtbare, aber undurchdringliche Wand zwischen ihm und ihr. Deshalb presste sie die Lippen zusammen, nahm ihr Buch und die Visitenkarte. Sie drückte die Knie durch, ging steif zur Tür. Noch einmal drehte sie sich um. Sah ihn wieder gebeugt über einem Blatt Papier, sah ihn stricheln, die Muskeln angespannt, sein Gesicht voller Glanz. Sie zögerte, ihn zu unterbrechen, dachte: *So will auch ich arbeiten, so will ich sein.* Sagte zu laut, dass er erschrak: »Herr Lagerfeld? An Ihrer Stelle würde ich einen Zopf tragen. Im Nacken gebunden mit einem schwarzen Band.«

Er hob den Blick langsam vom Papier, schloss kurz die Augen, ein Lächeln. Karl lächelte sie an.

KAPITEL 10

Oktober 1968

Wie jeden Abend saßen sie in der nordafrikanischen Bar *La Petite* gegenüber der eisernen Leiter, die zum Schlafzimmer der Vergessenen führte. Amanda und Catherine waren mittlerweile Stammgäste. »Wo schöne Frauen sitzen, trinken Männer mehr«, hatte Abdel, der Inhaber, ihnen zugeflüstert. »Das Essen ist für euch umsonst, wenn ihr ein bisschen flirtet.« Catherine hatte ihr kehliges, lang gezogenes Jaaa gehaucht, bevor Amanda nachfragen konnte, was genau er mit dem Angebot meine.

Auch heute an diesem kalten Oktoberabend saßen sie am Tresen, bestellten Mansaf mit Fladenbrot und zwei Glas Wein. Draußen schaukelten die bunten Lampions unter der Markise, und Nieselregen verschleierte die Scheiben. Innen kroch die Gemütlichkeit durch den engen Raum, eine wohlige Wärme drang aus der Küche, es roch nach fremden Gewürzen, die Amanda nicht kannte und deren Duft sich über sie legte wie eine kuschelige Wolldecke. Die Männer tranken Bier und Anisschnaps, palaverten, machten Witze oder schwärmten gestenreich, vermutlich von der Heimat fernab, wo die Familie auf sie wartete oder wohin sie nicht zurückkehren wollten. Eines einte sie alle: die Hoffnung auf ein besseres Leben. Anfangs hatte Amanda Abstand zu den Männern gehalten, hatte nur das Nötigste mit ihnen gesprochen, weil ihre Stimmen sehr laut, ihre Blicke manchmal traurig, manchmal gierig waren und die Art, wie sie sich bewegten, zu raumgreifend. Gleichzeitig machten diese Männer sie mit ihren Geschichten neugierig. Ihr Geruch nach Tabak und Schweiß rief bei ihr Bilder von Abenteuer hervor. Sie bemerkte auch den Staub und Schmutz, der in den Hemden steckte, und die tiefen Falten zwischen Nase und Mund, das Seufzen, wenn sie sich unbeobachtet wähnten, deshalb fragte sie Abdel nach dem Grund für diese Stimmungsschwankungen der Männer zwischen Übermut und Erschöpfung. Die meisten, das hatte Abdel verraten, entrümpelten Keller oder schufteten als Tagelöhner am Bau, ließen sich herumkommandieren in den Banlieues, wo mit ihrer Hilfe billige Wohnungen aus vorgefertigten Platten entstanden. »Viele von uns stammen aus Algerien und sind nun stolz, Franzosen zu sein, andere sind ...« Er sprach den Satz nicht zu Ende, sondern schnippte mit Daumen und Zeigefinger und verdrehte dabei seine großen Augen. Oft hatte Amanda ein paar Brocken der Gespräche zwischen Abdel und diesen Männern aufgefangen, hatte gehört, dass einige über die Meere geflüchtet waren nach Marseille, dort eine Weile versteckt blieben, bis sie sich weiter nach Paris aufmachten und im *La Petite* nach einem Zimmer fragten für den Start. Hier trafen sie sich am Abend, um zu trinken, zu tanzen, um das Leben nach ihrer Manier zu feiern. Aus den bescheidenen Arbeitern wurden wieder eigensinnige Kerle, denen Abdels Bar ein Gefühl von Zuhause bot. Amanda kam es vor, als würde diese Männerschar mit jedem Abend wachsen. Abdel scherzte, es könne nur an seinem Dessert liegen, an den Datteln mit Honig und einem Klecks Mandelsahne oder vielleicht auch an der Einrichtung. Die bestand aus einem selbst gebauten Tresen und wackeligen Holzhockern, aus vergilbten Fotos an den Wänden oder Postkarten aus fernen Ländern. An der Decke baumelten Lampen aus Keramik, und die Seitenwände waren mit Fliesen verkleidet, deren orientalische Muster in Blau und Braun eher an einen Hamam als an eine Bar erinnerten. Auf einem Regal befand sich eine Stereoanlage mit schräg aufgehängten Lautsprechern, aus denen seit einigen Wochen kurz vor Mitternacht ein Lied ertönte. Es hatte sich wie ein Lauffeuer in der Rue Mouffetard herumgesprochen, dass eine Tänzerin auf hochhackigen Schuhen dazu eine Vorführung bot, weil das Wehklagen und auch dieser Schuss Ironie des griechischen Sängers sie begeisterte. Georges Moustaki war sein Name, und das Lied, darauf war Abdel stolz, war eine Probeaufnahme, die der Sänger ihm höchstpersönlich gegeben hatte. »Das wird ein Hit«, raunte Abdel jedes Mal und drehte die Lautstärke hoch. Wenn also Georges Moustaki sein *Le Métèque* sang, so raunte man sich zu, würden die Augen der Tänzerin glasig, ihre Haltung verführerisch. Catherines Lippen bewegten sich zum Text des Liedes, ein Summen in Sehnsucht, während die Männer sich im Halbkreis formierten wie Kavaliere vor der Angebeteten, plötzlich zu schüchtern, um sie aufzufordern, zu bescheiden, um sich ihrer würdig zu fühlen. Sie klopften auf ihre Schenkel, sangen leise dieses Lied. Wie ein Meeresrauschen klang die Melodie. Verlorene Männerstimmen suchten nach einem Halt, begleitet von Abdel auf der Gitarre:

Ich werde kommen, meine süße Gefangene, meine Seelenverwandte, mein lebendiger Quell, ich werde kommen, um deine zwanzig Jahre zu trinken.

Und ich werde ein Blutprinz, ein Träumer oder ein Teenager sein, ganz wie es dir gefällt.

Und wir machen aus jedem Tag eine Ewigkeit. Eine ganze Ewigkeit voller Liebe. Dass wir leben werden, um daran zu sterben.

Ja, Amanda erkannte das Funkeln in all den schwarzen Augen der Männer und auch die heimliche Begierde, von der schönen Frau mehr zu bekommen als ein Streicheln über den Kopf. »Was machst du, wenn einer ausfallend wird?«, fragte sie.

Catherine winkte ab. »Glaub mir, die hier sind nicht verkehrt, die beschützen dich eher, als dass sie was von dir fordern. Das sind Kavaliere! Die wirklich Schlimmen kommen ans Ufer und heucheln Manieren, die packen uns an den Hintern beim Tango, und ihre Kralle in unserem Rücken wandert zu tief. Das sind Schweine im Anzug. Stecken sich ein gebügeltes Tuch in die Brusttasche und benutzen Rasierwasser, das nach Wohlstand riecht. Aber nett, dass du dich sorgst.« Sie beugte sich vor und drückte Amanda einen Kuss auf die Stirn. »Du bist echt 'ne Süße.« Sie sagte, dass sie sich wohlfühle in Amandas Gegenwart, zum ersten Mal habe sie eine Freundin. »Wir kennen uns erst wenige Wochen, aber ich empfinde es ganz genau. Weil ich mir so was immer gewünscht habe. Und gerade letzte Nacht, da hast du geschlafen und ich nicht, da wollte ich dich was fragen.«

»Was denn?«

»Ob du ganz offiziell bei mir wohnen willst. Nicht nur als Gast, nicht nur zum Pennen. Zieh zu mir, wir teilen uns den ganzen Kram, Essen und Strom und das alles. Ist billiger.«

»Meinst du das ernst? Das wäre magnifique!«

»Pass auf, ich regle das, jetzt muss Abdel Farbe bekennen.« Mit einer lässigen Handbewegung winkte sie den Tunesier zu sich. Er kam näher und bestimmte: »Dein Tanz ist fällig. Ich lege jetzt die Platte auf, bist du bereit? Die Männer summen schon.«

»Nein.«

»Wieso nein? Es ist kurz vor Mitternacht. Ihr habt doch euer Essen bekommen und den Wein ...«

»Wein und Essen reichen nicht.«

»Was soll das jetzt?«

»Ganz einfach, Abdel, seit ich tanze, ist dein Laden rappelvoll, und das soll so bleiben, oder?«

Abdel nickte langsam und kniff die Augen zusammen.

Catherine tat das auch. »Gut. Dann erhöhen wir mal den Preis. Ich will eine Extra-Honorierung, sonst war das gestern hier die letzte Fete mit mir.«

Abdel bemühte sich, sie zu verstehen, auf seiner Stirn bildeten sich Querfalten, während die Männer lauter klatschten und das Lied bereits anstimmten.

»Was willst du?«

»Tanz gegen Miete. Für Amanda und mich freies Wohnen unterm Dach.«

Amanda stieß die Freundin an, flüsterte, sie müsse das nicht tun, sie solle die eigene Unterkunft nicht riskieren.

Catherine sah unentwegt in Abdels nun feindseliges Gesicht und bemerkte: »Denkst wohl, die vom Ufer hätten es nötig, oder? Die kann man mit einem Teller Mansaf abspeisen, was? Da hast du dich geschnitten. Amanda ist meine Freundin, nicht irgendein Besuch. Die braucht eine feste Adresse für ihre Lehrstelle. Aber sie ist nicht volljährig. Du weißt, was das heißt. Keine Erlaubnis der Eltern, keine Wohnung.«

Abdel schielte zur Seite, er legte den Finger auf den Mund: »Sei leise, man weiß nie, wer mithört.« Zu oft hatte er die Wohnung unter dem Dach als Versteck vor der Polizei hergegeben. »Leg erst mal los, die Männer werden ungeduldig.« Er fuhr sich mit der Hand durchs Gesicht, bleckte dann seine perfekten weißen Zähne und rieb sich mit dem Handrücken entlang des Hosenreißverschlusses. Während Amanda die Geste unangenehm fand, bemerkte Catherine, er könne die Hände wieder vor der Brust verschränken, und wenn er weiterhin unverschämt sei, werde sie aufstehen und gehen und nicht wiederkommen. Sie deutete mit dem Kinn auf die Registrierkasse, die Abdel nie nutzte, die wie eine Dekoration auf einer kleinen Säule neben der Theke stand. »Wie gesagt, ein Essen ist zu wenig. Mit einem Essen stellt man einen streunenden Hund ruhig. Kontrolliert eigentlich das Finanzamt deinen Laden?«

Abdel stöhnte auf, so zickig seien die Frauen in Tunesien, in seiner geliebten Heimat nie. »Ich leg jetzt die Platte auf und du tanzt, verflucht noch mal.« Das tat er. Drehte die Lautstärke hoch, lächelte, hob die Hände wie ein Dirigent, der sein Orchester antrieb. Aber Catherine ließ das kalt. Sie stützte ihr Kinn auf die Fäuste und betrachtete unverhohlen die Fotos an der Wand, die Motive vom Mittelmeer, von weißgetünchten Häusern mit azurblauen Türen und Fensterläden. Da fror sein Lächeln ein, und er kratzte sich verlegen am Hinterkopf. Er kam um den Tresen herum auf Catherine zu, beugte sich vor. »Du fühlst dich von mir ausgenutzt«, stellte er fest und fügte an: »D'accord, d'accord, verstanden. Aber lass mich jetzt nicht hängen, die Männer wollen ihre Abwechslung.«

Catherine hob die Schultern, für das Glück der anderen sei sie nicht zuständig. Abdel nickte wieder. Dann zischte er durch die geschlossenen Zahnreihen: »Ihr könnt zu zweit in der Bruchbude wohnen. D'accord, d'accord. Miete gegen Tanz, obwohl das unfair ist.« Er hielt inne und bemerkte: »Du siehst elend aus. Ist dir nicht gut?« Catherine schüttelte den Kopf und unterdrückte den Husten, es war wie ein Bellen, das tief aus der Lunge kam. Erst da fiel Amanda ein, dass die Freundin bereits in den Nächten zuvor im Badezimmer gewürgt hatte, dass sie einmal sogar aufgestanden war, gefragt hatte, ob etwas nicht in Ordnung sei, und Catherine geantwortet hatte: »Nur eine Lappalie, leg dich wieder hin und schlaf weiter.«

Abdel fuhr sich wieder durchs Gesicht. Noch schien er zu überlegen, blickte besorgt auf die Männer, die nun begannen, sich zum Lied zu wiegen, auf Catherine zu zeigen, doch dann ging ein Ruck durch ihn, und er erklärte: »Die ist krank, die gehört ins Bett.« An Amanda gewandt, sagte er: »Das mit der Miete geht in Ordnung, ist gut fürs Karma. Aber ab sofort zahlt ihr beide fürs Essen.«

Das ist, so dachte Amanda, *einer der Momente, in dem Engel singen. Wieder ein Zuhause in Paris.* Mit einem tiefen Gefühl von Dankbarkeit drückte sie den überraschten Abdel an sich. *Der ist kein schlechter Typ, grobe Gesten und eine große Seele dahinter.*

»Ab nach oben«, kommandierte er. Und zu Amandas Überraschung stimmte Catherine widerstandslos zu: »Danke, Abdel, das vergesse ich dir nie. Der Husten macht mich fertig, nachts kriege ich kaum Luft.« Sie streckte die Zunge weit heraus. »Schon weiß belegt?« Und mit einem Blinzeln auf die umherstehenden Männer fragte sie gereizt: »Was gaffen die denn? Noch keine Frau vorm Kippen gesehen?« Während sonst ein Zucken von Humor ihre Mundwinkel umspielte, sah sie jetzt angegriffen aus. Wieder versuchte sie, den Husten zu unterdrücken, stierte auf ihre abgekauten Fingernägel mit dem abgeblätterten roten Lack, den oberen Rücken gekrümmt.

Wie ein Häufchen Elend saß sie auf dem Hocker. Und niemand hätte die schlagfertige, zähe Frau in ihr vermutet, die für ein einziges Probetanzen im Moulin Rouge bis nachts trainierte, bis die Füße schmerzten, die Knie anschwollen, egal, nur um mit Perfektion die fehlenden sieben Zentimeter Körpergröße wettzumachen. In Gedanken streckte Amanda die Arme nach der Freundin aus, wollte sie umarmen, an sich drücken, wollte die giftgrünen leuchtenden Augen auf sich gerichtet wissen und die Worte hören vom Durchhalten, vom Ankommen, Worte voller Ironie und auch vom Gelingen. Damit hatte sie Amanda in den letzten Wochen bei Laune gehalten und ihr den Start bei *Chez René* erleichtert. Jetzt war es an ihr, die Freundin zu stärken. Und wenn ihr dazu keine Worte einfielen, dann wollte sie zeichnen. Sie griff nach dem Skizzenbuch in der Tasche und nach dem Stift. Sie zeichnete Catherine. Ein halblanger Rock umspielte ihre Schenkel, breitbeinig stand sie da, in stolzer Haltung, den Kopf in den Nacken geworfen, ihre langen welligen Haare wehten zur Seite, berührten Oberarme, die Brust, flossen über das Oberteil, das sich wie im Wind blähte. Ihre Lippen voll und nach vorne gestülpt, schien sie zu rufen: *Her mit dem, was mir zusteht, ich bin bereit.* Das war ihr Ausdruck, bevor sie den ersten Tangoschritt setzte. So viele Male hatte Amanda das beobachtet und jedes Mal gedacht, es bedeute Protest und Hingabe und auch ein wenig Theater. Sie schrieb über ihre Skizze: *Ich lege mir selbst die Welt zu Füßen!* Sie schob die Zeichnung und den Satz zur Freundin hin. »Für dich.« Aber Catherine bewegte sich nicht, kein Nicken, kein Lächeln, gar nichts gab sie von sich. Da setzte Amanda nach: »Leg das Papier unter dein Kissen, es soll dir deine Kraft zurückgeben.«

»Esoterisches Gequatsche.« Endlich öffnete Catherine die Augen, gerötete Ränder und ein feuchter Film darüber, dann hauchte sie: »Das ist dein Stil, Liebelein. Nicht meiner. In meiner Welt passiert was – oder eben nicht. Niederlage oder Sieg, und zwar sofort. Das ist halt so, und das macht mich krank, verflucht noch mal.«

»Das muss nicht so bleiben!«

Aber Catherine schnaubte: »Genug für heute. Ich will ins

Bett.« Sie überlegte kurz, sagte dann: »Weißt du, welchen Satz meine Mutter mir mitgegeben hat, als ich mich nach Paris aufgemacht habe? Errätst du nicht! Die hat gesagt: ›Du wirst in der Gosse landen.‹ So ein Satz von der eigenen Mutter ist wie schwarze Magie. Schreib das in dein Skizzenbuch: *Mütter sind Bestien.* Die zerstören alles, auch das Talent der Tochter.«

»Geht nicht«, widersprach Amanda, »dein Talent ist wie dein Fingerabdruck.«

»Wieder falsch! Wenn die Gesundheit geht, geht auch das Talent.« Sie versuchte ein Lachen, aber es verkam zu einem Röcheln, zum Husten, sie spuckte in ihren Ärmel, japste nach Luft und winkte nach Abdel, der wieder hinter dem Tresen stand. Die Musik hatte er leise gedreht, und während er spülte, spitzte er seine Ohren, um der Unterhaltung zu folgen. Als Catherine ihm ein Zeichen gab, näher zu kommen, da hielt er sich das Küchentuch vor den Mund. Husten sei ansteckend und überhaupt etwas, das der Teufel bringe.

»Pass auf, Chef, wir brauchen jetzt den zweiten Schlüssel und dann Ruhe.«

»Jetzt? Sofort? Was kriege ich denn dafür außer dem Tanz in der Nacht?«, scherzte er.

Da griff Catherine nach einem Zipfel seines offen stehenden weißen Hemdes und zog ihn näher zu sich heran. Sie flüsterte ihm etwas ins Ohr, das ihn erstaunen ließ. Dabei drückte er sich das Küchentuch fester vor den Mund und beugte sich weiter zu ihr hin, nickte und stieß einen Pfiff aus.

»Was hast du ihm versprochen?«, fragte Amanda, als Abdel wieder hinter dem Tresen stand.

»Nichts, was du wissen müsstest.« Sie presste sich die Hand an die Brust, während sie wieder den Husten unterdrückte. »Manchmal gibt es Geheimnisse, die sind noch behüteter als das von der Herkunft des Tangos. Wusstest du, dass der ursprünglich gar kein Tanz war, sondern ein Kampf unter Gauchos? Am Ende gab es nur einen Lebenden und einen Toten.«

KAPITEL 11

Während Abdel die enge Treppe nach oben stieg, schwatzte er ununterbrochen von dieser Wohnung, die er eigentlich an fünf Arbeiter vermieten könnte, und davon, dass er aber ein guter Mann sei, einer, den Catherine beim Wort nehmen könne, auch wenn ihm mulmig bei dem Gedanken werde, eine Jugendliche ohne Erlaubnis der Eltern hier aufzunehmen. Auf dem Absatz des zweiten Stockwerks blieb er abrupt stehen, drehte sich um und lamentierte: »Die Brüder meines Landes leben in Italien. Ich bin einsam in Paris. Ohne Frau ist ein Tunesier überhaupt wie ein Mann ohne Besitz.« Plötzlich ging er vor Catherine in die Knie: »Heirate mich, und das Haus ist dein.« Seine Stimme bebte, seine Lippen zitterten, es war nicht einzuschätzen, ober er witzelte oder es ernst meinte. »Kannst du dir das vorstellen, meine schöne Tänzerin? Ein rauschendes Fest im *La Petite,* und dann machen wir drei Kinder?«

Catherine wollte lachen, aber der Husten würgte im Hals, deswegen kam ihre Antwort bruchstückhaft: »Geht nicht. Ich stehe auf blond.«

Verlegen rieb er wieder seine Handkanten entlang der Hose, fuchtelte dann in der Luft herum, bevor er aufstand und die Arme vor der Brust kreuzte. »Ich habe verstanden. Du begehst einen Fehler, denn ein Tunesier fragt nur einmal. Los, weiter, es sind noch zwei Etagen bis unters Dach.«

Die Treppenstufen aus durchgetretenem Holz schlängelten sich steil nach oben, und je höher sie kamen, desto niedriger wurde die Decke. Es roch muffig nach feuchtem

Mauerwerk und aus dem Badverschlag nach Urin. Amanda würde sich nie an diesen Schmutz gewöhnen, obwohl sie schon seit Wochen als Gast hier lebte, störte sie das noch immer, und sie nahm sich vor, morgen zu putzen. Sie würde den Dreck aus den Ritzen schrubben und den Urinstein aus dem Klo. Es sollte behaglich sein in ihrem Zuhause, keine Bude, sondern zwei gepflegte Zimmer mit Duft nach Frische und einem Blumenstrauß auf dem Tisch. Bei diesem Gedanken kribbelte es unter der Haut: Gleich, in wenigen Minuten, sollte sie wieder ein Heim mit Adresse haben! Dann könnte René ihr kein Ultimatum mehr stellen. Seine beständige Drohung, sie nicht weiter auszubilden, wäre ein für alle Mal vom Tisch. Deshalb freute sie sich auf den Mietvertrag, sah gerne über all die Unannehmlichkeiten des alten Hauses hinweg und auch über Abdels Anzüglichkeiten. Er gab ihr ein Dach über dem Kopf, und das zählte mehr als sein dreistes Gebaren.

»Zwei Betten, fließendes Wasser, ein Herd. Tisch und Stühle, um die Ecke im Flur steht ein Schrank. Achtundzwanzig Quadratmeter Herrlichkeit. Einen Stock tiefer gibt es eine Dusche. Hast du gesehen? Nutzt sonst keiner. Die Mannschaft wohnt im Souterrain und im ersten Stock, ihr wisst, was ich meine …«, damit holte er zu einem weiten Armkreisen aus und öffnete die Wohnungstür, als würde er seine Frauen in sein Reich eintreten lassen.

»Ich wohne schon länger hier, vergessen? Und auch Amanda kennt die Bude«, entgegnete Catherine, die scheinbar keine Lust mehr auf sein Theater hatte, sondern sich nach Ruhe sehnte. »Mach schon, unterschreib den Vertrag und dann lass uns allein« keuchte sie. Das Treppensteigen war ihr schwergefallen, sie ließ sich auf den Stuhl in der Küche plumpsen.

Abdel fingerte ein mehrfach gefaltetes Blatt aus der Hosentasche und einen Kugelschreiber aus dem Hemd. Auf dem Blatt stand ein einziger Satz: *Ich, Abdel Munir, bestätige, dass Amanda ___________ in der Rue Mouffetard 67 im 5. Arrondissement von Paris wohnhaft ist. Die Miete wird bis auf Weiteres erlassen.* Er reichte ihr den Stift: »Setz deinen Nachnamen ein und unterschreib!« Sie tat es und er ebenso, dabei erzählte er von seiner Familie, die sei mit einer Weiberlosigkeit geschlagen, sterbe aus, weil Catherine sich verweigere, nicht bereit sei, mit ihm drei Kinder zu machen. »Wisst ihr, wann das Haus gebaut wurde? 1698. Geht also pfleglich damit um!« Dann schob er das Blatt zu Amanda hin. Und wäre da nicht das anzügliche Grinsen, dieser Blick auf Catherine, sie hätte den Besitzer heute zum zweiten Mal umarmt, so aber schloss sie die Augen und dachte: *Jetzt, jetzt geht es richtig los mit meiner Karriere.*

»Verhaltet euch ruhig. Besuch ist verboten«, befahl Abdel, bevor er geräuschvoll den Stuhl über den Holzboden schob und aufstand. Der bellende Ton und der arabische Slang gaben seinen Anweisungen etwas Patriarchalisches, obwohl er klein und schmal vor ihnen stand. Dann hielt er inne, sah Catherine eine lange Weile an, fast zärtlich ergänzte er: »Du siehst aus wie eine verhungerte Löwin. Schlimm. Kämm dir mal die Haare und schwapp kaltes Wasser ins Gesicht, dann ab ins Bett.«

Catherine antwortete mit heiserer Stimme: »Danke dafür. Du hast was gut.« Sie küsste ihn auf die Wange. Abdel umfasste ihren Hinterkopf und hielt sie fest. »Geht doch«, bemerkte er und dass er ihr gleich eine Hühnerbrühe bringe, denn die kräftige auch die kaputteste Seele. Und da sah Amanda, dass die Schatten unter den Augen der Freundin dunkelgrün, fast schwarz, und die Haut wie Pergament so brüchig war.

In der Nacht kam das Fieber. Erst vernahm Amanda ein

Röcheln, dann den trockenen Krampf im Hals. Die Freundin rang nach Luft, schlug um sich, dann rief sie panisch: »Die Erde ist gebrochen.« Sie redete wirr, vom Wasser, vom Fallen, vom Verschwinden des Seine-Ufers. Amanda versuchte, sie zu beruhigen: »Du bist nicht am Fluss. Du bist zu Hause. Ich bin bei dir.« Sie legte ihre Hand auf die Stirn der Freundin und zuckte augenblicklich zurück, denn die Stirn war heiß, dass Amanda dachte, so könne niemand glühen. Und weil die Lippen aufgesprungen waren, weil unter dem Schweiß die Trockenheit lag, suchte sie nach einem Lappen und nach Essig, denn die Mutter hatte genau solche Umschläge um die Waden gelegt, wenn in Palmersheim die Grippe umging. Vielleicht fand sie irgendwo Schmerzmittel. Sie durchwühlte die Schränke, sah unter der Spüle nach, lief hin und her zwischen den Zimmern, um etwas zu finden, das der Freundin helfen könnte. Auf dem Regal in der Küche fand sie einen Blechtopf, darin kochte sie Wasser ab. Immer hatte die Mutter Kamillentee gelöffelt, nur gab es in diesen Schränken keine Kamillenblüten. »Dann eben Wasser pur«, entschied Amanda und setzte sich auf Bettkante, stützte den Rücken der Freundin und tröstete: »Nicht so schlimm. Geht vorbei.« Sie löffelte geduldig das warme Wasser, und Catherine lehnte an ihrer Schulter, hörte auf zu weinen, schluckte das Wasser, um dann zurückzusinken aufs Kissen und wieder in einen unruhigen Schlaf zu fallen. Spät in der Nacht, es war halb drei, kam Abdel mit einer kräftigen Hühnersuppe. Er hielt Wort. »Die ist für die schöne Tänzerin, damit die wieder zu Kräften kommt.« Aber Amanda verstellte ihm den Weg zum Schlafzimmer: »Sie ist sehr, sehr krank. Abdel, wir brauchen Hilfe.« Der Tunesier kratzte sich am Hinterkopf: »Als hätte ich's geahnt!«

»Sie braucht einen Arzt, und zwar sofort.«

»Zieht euch an und geht ins Krankenhaus. Was habe ich damit zu tun? Mein Haus ist kein Lazarett.« Er schüttelte seufzend den Kopf und fügte hinzu: »Das musst du doch verstehen. Ich bin kein schlechter Mann, aber ich muss mich schützen.«

Da baute Amanda sich vor ihm auf, stemmte die Hände in die Hüften: »Es ist besser, du gehst. Wir kommen allein klar.«

Er nickte und ging rückwärts zur Tür: »Keine Polizei, kein Arzt im Haus, verstanden? Catherine wohnt hier ohne Vertrag. Außerdem ist das ansteckend, der Husten ist vom Teufel geschickt.«

Amanda fand den Tunesier erbärmlich, wie er lamentierte, wie er zögerte. Sie streckte die Hand aus. »Her mit der Schüssel. Außerdem kannst du hier nicht mehr ein und aus gehen wie du das willst. Das ist jetzt unser Zuhause, gemietet und für dich geschlossen« Dass er gehorchte, ganz kleinlaut wurde, dass er mit gebeugtem Kopf und sehr leise die Tür hinter sich schloss, das wunderte Amanda, sie schnupperte an der Suppe, begann hektisch zu essen, sie schmeckte das salzige Heiß in der Kehle, es hatte etwas Tröstendes, und allmählich ließ das Zittern ihrer Hände nach. Ganz fest drückte sie die Augen zu, spannte die Stirn an. Dachte nach. Catherine brauchte Hilfe, sonst würde ganz langsam ihr inneres Licht, das giftgrün und grell scheinen konnte, erlöschen. Nein, sie schlug mit der Hand auf den Holztisch, das durfte nicht sein. Das Fieber musste verschwinden, der Husten auch. Da kam ihr die Idee. Ben, der Medizinstudent, Ben Lilienthal aus der Avenue Montaigne, der musste helfen.

KAPITEL 12

Zufälle gab es in Amandas Welt nicht. Es war eher ein Wink des Schicksals, sekundengenau ins Leben gehaucht, um dann wieder zu verschwinden. Wer nicht hinsah, nicht spürte, der würde diesen Wink wie ein nie gewesenes Lüftchen verpassen. So empfand Amanda das, als sie nach fast einer Stunde Fußweg in die Avenue Montaigne auf Bens Haus zulief. Sie würde ihn wecken, bei Gott, das würde sie tun, denn es stand schlecht um Catherine, das spürte sie bis ins Mark.

Dass sie Ben nur einmal begegnet war und ihm noch eine Runde Putzen im vornehmen Haushalt schuldete, interessierte Amanda nicht. Klar, sie hätte sich bei ihm melden sollen, das wäre Ehrensache gewesen – nur hatten sich die Ereignisse überschlagen, und überhaupt war die Zeit wie verflogen. Das Schlafzimmer der Tänzerinnen hatte sie nachdenklich gemacht. Wie konnte es sein, dass die Frauen vom Ufer unter der Erde hausten? Wie konnte es sein, dass eine wie Catherine sich in einer Bar anbiederte für eine Bleibe unter dem Dach? Sie selbst hatte die Ausbildung bei René begonnen, und schnell hatte sich herausgestellt, wie unerwünscht sie in diesem Salon war. Kurzum: Amanda hatte Ben, den jungen Mann in der Hofeinfahrt, schlichtweg vergessen. Ja, er hätte Grund, ihr einen Vorwurf zu machen. Aber was zählte das schon in der Not? *Der hat eine Ärztemoral*, sagte sie sich und stolperte die letzten Meter zum prächtigen Haus, erreichte die schwere, mit Intarsien verzierte Holztür und klopfte heftig dagegen, drückte wieder und wieder auf die Klingel. Aber es folgte kein Summen, die Tür blieb verschlossen, keine Schritte im Flur ließen sie aufhorchen, nichts regte sich im Haus um vier Uhr morgens. Trotzdem drückte sie weiter auf die goldenen Knöpfe, presste das Ohr gegen das Holz, ob sich irgendwo eine Tür im Inneren öffnete, ob Schritte zu vernehmen waren, mehrmals lief sie zurück auf das Trottoir, formte die Hände zum Trichter und rief in die Dunkelheit: »Ben, hörst du mich? Ein Notfall, Ben, komm schnell.« Es gingen vereinzelt Lichter an, ein Fenster im ersten Stock wurde geöffnet, und eine dünne lange Gestalt beugte sich hinunter. »Hallo? Wer schreit da unten?« Amanda legte den Kopf in den Nacken. Sie kniff die Augen zusammen, um hinter dem Schein der Straßenlaterne etwas zu erkennen. Er war es, es war Ben. Seine Haare noch struppiger, länger als im Sommer, und seine Stimme ein wenig belegt, als er sie erkannte und fragte: »Du? Die von drüben, von Chloé? Hast du einen Vollknall, hier so einen Radau zu machen?«

»Komm runter. Meine Freundin hat Fieber, sie glüht sich zu Tode.«

»Wie bitte?«

»Meine Freundin ist krank.«

»Was hab ich damit zu tun? Fahr in die Notaufnahme. Hier ist doch kein Krankenhaus.« Damit schloss er das Fenster.

Mehrmals rief Amanda seinen Namen, er solle das Fenster öffnen, ihr zuhören, er sei doch ein Mediziner. Aber es blieb still in dieser Wohnung in der Beletage.

Nicht aufgeben, eine Lösung finden, unruhig tippelte sie von einem Fuß auf den anderen, schüttelte die Hände aus, es gab zu viel Energie in ihr, die störte beim Denken. Sie brauchte einen Plan, und zwar schnell. Catherine durfte nicht lange allein im Zimmer liegen. Deshalb drehte sie sich um, immer rundherum ging sie im Kreis, denn sie wollte bleiben und doch gehen, wollte helfen, aber sie hatte keine Idee mehr, wie sie das anstellen könnte auf der jetzt unbelebten Straße. Mit einem Mal wich alle Energie aus ihr, sie setzte sich auf die Bordsteinkante. Vor wenigen Monaten hatte sie genau hier an dieser Stelle Hoffnung geschöpft, hatte Ben wie jenen Wink des Schicksals begriffen, als er ihr vom *Café de Flore* erzählte und von Karl, der dort den Hummer aß.

Unter dem feuchten Nebel, der von der Seine über die Avenue hinaufzog, verschwand fast das goldene Schild mit dem Schriftzug *Chloé* am Haus gegenüber. Es wirkte trotz des Scheinwerfers, der den Eingang beleuchtete, lediglich matt. Das Schild hatte für Amanda die Verführung verloren. Sie wollte sich nicht an die Begegnung mit Karl erinnern, an die kühle Empfehlung für *Chez René* auf der Visitenkarte, hingerotzt mit einem unleserlichen Autogramm. Sie fühlte sich missverstanden, alleingelassen. Von Karl, von René, der sie nur notgedrungen eingestellt hatte, und auch von dem fremden Ben, der vorher freundlich und nun so abweisend schien. Einen Arzt wühlten doch die Worte *Fieber* und *Notfall* auf! Noch überlegte Amanda, wen sie informieren, um Hilfe bitten könnte. Sie musste wohl oder übel mit Catherine in die Notaufnahme fahren, jetzt stand die Vernunft im Vordergrund und nicht das Vertuschen der fehlenden Aufenthaltserlaubnis, sie musste den Ärger mit den Behörden schlichtweg riskieren. Plötzlich fiel ihr die alte Erzählung der Mutter ein, die sie gerne im Salon oder am Abendbrottisch vor Gästen zum Besten gab: 1958 habe in Palmersheim die Asiatische Grippe gewütet. Zunächst, so die Mutter, habe kaum ein Arzt, kein Radiosender, keine Zeitungsredaktion das Drama ernst genommen. Die Mutter schon. »So eine Grippe geht auf die Lunge. Da rutschen die Bakterien hin. Das müssen wir unter allen Umständen vermeiden«, habe sie zu Amanda und Heide damals gesagt. Sie dozierte diese Geschichte mit einem wissenden Gesicht, indem sie die Augen aufriss und den Zeigefinger hob. Sie habe Aufheller aus dem Laden geholt, den Laden geschlossen, die Töchter aus der Schule genommen, den Vater ins Bad geschickt, wenn er von seinen Vertreterreisen nach Hause gekommen sei. »Hände zu waschen war meine erste Ansage gewesen, das Gurgeln mit Wasserstoffperoxid die zweite. Einen Teelöffel auf ein Glas Wasser. Nur gurgeln, keinesfalls schlucken! Das tötet die Viecher im Hals«, so die Mutter damals. Amanda erinnerte sich daran: Während es in den anderen Häusern im Dorf andächtig wurde, man hin und wieder sogar den schwarzen Flor über einer Haustür spannte, gab es im Lennart'schen Haus weder Husten noch Fieber. Kurz fragte Amanda sich, ob das auch eine Möglichkeit wäre. Sie könnte ein Fläschchen aus Renés Laden mitnehmen, aber wer wusste schon, ob Catherines Krankheit eine Grippe war?

Da tippte jemand auf ihre Schulter. Erschrocken fuhr sie herum und sah sich Ben gegenüber.

»Aha, der Herr Doktor will doch noch helfen?«

Ben hockte sich zu ihr hin. »Ich bin kein Doktor, nur ein Student. Was weiß ich von Krankheiten?« Er zuckte mit den Schultern: »Außerdem ist es unverschämt, mich um vier Uhr morgens aus dem Bett zu klingeln. Erstens kennen wir uns kaum, und zweitens hast du nicht Wort gehalten. Das mit dem Putzen meine ich.«

»Stimmt. Aber du bist die Rettung.«

Er stöhnte auf. »Mein Vater glaubt, ich studiere, aber das tue ich nicht. Ich habe von Medizin keine Ahnung. Ich schlage die Zeit tot. Weißt du, was ich meine?«

Nein, Amanda wusste nicht, was er meinte, es war ihr

auch egal, denn er war da, die Arzttasche vor die Brust gedrückt und seine Augen fest auf sie gerichtet: »Die Tasche ist von meinem Alten. Die kannst du mitnehmen. Vielleicht ist da was drin, was du brauchen kannst.«

Es rührte Amanda, so wie er vor ihr stand, sich festhielt an der Tasche und eine Entschuldigung stammelnd. »Also noch einmal: Ich spiele Student, aber ich bin keiner.«

»Aber du bist ein Sohn. Der Sohn von einem Arzt, und da hat man was im Blut. Ich bin die Tochter einer Friseurin, und das Frisieren ist quasi in mir«, befand sie. »Man wächst mit so was auf. Komm mit, um nach ihr zu sehen. Bitte. Meiner Freundin geht es hundsmiserabel.«

»Wieso kümmerst du dich, wieso überlässt du das nicht der Notstation? Jeder Clochard würde sich da hinschleppen, wenn es ihm dreckig ginge. Wer bist du überhaupt? Ich kenne dich doch kaum.«

»Wie gesagt: Friseurin von Geburt an und nun mit Ausbildungsvertrag bei *Chez René*.« Mit einer vagen Handbewegung wies sie in Richtung des Salons.

Er lachte laut auf: »Und ich dachte, du willst Model werden. Das hätte so gar nicht gepasst.«

»Ben, kommst du mit?«, beendete Amanda das Geplänkel auf der Straße, nahm die Arzttasche an sich und ging zügig los, sie hatte schon viel zu viel Zeit vor diesem Haus vergeudet.

Während sie im Laufschritt hinunter zum Place de l'Alma eilten, um ein Taxi zu finden, erklärte er, dass sein Vater Chirurg, Chefarzt in einer Berliner Klinik sei und seine ganze Hoffnung auf ihn setze. Seine Mutter übrigens sei Französin, eine treue Kundin von Chloé, ob er das schon erwähnt habe, daher seien ihm die Gepflogenheiten von diesem Lagerfeld vertraut, an Feiertagen gehe der auch gerne ins *La Coupole*, ob auch das für Amanda interessant sei. Er beschleunigte den Schritt, als wäre er tatsächlich als Notarzt im Einsatz, als müsste er Angehörige ablenken durch Plauderei und doch gleichsam sein Ziel ansteuern, vermutlich hatte er das bei seinem Vater gesehen. Ben aber misslang dieser Versuch, was er bemerkte, warum er stehen blieb und völlig außer Atem geraten sagte: »Hohes Fieber? Das kann einen plötzlichen Tod verursachen, Organversagen.«

Amanda bekreuzigte sich, das dürfe nicht passieren, sie erzählte atemlos weiter, dass sie Catherine, ihre beste Freundin, liebe. Wegen des rheinländischen Dialektes, der nach Heimat klang, wegen der Unerschrockenheit und der klugen Sätze, die sie Amanda zuwarf, wenn René ihr jegliche Hoffnung nahm, jemals an den Köpfen der Kundinnen ihre Haarkunst anzuwenden. Sie liebe die Freundin, weil sie nie zuvor eine gekannt habe, die biegsamer und berechnender war, die Verschlagenheit und Charme miteinander verband und für die *Freundschaft* das Wort aller Worte war. Wenn sie drei Wünsche frei hätte, dann wäre einer, dass diese Freundschaft ewig halte. Es sprudelte aus Amanda raus, während sie an Bens Seite lief und wusste, dass sie den Anfang des Fadens nicht fand, mit dem er verstehen würde, was sie meinte. Ben winkte ein Taxi herbei, und sie fragte, ob er noch zuhöre oder ob sie alles noch einmal von vorne erzählen solle. Und als sie endlich nebeneinander im Taxi saßen, bat er, sie möge einfach den Mund halten, er müsse sich auf sein Praktikum in der Notaufnahme besinnen, da hätte es auch Patienten mit hohem Fieber gegeben. Aber Amanda sprach weiter von dem Start in Paris, von den ersten Wochen bei *Chez René* und immer wieder von Catherine, die ihr das Schlafzimmer der Vergessenen weit unter der Erde gezeigt hatte und mit der sie seit heute im Dachzimmer über einer nordafrikanischen Bar wohnte.

»Krass« fand er das und rümpfte die Nase.

Sie hörte das Singen bereits auf den Stufen. Ein sanfter, dunkler Ton, ein Schlaflied in fremder Sprache summte ihr entgegen, und das Erste, was Amanda durch den Kopf schoss: *Er ist da.* Sie warf sich gegen die Tür zum Zimmer, sah ihn schaukeln, als würde er auf Wellen reiten, vor und zurück bewegte sich sein Körper, in den Augen die Weite, die Lippen leicht geöffnet, kaum formten sie die Worte des Liedes, das Amanda nicht kannte, nicht verstand. Abdel saß auf der Bettkante. Er sagte mehr zu sich selbst als zu Amanda: »Sie wird sterben.« Und wieder: »Sie wird sterben, wir in Tunesien sehen, wenn es keine Heilung mehr gibt.« Er sang wieder, summte, schaukelte, dann stöhnte er: »Ein Unrecht, wenn eine junge, schöne Frau es trifft, dann ist es ein Unrecht. Alte müssen gehen, aber nicht solche wie Catherine! Ich will sie mitnehmen in meine Welt, die Welt meiner islamischen Ahnen, deren Wissen älter ist als eure Medizin. Aber die Frau will nicht, die bleibt stur. Sie ist nicht gläubig, da kann ich nichts machen.«

Ben fragte, wer denn dieser schräge Vogel sei, was der quatsche, und Amanda ging einige Schritte auf das Bett zu, legte ihre Hand auf Catherines Stirn, wobei sie Abdel ignorierte, zu verrückt schien ihr dieser Barbesitzer und zu dringend musste endlich gehandelt werden. Da erfasste Ben die Situation. Er wandte sich an Amanda: »Gib mir meine Tasche.« Die knallte er aufs Bett, dann befahl er in harschem Ton: »Platz da. Ich bin Arzt. Das ist jetzt meine Patientin.«

Erschrocken fuhr Abdel zusammen, sprang auf und deutete eine Verneigung an. Es sei ein Glück, ein großes Glück, ohne Arzt würde sie sterben, er habe in seinem Land, in seiner tunesischen Heimat, viele Menschen mit diesem röchelnden Atem, dieser bellenden Stimme erlebt. Er machte eine Handbewegung entlang seiner Kehle. »Alle weg. Keiner mehr da. Man muss Wache halten. Die Ahnen beschwören. Nie darf man Kranke alleine lassen«, flüsterte er und sah Amanda vorwurfsvoll an. »Warum hast du mich nicht gerufen, bevor du gegangen bist?« Dass Ben sich vor ihn schob, dass er begann, Catherines Hemd aufzuknöpfen, um die Lunge abzuhorchen, den Puls zu messen, das brachte Abdel zum Schweigen. Er senkte den Blick zu Boden, führte die Hände vor der Brust zusammen und schlich rückwärts aus der Tür in die Küche. Auch Amanda verließ den Raum, weil Ben sie darum bat. »Ich muss mich konzentrieren, den Atem kontrollieren und die Blutsättigung auch, Abstrich vom Zungenbelag machen, mal sehen, wo wir ein Mikroskop nutzen können. Besorg du bei dem da draußen Essig für die Wadenwickel«, befahl er mit besorgter Miene, während er seine langen Finger auf Catherines Stirn legte und mit der anderen Hand in der Tasche kramte. »Und mach mir einen starken Kaffee, mich überfordert das hier. Ich kann kein Leid sehen.«

Es dauerte lange, bis Ben mit gesenktem Kopf in die kleine Küche trat. »Sieht nicht gut aus. Soweit ich das beurteilen kann.« Als wäre er hier zu Hause, holte er sich einen der angeschlagenen Becher aus dem Schrank, fragte, ob noch Kaffee in der Thermoskanne sei. Abdel verneinte, sprang beflissen auf und bot an, frischen, heißen Kaffee zu holen. Ben nickte, und dann stellte er seine ungenau Diagnose: »Lungenentzündung, vermutlich bakteriell. Kein Wunder, wenn die wochenlang unter der Erde gehaust hat. War doch so?« Amanda schwieg. Sein Blick vorwurfsvoll. »So eine aparte Frau. Zum Verlieben.« Dabei sah er Amanda tief in die Augen. Die Intensität dieser hellblauen Farbe irritierte sie, und auch die Art, wie er über Catherine sprach. Amanda glaubte, ein leichtes Vibrieren zu vernehmen. »Und zart und auch kräftig, gut proportioniert«, er suchte nach Worten, »mit Widerstand unter der Haut. Wisst ihr nicht, wie gefährlich die Katakomben sind? Da gibt es doch Legionellen.« Er kramte im Arztkoffer, fluchte kurz, dann fand er ein Päckchen. »Pass auf. Der Typ von unten hat recht, sie darf nicht allein sein. Da sackt der Kreislauf weg, da gibt's einen Infarkt, dann war's das. Sensenmann. Ich bleibe dabei und betone noch mal: am besten ist es, wir bringen sie in die Notaufnahme. Basta.«

Amanda schluckte schwer und griff sich unwillkürlich ans Herz. »Das will sie nicht. Auf keinen Fall. Was soll ich denn tun? Wir können das doch nicht entscheiden, wenn sie das absolut ablehnt! Außerdem kann sie nichts bezahlen.«

Ben stöhnte. »Okay, verstanden. Ist aber ein großes Risiko. Die beste Medizin ist Zuwendung. Und das hier. Wenn mein Alter wüsste, dass ich das aus seiner Tasche klaue, er würde ausrasten. Ist verschreibungspflichtig. Ist ein hochdosiertes Antibiotikum.« Ben hielt eine kleine Schachtel in die Höhe wie eine Trophäe. »Die Tabletten töten die schlechten und die guten Bakterien. Einfach alles, das macht die zur Waffe. Eigentlich bin ich kein Freund von harten Sachen und schon gar nicht von einer Verabreichung ins Blaue. Man müsste eigentlich einen Abstrich nehmen, eine Kultur anlegen. Mal sehen, ob ich mich ins Institut schleichen kann. Aber es eilt, und ich habe nicht immer Zugang zum Labor.« Er seufzte: »Es gibt da noch die Sozialstation, die wäre zunächst kostenfrei, aber so schlecht, wie es unserer Prinzessin geht, empfehle ich keinen Transport dorthin. Ihr Immunsystem ist echt unten, da holt sie sich ruckzuck die nächste Krankheit. Die sind dort nicht sehr, na ja, sehr sorgend …« Ben wirkte plötzlich abgeschlagen, tiefe Falten gruben sich zwischen Nase und Mund, und fast hätte Amanda sich über den Tisch gebeugt, um ihm darüberzustreicheln, um ihm zu sagen, alles werde gut. Der Mann brauchte Trost, das sah sie genau. »Sie ist stark, irgendwie unverwüstlich, sie packt das.« Sie versuchte ein Lächeln.

»Okay, dann gib ihr das alle sechs Stunden. Nicht öfter. Glauben wir, beten wir.« Er strich sich mit beiden Händen die Strähnen aus der Stirn. »Das ist übrigens das Allheilmittel meines Vaters, wenn seine Operationen mal nicht gut verlaufen und sich was heftig entzündet. Und jetzt leg dich auch mal hin, siehst aus wie ein Häufchen Elend, total übermüdet. Ich komme morgen wieder. Ich komme ab jetzt jeden Tag.« Dreimal zwinkerte er Amanda zu, bevor er ohne Gruß verschwand. Und Amanda starrte auf seinen Rücken, fand die wirbeligen Haare am Hinterkopf eigenwillig und dachte: *Den Kerl will ich* – und erschrak über diesen Geistesblitz, denn der passte ganz und gar nicht in diese Nacht.

KAPITEL 13

Seit dem ersten Tag bei *Chez René* galt sie als die junge Deutsche fürs Grobe, so jedenfalls stellte der Meister sie der Kundschaft vor, wenn Amanda den Champagner servierte. Zwar hatte sie den Lehrlingsvertrag in der Tasche, durfte täglich neben dem Star-Friseur von Paris stehen, seine Schnittfertigkeit erkennen, mehr jedoch erlaubte er nicht, und hätte Amanda nicht dieses Brennen für den Beruf in sich gehabt, ihr wäre das Hoffen längst abhandengekommen. »Hoffen«, so bestimmte Catherine abends am Küchentisch, »ist was für Hilflose. Unternimm was, stell dem ein Ultimatum.« Amanda sah das anders. Sie wollte auf die Bühne von Chloé, und wenn sie diesen Umweg nehmen musste, dann würde sie das tun. In diesem Salon nämlich gaben sich die Prominenten aus Film und Show die Türklinke in die Hand, und ihr imponierte, dass der Meister das als eine völlig natürliche Fügung hinnahm. Er gab einfach sein Bestes, mischte sein Können mit einem Spritzer Charme, und oft dachte Amanda, dass René mit seiner gedrungenen, kräftigen Statur und den hochgezogenen Schultern, mit seinem eckigen Kinn und den hängenden Wangen kein schöner Mann war, aber begehrt, weil er etwas hatte, was andere ihm neideten – Talent.

»Meine Damen sind anspruchsvoll«, er hob den Zeigefinger, »nur das Beste, du verstehst?« Ja, sie verstand, vor allem, dass sie immer zwei Gläser einschenken sollte, eins für die Damen und eins für den Meister selbst. »Santé«, lächelte er dann seiner Kundin ins Gesicht, und seine runden, flinken Augen flatterten. »Fast perfekt«, bestimmte er, und Amanda rätselte, ob er die Temperatur seines Lieblingsgetränks meinte, eines Ruinart, oder das Aussehen der Dame. Die Gläser klirrten ein zweites Mal gegeneinander, ein Ton von Kristall der Marke La Rochère, kein anderes Glas kam ihm auf den Frisiertisch, weil es mundgeblasen, die Facetten von Hand geschliffen waren. »Kunst, Amanda, ist nie maschinell. Siehst du, wie das Licht sich darin bricht?« Seine grauen Augen ruhten nun auf ihr. »Auch das Haareschneiden ist Kunst, wenn ein einzelnes Haar sich in ein nächstes fügt, wenn ein Muster entsteht, das Licht einfängt, zurückwirft, weil es lebt und atmet, vom Blut durchspült und genährt wird, spiegelt es die Seele. All unsere Launen und Freuden verrät das Haar.« Er fuhr mit gespreizten Fingern über den Kopf der Frau, die sich ihm anvertraute. Entspannt saß sie in dem dick gepolsterten Drehstuhl, blickte in den übergroßen goldgerahmten Spiegel, auf den Hunderte kleine Punkte an der Decke ein Sternenstrahlen malten. René hob den Kopf zu dieser Decke, zu seinem ganz persönlichen Universum, als würde dort die Inspiration sich verbergen, als wäre dort das allerletzte Geheimnis seiner Kunst hinter dem Schein versteckt. »Hab nie das Ende im Blick, Amanda, niemals. Es ist der Moment, der ergreift. Moment für Moment für Moment, und erst am Ende ist es eine Kette aus Zeit, die zu uns passt. So ein Werk kennt keinen Druck. Nie profan, nie Mittelmaß. Kunst, die ich meine, ist einzig. Sie ist Gegenwart.« Er nippte am Glas. »Wäre es ein anderer Tag, ein anderer Raum, würden andere Hände sie formen, es wäre nicht zu vergleichen, wäre nicht zu wiederholen.«

Bevor er sein Werk begann, redete er über den Kopf der Kundin hinweg, an Amanda vorbei, trank Schlucke aus dem Kristallglas, wieder und wieder hob er es an, setzte es ab, ließ die Haare der Kundin durch die Finger gleiten, deutete mit dem Kinn auf die fast leere Flasche und schien tonlos zu sagen: »Du verstehst?«, um dann weiter vom Wert der Haare zu schwärmen. *Das flüssige Gold,* wie er den Ruinart gerne nannte, half ihm die Worte zu formen und die Idee raffiniert werden zu lassen, wie die Haare der Frau, die vor ihm saß, zu schneiden wären. »Monotonie tötet Menschen wie mich«, behauptete er und zappelte mit den Fingern in der Luft. Und Amanda wusste, der Meister hatte nun, unterstützt vom flüssigen Gold, eine Tür in sich aufgestoßen. Seine Schultern entspannten sich, sein Gesicht auch.

Ganz gierig war sie darauf, mehr Worte von ihm zu hören, mehr von seiner Arbeit zu erfahren, von diesem Zustand der inneren Ruhe und der höchsten Konzentration. Wie kaum etwas anderes sehnte sie den Tag herbei, an dem er sagen würde: »Ist so weit. Dein Part! Jetzt bist du dran. Lass sehen, was du kannst.« Deshalb setzte sie nach Feierabend an, ihm zu erklären, dass er ihr Vorbild in der Haarkunst sei und sie sich darauf freue, von ihm korrigiert zu werden am Puppenkopf oder an einem Modell, wie auch immer, nur frisieren wolle sie.

Da rümpfte er die Nase, als hätte er etwas Ekliges gehört, und antwortete: »Wer hoch hinaus will, kann tief fallen.«

Und wieder nahm sie sich vor, geduldig zu bleiben, den Meister nicht zu drängen. *Lernen,* so dachte sie, *kann ich auch vom Zusehen, vom Zuhören und Üben im Skizzenbuch.* So merkte sie sich seine Schnittführung, um sie abends nachzuzeichnen – und zu perfektionieren. Auf dem Papier nämlich war möglich, was auf dem Kopf nicht gelingen konnte. Ein Schnitt, zu hoch angesetzt, wäre dort ein für Monate nicht zu korrigierender Fehler. Auf dem Papier aber genügte der Griff zum Radiergummi, um von vorne zu beginnen, um es besser zu machen als zuvor. René konnte sie für diese Art der Vorarbeit nicht gewinnen, er brauchte die unabänderliche Eingebung im Moment. »Wer braucht Skizzen? Ich nicht! Wenn ich schneide, dann spontan und mit allen Sinnen. Das ist wie Abheben vom Boden, wie Schweben ohne Plan, aber mit Bedacht«, betonte er.

Sobald Frauen in Renés Salon kamen, in Magazinen blätterten und auf die Deneuve, Bisset oder Birkin zeigten: »Ich will Haare wie die, auch die Farbe soll genauso sein«, wenn das passierte, wiegte René bedenkenschwer den Kopf. »Ähnlich, Madame, vielleicht wird es ähnlich. Sie sind doch Ihre eigene Schönheit – und keine Kopie!«

Da spürte Amanda, wie sich die Härchen auf den Unterarmen aufstellten, wie er in diesem Punkt unbedingt recht hatte! Nie würde es gelingen, die Schönheit einer anderen zu imitieren. Gerne hätte auch sie vorgetragen über Haare und Schönheit, hätte ihr Wissen einmal rausgelassen, hätte Dankbarkeit angemahnt, für das, was man hatte, nämlich das ganz Eigene unter der Haut, auf dem Kopf, in den Gedanken. Schönheit, würde sie diesen Frauen gerne sagen, sei eine höchstpersönliche, manchmal versteckte, aber niemals zu kopierende Art. Schönheit komme hervor, sobald man zufrieden mit sich sei. Prompt stupste René sein Knie gegen ihres, schickte sie nach einem weiteren Glas Ruinart, ob Amanda nicht sehe, dass Madame bereits ausgetrunken habe, und nahm selbst den Gesprächsfaden auf: »Jede Frisur ist ein Charakter!«, betonte er, um dann die Augen fest zusammendrücken und ein kurzes Murmeln zu den Lichtern an der Decke zu senden. Er hob die Schere, schnitt in die Luft. Es war sein Zeichen, dass nun Ruhe herrschen sollte. Seine Arbeit begann. Amanda hielt ihm Bürste, Kamm, Klammern, Spray hin, zwischendurch das Kristallglas. Jeden seiner Handgriffe speicherte sie im Gedächtnis. Zuerst teilte René die Haare in Miniquadrate, er begutachtete die Kopfform, den Kopfumfang und auch die Wirbel. Der Meister ersann so seine Technik. Es mochte Eingebung sein oder bewusste Entscheidung, das erschloss sich Amanda nicht, jedenfalls wechselte er seine Scherenführung fast wöchentlich. Seit wenigen Tagen drehte er einzelne Strähnen zwischen den Finger, in die er vom Ende her schnitt. Den Effekt aus kleinsten lässig federnden Stufen fand Amanda fulminant, nie würde ihre Mutter diesen Mut beweisen. Sie selbst schon! Sie traute sich das zu. Wenn er sie nur ließe! »Ich bestimme, wann du reif bist für die Schere, und sonst keiner«, wiederholte er beständig und knitterte den Mund, und damit war für ihn auch diese Diskussion beendet.

Doch sie blieb dran. Jeden Abend, nachdem René die Tür um halb sieben abgeschlossen hatte, fragte sie, wann es endlich so weit wäre.

»Jetzt nicht. Du bist mir von Karl aufs Auge gedrückt worden«, wiederholte er, hob sein Glas: »Santé.« Und sie konnte nicht einschätzen, ob es wohlwollend oder bissig gemeint war.

»Wann, wann, René, fangen Sie mit der Ausbildung an? Ich bin hier, um zu lernen.« *Nicht abwimmeln lassen*, dachte sie, und auch, dass er zu dieser frühen Abendstunde redselig wurde, weil der Alkohol ihn kurz nach Ladenschluss noch nicht gänzlich benebelte. Längst wusste sie, dass er zu dieser Stunde Worte der Bewunderung hören wollte, dass er sogar danach lechzte wie ein Kind nach einem Erdbeereis. »War der Tag anstrengend für Sie?«, fragte Amanda dann, hoffend, er würde einlenken, sagen, dass sie ihn bald schon entlasten würde. Aber René antwortete nur: »Wenn Kunst zur Mühe wird, verliert sie alles. Nein, es war weder anstrengend noch sonst was, es war erfüllend. Zehn Kreationen an einem Tag, darauf trinken wir.« Und als Amanda den Kopf schüttelte, sagte, dass sie das Zeug nicht vertrage, da entdeckte sie wieder den leichten Ekel in seinen Mundwinkeln und hörte ihn sagen: »Spielregel Nummer eins: Nur das Beste, nie Mittelmaß. Gilt auch für die Scheinchen in der Kasse.«

»Trotzdem. Wie geht es weiter?«

»Lernen heißt sehen, lernen heißt, hundert Tage beobachten, nachempfinden, büffeln, begreifen, was geschieht.«

»Hundert Tage sind nächste Woche um«, wandte Amanda ein.

»Dann eben zweihundert Tage«, entschied er, »und jetzt ist Schluss mit Feilschen. Wir sind doch nicht auf dem Basar!«

***

Die letzten Tage des Jahres 1968 vergingen, ohne dass Amanda eine Schere auch nur halten durfte. Sie zwang sich zur Freundlichkeit, zur Beflissenheit, dachte an Catherine, die nicht mehr am Ufer tanzte, aber hart in der kleinen Wohnung trainierte, als läge das Angebot des Moulin Rouge bereits auf dem Tisch. »Immer Fokus halten. Ein Tag ohne Üben wäre ein Schritt rückwärts, und wenn sich das summiert, steht man bald wieder am Anfang. Alles Kämpfen bislang wäre für die Katz«, begründete sie den Eifer. »Rost kommt von Nachlässigkeit und Nachlässigkeit von Willensschwäche. Und, Amanda, sag schon, wer findet eine Frau ohne Willen sexy?« Sie setzte ihr verschlagenes Grinsen auf, halb schräg, halb hintersinnig, als würde sie den Erfolg sehen, als wäre es nur eine Frage von Zeit, wann ihr persönliches Zielband flatterte. Deshalb verbuchte auch Amanda diese Tage bei René unter der Rubrik *Ausdauer-*

training. Sie lernte in diesen Monaten das Beobachten. Manche Frauen respektierten Renés Konzentration nicht, wollten ihn in ein Gespräch verwickeln, ihm von ihren Eheproblemen oder geheimen Wünschen erzählen, auch wenn er nur höflich und knapp kommentierte. Sie brachten ihn aus dem Tritt, sein Rhythmus im Schneiden geriet in Unordnung. Der rote Faden riss – und das Ergebnis, so fand Amanda, ließ jene Außergewöhnlichkeit vermissen, für die René seinen Ruf genoss. Amanda würde solchen Kundinnen gerne zuflüstern, sie sollten einfach das Maul halten, fünfzehn Minuten Schweigen für die Schönheit. Das musste doch möglich sein, außerdem wäre das ein Zeichen von Respekt vor dem Meister! Wie anders verlief die Sequenz, wenn die Kundin still und aufmerksam blieb, wenn sie vertraute, wenn sie ihren Part in diesem Akt des Schneidens für die Schönheit übernahm. Solche Frauen strafften die Schultern, verbanden ihre Gedanken mit denen des Meisters, sie ließen sich auf die Kunst ein, das verriet ihr wohlwollender Blick in den Spiegel. Es kam Amanda vor, dass dann eine unsichtbare Energie floss, für einen Nu an Zeit wurden René und diese Frau zu einem Paar, das tanzte, sich aneinanderschmiegte, der eine führte, die andere folgte, beide wissend, dieser Tanz würde gelingen.

»Amanda, Musik!«, hauchte der Meister, »lauter, richtig laut! Leg den Cohen auf.« Seine ansonsten steingrauen Augen wie Silber, die Lippen hingegen nach vorne gestülpt, als würde er eine Fee küssen, jede seiner Bewegungen weich und biegsam, der kompakte Mann, klein und quadratisch, federte hinter diesem Frisiersessel, unter Einsatz seines ganzen Körpers schwang er vor, zurück, drehte sich um die Frau, bückte, streckte sich, vollführte einen Pas de deux wie auf einer Wolke, pustete leise in die Haare, fädelte sie auf mit seinen Fingerspitzen, lächelte in den Schwung hinein, manchmal vibrierten seine Lippen, öffneten sich die Augen, immer größer malten die Arme ihre Kreise, bis der Schweiß auf der Stirn perlte, um dann leichtfüßig zurückzuspringen und sein Werk aus der Ferne zu betrachten. Niemand sprach ein Wort, unterbrach ihn in seiner Kunst. Zufrieden mit dem Ergebnis verbeugte er sich vor seiner Kundin, die sprachlos saß, während Amanda applaudierte.

Und an manchen Abenden, wenn er traurig wirkte, weil die Damen seinen körperbetonten Einsatz nicht wertgeschätzt, sondern pausenlos dazwischengeplappert hatten, wenn sie ihm nicht gefolgt waren wie eine Partnerin, die er erwählt hatte, um sein Kunststück zu vollbringen, stattdessen sein Tun undankbar hingenommen hatten, als wäre sein Einsatz für ein paar Geldscheine zu haben, sah Amanda, dass ihm Tränen in den Augen standen. Ein letztes Glas im Hinterzimmer goss er sich dann ein, schon wankend auf dem Hocker saß er, lallte, dass er mehr verdient habe als das. Amanda verstand, was er meinte. »Nehmen Sie sich das nicht zu Herzen, das ist eben die Ignoranz der reichen Damen von Paris, mehr nicht«, hatte sie gesagt. Mit Inbrunst hätte Amanda ihm von wirklichen Abgründen erzählt, wie es sich anfühlte, wenn die Centimes für ein Pfund Kaffee abgezählt wurden und man sich fragte, ob es angebracht sei, ein frisches Baguette zu kaufen oder um eins vom Vortag zu bitten, wie es sich anfühlte, auf achtundzwanzig Quadratmetern zu zweit zu wohnen, in einem Bett unter der Schräge zu schlafen, die sich nur wenige Zentimeter über der Nase befand. Aber sie hätte ihm auch gerne erzählt, dass diese wenigen Quadratmeter ein ganzes Königreich bedeuten konnten, zwei Räume voller Glück unter abblätternder Tapete, weil die Freundin wieder gesund geworden sei, weil sie wieder atmen konnte ohne Schmerz und weil es Ben und Abdel gab, die Anteil nahmen am Plan von Catherine, im Moulin Rouge zu tanzen, durch Leistung die Größenordnung, die dort galt, auszuhebeln. Weil sie jeden Morgen in diesen Salon zu René aufbrechen durfte, entlang der Avenue Montaigne an Chloé vorbeispazierte und weiter die Champs-Élysées überquerte bis zur ersten Ecke auf der Avenue Franklin D. Roosevelt und sie von Weitem in den bodentiefen Fenstern des Salons das überdimensionierte Video flimmern sah, den Meister in Aktion mit Kamm und Schere. Das alles war Glück. Immer gab es neben den Sorgen ein Glück, wollte sie ihm erzählten, denn es kam auf die Perspektive an. Aber sie sprach es nicht aus, denn René wirkte gefühlsduselig vom Champagner und auch erschöpft von seinem Tagewerk. Er lockerte sein Halstuch, knöpfte den Hemdkragen auf und sah Amanda eine lange Weile an. »Morgen ist Silvester.« Nachdenklich fügte er hinzu: »Für ihn wird es ein gutes Jahr, dieses 1969. Für mich wird es bleiben wie immer, er im Rampenlicht, ich dahinter.« Ohne auf Amanda zu achten, redete er weiter irgendwohin in das Hinterzimmer, sprach er von den Shows, die er mit ihm bestritt, vom Jubel der Medien, der ihm nicht galt. »Man feiert ihn. Dabei ist er ein Chaot. Ich sag's dir, ich kenne ihn gut. Arbeitet für jedes Label, das Erfolg verspricht. Meint, er sei der Größte, ist er auch! Kennst du die Regel: Arroganz wird belohnt, Bescheidenheit bestraft? War schon immer so …« René hielt inne. »Bin ich ein Held?«, fragte er unverwandt. »Ja, bin ich, ein armseliger Held, einer im Schatten!«

»Meinen Sie Karl?«

»Ich war schon in der Schule sein Ranzenträger, sein einziger Freund. Ihm hätte ich früher die Schuhe geleckt, hätte er das verlangt. Und heute würde ich es immer noch tun. Das ist doch zum Erbarmen!« Umständlich stand er wieder auf, sein Rücken knackte zu kräftig für einen Mann von fünfunddreißig Jahren. »Er war alles, was ich sein wollte. Reich, verwöhnt von den Eltern. Von meinen hab ich eins aufs Maul gekriegt bei jedem Widerwort.« Er schüttete nach. »Und die Haare! Lange Haare bis zu den Schultern hatte er, meine waren stoppelkurz. Während er Cartoons malte, machte ich seine Hausaufgaben in Schönschrift. Er war mein Kindergott. Bis heute bin ich in seiner Hand. Wenn er schnippt, einfach so«, er rieb den Mittelfinger gegen den Daumen, »wenn er das macht, dann springe ich.«

Amanda wollte sein Jammern nicht hören, wollte überhaupt mit dem angetrunkenen Meister nicht in diesem Ton sprechen müssen. Deshalb hob sie die Schultern: »Na und? Dann frisieren Sie eben für eine andere Show, für Yves Saint Laurent oder so, es gibt noch mehr Modemacher in Paris, die Sie mit Kusshand nehmen würden … Mit Ihrem Talent!« Sie wollte noch sagen, welchen Glanz sein Salon habe, wie geschickt er seine Schere führe, wie charmant er mit seinen Kundinnen umgehe, ein Friseur der Sonderklasse, und dass ihre Mutter immer gesagt habe, das Leben werde nach vorne gelebt.

Amanda brannte es auf der Zunge, zu fragen, ob René sich auch privat mit ihm treffe, ob er hin und wieder zu dieser Clique gehöre, junge Künstler, die sich gegenseitig inspirierten, die darauf zielten, zwischen Paris und New York, Rom und London die Linien zu ziehen, auf denen sie tanzen konnten mit ihrem Talent. Yves Saint Laurent zählte dazu, Andy Warhol, Mick Jagger, Paloma Picasso und auch Karl. Sie fand, René habe das Zeug, um einer von ihnen zu sein, doch dann dürfte er nicht weinerlich sein wie jetzt, sonst würde man über ihn lachen wie über einen Clown. »Ben, ein Freund, könnte Sie mal mitnehmen«, behauptete sie, nur um etwas zu sagen, das den Meister zuversichtlich stimmte. Denn Ben erzählte von diesen Partys in der Nacht auf den Dachterrassen großer Wohnungen in der Avenue Montaigne oder im Tanztempel *Le Palace* und auch davon, dass man munkelte, dort ginge es zügellos zu. Wäre René nicht launig vom Champagner, hätte Amanda ihrem Meister auf die Schulter geklopft und erklärt, dass sie ihn bewundere, dass sie darauf brannte, mehr und mehr von ihm zu lernen, dass er sich nicht verstecken müsse hinter Karl und den anderen. Augenzwinkernd hätte sie ihn gefragt, ob er Karl liebe, weil er ein Genie, ein Vorbild, ein Liebling der Presse war und überhaupt ein schöner Mann. Sie machte es nicht, dachte, dass betrunkene Männer an Format verloren. Die schrien, schlugen, wurden unberechenbar. Oder sie wurden zu Memmen, so wie René, der vor ihr stand, sich über die unteren Wirbel im Rücken rieb und weinerlich antwortete, als hätte er ihre Gedanken gelesen: »Dämliches Wort. Liebe! Liebe ist eine Lüge, Liebe endet im Leid.« Da erst fiel ihr auf, dass er seine Frisur leicht verändert hatte, seitlich kurz, die Ohren freirasiert, am Oberkopf lang gestuft, mit einem Seitenscheitel versehen, so wie Karl. Er trug wie Karl stets ein Hemd, und seit Kurzem band er um den Kragen ein gebauschtes Halstuch. Und nur um diese Unterhaltung zu beenden, sagte sie: »Alles halb so schlimm. Sie haben ja mich.«

Plötzlich sah er Amanda feindselig an: »Bist mir bloß aufs Auge gedrückt. Will ich das? Nein. Wenn ein Wort von hier nach draußen dringt, bist du erledigt. Dann haben wir beide Krieg.«

KAPITEL 14

31. Dezember 1968

Sucht euch was Leckeres aus, ich lade ein.« Ben wedelte mit der Kreditkarte. »Das heißt, mein Alter zahlt.« Sie betraten zu Dritt das *La Coupole*, einen Pariser Tempel, den Amanda niemals besucht hätte. Hier hingen keine Lampions an den Markisen, kein Stimmgewirr drang aus dem Inneren, und doch standen die Menschen Schlange auf dem Trottoir, immer zu zweit nebeneinander, geduldig auf den Einlass wartend. Angesagte Lokale mochte Amanda nicht, eher die kleinen Bistros mit wackeligen Tischen, mit Rauchschwaden in der Luft und lauten französischen Chansons, dort, wo sie eine Noisette trank, jenen Espresso mit einem Tupfer Milchschaum, den es in ihrer Heimat nicht gab. Dort hielt sie sich bevorzugt am frühen Abend auf, wenn René pünktlich um halb sieben seinen Laden schloss und mahnte: »Denk dran, was hier in den Räumen passiert, das ist wie ein Geheimnis.«

Als sie nun in der Tür des *La Coupole* mit ihren Freunden stand, da staunte sie über die Weite. Es eröffnete sich ein Saal mit fast hundert Tischen. Keine Nischen, kein Zigarettenqualm, sondern Parfüm lag in der Luft. Man saß an festlich gedeckten Tischen hinter riesigen silbernen Kerzenständern halb versteckt, man sprach leise, lachte nur verhalten, mehr Plaudern als Diskussion, es klimperten die Bestecke auf weißem Porzellan und auch die Armreifen der Damen. Ein Mann im Frack spielte Klavier. Amanda stellte sich auf Zehenspitzen, um zwischen den marmorierten Säulen ein bekanntes Gesicht zu entdecken.

Hier würden einige Kundinnen von René die letzten Stunden dieses Jahres 1968 verbringen, und es kam ihr der Gedanke, dass sie an diesem Ort nicht feiern wollte. Alles üppig, alles mit Glanz lackiert. Die Stoffe all der Kleider fand sie zu kostbar, zu jedem könnte sie den Designer nennen und den Preis dazu, der die Monatsmiete eines Appartements bei Weitem überstieg. Wie gerne wäre sie jetzt bei Abdel im *La Petite*, wo die Musik zum Mitsingen hochgedreht würde und Wein aus der Flasche die Runde machte. Doch Ben hatte sie eingeladen, und Catherine hatte begeistert gesagt: »Endlich mal raus aus dem Loch hier, endlich mal was Vornehmes riechen.« Da hatte Amanda ebenfalls zugestimmt, weil sie es so wunderbar gefunden hatte, die Freundin nach der Krankheit wieder strahlen zu sehen.

»Na, dann mischen wir den Laden hier mal auf«, meinte Catherine und strich sich mit den Händen entlang der Hüfte über das weiße Satinkleid. Sie zwinkerte einem Mann am Tisch vor ihr zu und setzte ihr entwaffnendes Lächeln auf, während sie sich bei Ben einhakte. »Wo ist denn unser Ehrentisch?« Dabei schmiegte sie sich an Ben, der augenblicklich die Brust schwellte. »Natürlich mittendrin!«

Noch zögerte Amanda, irgendetwas hielt sie ab, den beiden zu folgen. Natürlich wollte sie bleiben, wollte mit den Freunden dieses besondere Jahr ausklingen lassen, in dem sie all ihre Entschlusskraft endlich gebündelt hatte, in dem sie aufgebrochen war nach Paris und nun in einem Leben feststeckte. Hatte sie sich das so erträumt? An der Seite von René als Mädchen fürs Grobe? Es schien ihr unwahrscheinlich, dass der Meister im neuen Jahr seine Haltung änderte. Er war ein Könner, keine Frage, aber er war auch stur, jedes Bitten von ihr, seine Schnitte zumindest an den Puppenköpfen ausprobieren zu dürfen, ließ er wie einen Tischtennisball an sich vorbei ins Leere fliegen. Und wenn Amanda sich in diesem Moment eines vornahm, so war es, diese Situation zu verändern. Überhaupt hatte sie in den letzten Wochen kleine Fehler in seiner Arbeit entdeckt: René, ihr Meister, sah für ihren Geschmack nicht mehr tief genug, er wendete seine Techniken bewusst an, statt sich von seiner Inspiration leiten zu lassen. Außerdem schielte er zunehmend auf die Portemonnaies seiner Kundinnen und setzte die Termine zu dicht. Er wurde haltlos. Amanda seufzte. Noch hatte sie keine Ahnung, wie es ihr gelingen könnte, mit dem Meister darüber zu sprechen. Wie sollte sie ihm erklären, dass sie selbst stets mehr als das Offensichtliche sah? Hängende Busen, ungleich groß, Dellen am Po und Krampfadern an den Beinen, schräg gewachsene Zehen an den Füßen. Alles zurechtgeruckelt unter Haute Couture. Großporige Haut unter zu dick aufgetragenem Make-up. Kahle kreisrunden Stellen am Oberkopf unter toupierten Türmen. Rot umrandete Augenlider nach schlecht geschlafener Nacht. Lippen, ohne Schminke zu schmal. Und sie sah noch tiefer, sah bis auf die Seele und noch tiefer auf die Einzigartigkeit. Wer wären all diese reichen Frauen auf Renés Frisierstuhl, würden sie die gezierten Gesten vergessen, würden ohne Hemmung und Rücksicht auf Etikette laut über einen Witz lachen, gestikulieren in großem Bogen und mit den Füßen zur Musik wippen, würden sie sich auf die Schenkel schlagen oder auf den Tisch, damit man ihnen zuhörte, damit man ihre Stimme mal laut vernahm, statt zu hüsteln hinter vorgehaltener Hand. Vielleicht würden andere ihr Temperament, ihren Humor überraschend finden, würden nicken zu den endlich erzählten Träumen und zu einem bisschen Verwegenheit. Aber all das zeigten die Kundinnen von René nicht. Und auch hier im *La Coupole* entdeckte sie die Frisur, die René so vorzüglich schnitt: den Bob. Nicht toupiert, nicht zementiert, sondern perfekt auf Linie gerechnet, die Spitzen der Seiten berührten die Mundwinkel, der Pony verdeckte die Stirn, verbarg die bissigen, rebellischen, heimlichen Gedanken. Amanda gefiel auch das nicht. Diese Frisur verkleinerte die Köpfe. *Wie wäre es …*, überlegte sie, da stieß Catherine ihr den Ellenbogen zwischen die Rippen. »He, träumst du wieder?«

»Nein, ich arbeite.« Sie lächelte die Freundin an, blickte eine lange Weile in das ungeschminkte Gesicht, auf die rotgoldenen Haare. Ohne Spray und Wickler, nur durchgewuselt mit zehn Fingern, besprüht mit einem Hauch Olivenöl glänzte es, fiel schwer in den tiefen Rückenausschnitt ihres Kleides. Unwillkürlich strich Amanda darüber. »Schenkst du mir eine Locke? Ich meine, darf ich eine abschneiden für mein Skizzenbuch?«

Catherine tippte sich gegen die Stirn. »Du spinnst.«

»Hallo, hier spielt die Musik«, flüsterte Ben und deutete auf die Kellner, die gefüllte Teller auf ihren Unterarmen balancierten. »Wachteleier in Dijon-Senfsoße, Bœuf Bourguignon, Bouillabaisse. Das Lammkarree ist hier vorzüglich. Na, was meint ihr?«

»Kann man sich kaum merken«, scherzte Amanda. »Gut, dass wir einen Kenner unter uns haben.«

Und da entdeckte sie Karl.

Er saß an einem langen Tisch im Saal, beugte sich vor, legte seine Hand auf den Unterarm einer Frau, vermutlich eines Starmodels. Dann lehnte er sich wieder zurück und verschwand aus Amandas Sichtfeld. Und dieser Augenblick raste ihr durch den Magen, durchs Herz, verursachte ein Stechen, dass sie selbst erschrak.

»Was ist los? Schlag keine Wurzeln!« Sie hörte Ben, aber reagierte nicht, vielmehr starrte sie wieder auf Catherine, die den Kellner begrüßte, als habe sie den Tisch reserviert, sei überhaupt sie die Gastgeberin des Abends.

»Bist du zur Salzsäule geworden?«, fragte Ben und hielt auch ihr einen Arm wie ein Gentleman hin. »Immer Blusen. Warum nicht mal was Umwerfendes?« Amanda hakte sich ein: »Immerhin trage ich einen funkelnagelneuen gestreiften Hosenanzug.« Aber Ben wippte mit dem Kopf, und sie wusste nicht, ob er es spaßig meinte, als er murmelte: »Secondhand und im Saum zu lang.«

Wenige Meter nur von Karls Tisch entfernt nahmen sie ihren Platz ein. Den Tisch dekorierten einzelne Rosen, und in der Mitte steckte ein steifes Zettelchen Büttenpapier in einer silbernen Klammer. *Benjamin Lilienthal* stand darauf. Und während Catherine entspannt wirkte, sogar glücklich wie seit der Krankheit nicht mehr, zog sich Amandas Magen weiter zusammen wie ein Schwamm, aus dem das Wasser gedrückt wurde. Sie schüttelte sich, wollte so etwas nicht spüren. *Eine Idee, die ich eigentlich nicht haben will*, so dachte sie, und auch, ob sie diese Idee einfach wieder wegdrücken könnte. Und während Catherine und Ben sich unterhielten, wurde ihr klar, dass dieser Moment etwas Schicksalhaftes barg. Noch hörte sie Catherine zu laut behaupten: »Ich tanze nicht mehr an der Seine.« Noch hörte sie Ben antworten: »Für so was bist du sowieso zu schade.« Noch hörte sie sich sagen: »Aber im Moulin Rouge wollen sie dich nicht.« Da brach die Idee aus ihr heraus – und Amanda beugte sich zu Catherine, flüsterte der Freundin ins Ohr: »Zwei Tische weiter rechts sitzt Karl Lagerfeld.« Catherine erhob sich halb vom Stuhl, beugte sich vor: »Der attraktive Typ mit dem weißen Hemd und dem Halstuch? Heiliger Silvesterabend, was für ein Zufall.«

»Ja, der! Zum Anstoßen nah. Mach was draus!«

Ben fragte, was es zu flüstern gebe, und reichte die vom Kellner servierten Gläser. »Lasst uns einen Toast aussprechen. Ich erhebe mein Glas auf euch, meine besten Freundinnen in Paris. Na ja, andere Schöne wollen mich nicht, da nimmt man, was man kriegt …«, witzelte er. »Hört ihr mir überhaupt zu?«

Catherine schloss die Augen, Fältchen gruben sich darum, die Nasenlöcher weiteten sich, dann öffnete sie die Augen wieder. Nie würde Amanda dieses Aufblitzen von Grün vergessen, nie den langen, festen, zärtlichen Druck von Catherines Umarmung. »Du bist ein Elfenwesen.«

Noch vor wenigen Wochen hätte sie nicht zu hoffen gewagt, Catherine könnte je wieder gesund werden. Doch das vierte Antibiotikum hatte angeschlagen. In wenigen Tagen war das Fieber gesunken, wenngleich der Husten nachts noch immer quälte. Aber auch der würde vorübergehen.

»Iss mal ein deftiges Stück Fleisch, du bist noch immer nicht ganz bei Kräften«, empfahl Ben. »Außerdem, was tuschelt ihr denn dauernd, wir müssen bestellen, sonst klappt das nicht vor Mitternacht mit dem Essen.«

Catherine antwortete: »Essen? Ich will tanzen!«

Ben sah sie verwirrt an: »Mach hier keine Show, man kennt meine Familie.«

Catherine versetzte ihm einen Klaps mit der Speisekarte. »Ich komme aus der Gosse, aber da bleibe ich nicht«, sagte sie, und auch: »Ufer adé!«

Dabei legte sie ihre Hand aufs Herz, strich theatralisch über die Brust, hob den Kopf zur gewölbten Decke: »Da kommt was Neues auf mich zu.« Ihre Haut auf dem Dekolleté, über das sie strich, zeigte ein Gezweige von blauen Linien wie der Fahrplan der Metro. Auch fiel Amanda auf, dass sich die Farbe ihrer Augen verändert hatte. Nicht mehr grasgrün, sondern hinterlegt von einem Dunkel.

»Auf die zwei apartesten Frauen im Saal. Die eine grazil wie ein Reh, die andere das pralle Leben.« Ben hob zum wiederholten Mal sein Glas.

»Schluss«, wiederholte Catherine. »Ich habe Besseres verdient. Und ich weiß auch schon, was.« Sie rückte den Stuhl vom Tisch, stand auf, hob nun auch ihr Glas: »Es wird ein Wunder geschehen.« Sie lachte wieder zu laut, zwinkerte Amanda zu. »Auf dich!«

Ben lachte mit und bemerkte, dass auch ihm monatlich ein Wunder widerfahre, nämlich der Scheck vom Vater. »Wenn du nicht mehr arbeitest wie bisher, wovon willst du leben?«, fragte er vorsichtig nach.

»Ich weiß, wann was zu Ende geht«, erklärte Catherine. »Ich kenne das von früher.« Ben beugte sich weit über den Tisch. »Komm, setz dich wieder hin. Erzähl mal.«

»Da gibt es nicht viel zu sagen. Mein Vater wollte, dass ich Arzthelferin werde«, sie blieb stehen, starrte vor sich hin, über Bens Kopf hinweg in den Saal, und sprach weiter in unbestimmte Richtung. »Bei einem Gynäkologen. Wisst ihr überhaupt, wie viele Formen von Vaginas es gibt? Unendlich. So viele Frauen, so viele Formen.« Sie verzog angewidert den Mund. »Ich musste hinter dem Arzt sitzen, diese Instrumente anreichen. Spekula. Spekula spülen, sterilisieren, sortieren. Spekula verfolgten mich bis in die Nacht. Meine Güte. Wie soll ein junges Mädchen damit umgehen? Die waren verschleimt und blutig, abends angekrustet. Da kam der Ekel mit voller Wucht. Ich konnte die Dinger nicht mehr anfassen, nicht spülen, gar nichts mehr wollte ich in diesem stickigen Untersuchungszimmer mit den Neonröhren, der papierabgedeckten Liege und dem kleinen Rolldrehstuhl, auf dem ich immerzu hockte. Ich wollte nicht in die Vaginas fremder Frauen glotzen.«

»Verstehe ich. Muss man sich überwinden. Geht mir auch so«, grinste Ben.

»Gar nichts muss man, ich meine es ernst, gar nichts muss man«, erwiderte Catherine gereizt. »Merk dir das, gar nichts. Wo's nicht auszuhalten ist, soll man gehen. Jedenfalls habe ich meinen Mantel geschnappt, bin zur Tür raus, ohne Abschied. Ich war vierzehn, und die Prügel meines Vaters wären mir sicher gewesen, hätte der Nachbar nicht aufgepasst. Alles hat immer einen Preis.« Sie stand nun kerzengerade am Tisch, hob noch einmal das Glas. »Vorbei, lange her, heute feiern wir.« Dabei sah sie nicht die Freunde an, sondern lächelte ihr richtungsloses unverkennbares Pass-auf-was-gleich-passiert-Lächeln. Sie stellte sehr bedachtsam ihr Glas zurück auf den Tisch, rieb die Lippen aneinander, massierte mit den Fingerspitzen ihre Wangen, zischte: »Chance!« und ging auf dem kürzesten Weg die Treppe hinunter zur Toilette.

Ben fragte irritiert, was das Theater solle. »Die ist ja unberechenbar heute Abend.«

Aber Amanda schwieg. Schloss die Augen, wünschte, es möge gut gehen. Sie blinzelte zum Karl-Tisch, erhaschte einen Blick auf ihn. Ihr fiel das kleine grüne Kleeblatt am Kragen seines Jacketts auf, und sie wunderte sich, warum sie solche Details wahrnahm und auch, dass sich Crêpes auf seinem Teller stapelten, die er genüsslich schnitt und aß. Und da geschah es. Die Gesellschaft um Karl verstummte. Stille im Saal. Kaum jemand, der nicht hinsah, denn der Modekönig erhob sich, rückte sein Revers zurecht und trat vor seinen Tisch. Er nahm seine Sonnenbrille von der Nase, die Augen lebhaft, ein Glanz im Braun, ein Schalk darin. Amanda nahm seine Blickrichtung auf.

Die Treppe. Catherine am Geländе. Über ihr der Kronleuchter wie ein Spot auf der Bühne. Das weiße Kleid berührte den Boden, sie hob den Saum, raffte den feinen Stoff. Deutete eine Drehung an. Zeigte ihr Profil. Stolz das Kinn gehoben, lang der Hals. Setzte ihre schlanken Beine mit ausladenden Schritten, so wie sie es am Ufer im Tango tat. Erst die Spitze, dann die Ferse. In der Hüfte locker, im Rücken das Muskelspiel. Den Mund halb offen, die geschlitzten Augen auf Karl gerichtet, nur auf Karl, als gäbe es niemanden sonst im Saal, nur sie und ihn. Sie nahm die Hände in die Taille, spreizte die Finger weit über dem Satin. Sprühte Blitze. Kein Dunkel hinter ihren Augen mehr. Sie feuerte stumm einen einzigen Satz auf ihn ab: »Dich will ich!« Das Klimpern am Klavier, das Scheppern des Porzellans, das Raunen im Saal – all das wurde ihr zur Melodie. Sie hob das Kleid höher bis weit über das Knie zu den Schenkeln, bis zum Spitzenrand der Strümpfe. Sie tanzte zu perlenden Klängen, die nur sie zu hören schien in diesem einen Moment mit all ihrer Liebe zum Tango, mit all ihrer Kunst, zu locken. Als Karl tatsächlich auf sie zuging, hielt Amanda den Atem an. Er streckte seine Hand aus. Catherine tat es auch. Ihre Finger berührten sich, seine beringt, ihre nackt. Und er führte sie zum Tisch, zu ihrem Platz, beugte sich zu ihr hin, hauchte die Worte, die Amanda kannte, aber nun voller Absicht tönten: »Komm morgen um drei zu Chloé.«

Sechs Worte, schon einmal aus diesem Männermund zu ihr hingeflattert, damals hatten sie wie ein halbherziges Versprechen geklungen, heute wie der Raub der Freundin. Es kroch in Amanda die Angst entlang der Wirbelsäule, noch immer das Funkeln in den fast schwarzen Augen des Modeschöpfers, die damals matt geblieben waren, als diese Worte ihr gegolten hatten. Jetzt aber flackerten in den Augen des Meisters Flammen, die die Freundin verschlingen würden, zurück bliebe eine Lücke, nicht mehr zu füllen. Die Dachwohnung würde das Lachen, das Tanzen, die Zweisamkeit verlieren, das Albern am Abend bei einem Glas Wein, die laute Musik am Morgen, den Trost, die Durchhalteparolen, die Zauberformeln für Zukunft, all das bliebe verschwunden in diesem Moment. Und die Angst stach zu, als er seine Worte wiederholte, ein warmes Timbre darin: »Komm morgen um drei zu Chloé.«

KAPITEL 15

Juni 1969

Bleib! Geh jetzt nicht, verdammt, mir geht's dreckig seit Wochen. Merkt das denn kein Schwein?« Die Schere rutschte aus seiner Hand. Das Klirren von Metall auf Stein ließ Amanda zusammenzucken. René liebte seine Scheren, niemand durfte sie berühren, und würde eine zerbrechen, er bekäme einen Tobsuchtsanfall. Deshalb tat sie einen Sprung nach vorne, um sie aufzuheben, aber René rief: »Halt, fass die nicht an! Du schon gar nicht.« Dabei ging er in die Knie, griff nach der Schere und schmiegte seine Finger darum. »Ich habe keine Nerven wie er.« René fauchte sie an wie einer dieser Straßenkater nachts auf der Rue Mouffetard. Angefeindet fühlte Amanda sich an diesem heißen Sommerabend im Hinterzimmer des Salons.

Den ganzen Tag hatte er seine Kundinnen umworben und Amanda kaum beachtet, nur wenn er eine Handreichung benötigte, sprach er sie an. Dabei lauerte sie geradezu darauf, dass er ihr die Satzbrocken hinwarf, die seine Schnitttechnik beschrieben, was er sehr selten machte. Deshalb sah sie genau hin, sog jedes Detail in sich auf, obwohl ihre Augen von all der konzentrierten Anstrengung tränten. Und fast dachte sie, einer Eigenart auf die Spur zu kommen, wenn sie abends in ihr Skizzenbuch schrieb: *Er schneidet nicht mit der Schere, er tanzt mit ihr. Der kompakte Mann wird ganz rhythmisch.*

Es fiel ihr auf, dass er nach zwei, drei Gläsern Champagner lustig wurde, mutiger auch in seiner Schnittführung. Da ging ihm alles leicht von der Hand, aber am Nachmittag, wenn die erste Flasche längst geleert, die zweite halb getrunken war und er augenzwinkernd fragte, ob die Utensilien im Kühlschrank lagen, da wurden seine Bewegungen schwerfälliger, da kam er aus dem Takt, und es geschah, dass er am Ende mit dem Zeigefinger entlang der Nase rieb und Amanda mit einer Zornesfalte auf der Stirn ansah, als würde er ihr stumm vorwerfen, das angerichtet zu haben, weil sie unachtsam gewesen war und ihn gestört habe im Flow. Das nämlich war sein Lieblingswort, wenn er die Kundinnen bat: »Jetzt sind wir beide mal ganz, ganz still. Wissen Sie, was ein Flow ist? Man erschafft etwas Außergewöhnliches – und merkt es nicht.«

»Scheißtag«, murmelte er nun im Hinterzimmer und knipste das Licht an und wieder aus, er wiederholte das, bis Amanda bat, damit aufzuhören, sie könne nicht aufräumen.

»Man kann immer, wenn man will. Trink mal einen, damit du locker wirst.«

»So wie Sie?«, fragte sie zurück. »Wenn Sie damit nicht aufhören, vergraulen Sie die Kundinnen!«

René stieß einen undefinierbaren Laut aus. »Papperlapapp. Die wissen doch alle, was sie an mir haben.« Er trank und rülpste. Und Amanda dachte daran, was Abdel ihr vor einigen Tagen gesagt hatte: »Einer der säuft, der hat einen wankelmütigen Charakter, das wechselt von weinerlich auf aggressiv. Pass auf dich auf.«

Nach Mitternacht war sie die Treppe hinuntergegangen und hatte den Freund allein in der Küche vorgefunden. Abdel hatte das Geschirr in die Schränke geräumt und dabei das Lied von Georges Moustaki gehört, nach dem Catherine einst getanzt hatte. Es umhüllte sie plötzlich ein heimisches Gefühl, auch wenn das Lied zwischen den ansonsten arabischen Rhythmen wie ein Fremdkörper klang.

»Huch, du? Ist Donnerstag?«, fragte er mit hochgezogenen Brauen, denn Donnerstag war der Tag, an dem Catherine sich nachts melden sollte, das hatten sie vereinbart. Nur drei Mal hatte Catherine sich daran gehalten. Da hatte sie mit ihrer kehligen Stimme durchs Telefon gelacht: »Schätzchen, hier ticken die Uhren schneller. New York ist nicht Paris, das Leben ist anstrengend und die Ausbildung nicht von Pappe. Karl verlangt viel, und ich will alles geben. Ich muss nach vorne sehen, sonst bremst mich die Vergangenheit aus«, hatte sie gesagt.

Als Amanda jetzt den Freund in der Bar sah, seine Falten tief, ob vor Sorge oder Müdigkeit hätte sie nicht sagen können, da spürte sie Dankbarkeit. Abdel war ihr zum Begleiter geworden, Tag und Nacht hatte er ein offenes Ohr für ihre Belange. Während Ben eher oberflächlich schien, mehr auf Unterhaltung als auf Tiefgang aus, war Abdel einer, der ohne Worte die Gefühle lesen konnte. »Nein, es geht nicht um Catherine, ich erwarte keinen Anruf. Es geht um mich«, antwortete Amanda, und Abdel verstand.

»Setz dich. Was hast du auf dem Herzen?«

»Er trinkt zu viel, ach was, er säuft wie in Loch, es wird mehr und mehr, und er lässt mich verdammt noch mal nicht an die Schere.« Sie tat es nicht gerne, fühlte sich wie eine Petze, als sie von ihren Tagen im Salon berichtete. »Es steckt was in mir, aber es kommt nicht raus. Manchmal denke ich, René ahnt das, und genau deshalb hält er mich klein. Eigentlich will ich mich nicht beschweren, aber mit seinen Ausrastern im Suff ist es kaum auszuhalten.«

Abdel ermunterte sie weiterzureden, indem er Tee einschenkte und ihr einen Platz am kleinen Küchentisch anbot. Er stützte sein Kinn auf beide Hände und hörte zu. Hin und wieder ließ er ein Pfeifen vernehmen oder einen Zisch durch die Zähne.

»Stell dir vor, du willst deine maghrebinischen Gerichte kochen, du weißt, dass du deine Gäste damit verzaubern könntest, doch da ist einer, der dir genau das verbietet. Was würdest du tun?« Sie wartete seine Antwort nicht ab, sondern echauffierte sich weiter. Dass sie für Renés Haarkunst schwärme, dass sie aber auch fürchte, ihm würden bald die Kundinnen fernbleiben, über kurz oder lang würde sich herumsprechen, dass er nachmittags lallte. Am frühen Abend breche er seit Wochen regelrecht zusammen, werde zu einem Häufchen Elend und einmal sogar zum Randalierer, als er mit Kisten voller Shampoo um sich geworfen habe. »Abdel, ich habe Angst, dass mein Weg hier endet. Ich vermisse Catherine, ihr Durchhalten, ihre Sätze, die Mut machen, ich vermisse ihren derben Humor. Weißt du was? Ich gebe es nicht unumwunden zu, aber ich fühle mich einfach überfordert mit einem Trinker als Chef. Da geht einer vor meinen Augen kaputt.«

Abdel tat das, was er immer tat, wenn er angestrengt nachdachte und zwingend eine Lösung finden wollte: Er rieb sich mit der Handkante entlang der Hose. »Mach die Fliege, dem kannst du nicht helfen. Ich kenn mich da aus. Oder mach eine Ansage! Du bist schließlich kein Mauerblümchen!«

»Dreck, das bin ich für den«, beschwerte sie sich.

»Passt!«, grinste Abdel und nahm sie in den Arm, »bei uns in Tunesien heißt es: Die Rose wächst auf dem Abfall.« Er zwinkerte ihr zu und zeigte seine Zähne: »Hilft dir das?«

Dieses Sprichwort fiel Amanda ein, als René jetzt mit der Schere vor der Brust am Boden kniete. »Ich räume auf und gehe dann, es ist gleich halb sieben«, bestimmte sie. Aber René schüttelte vehement den Kopf und wiederholte: »Nein, bleib. Verflucht, ich habe Stress. Irgendwie muss ich doch runterkommen.« Weinerlich fügte er hinzu: »Seine

Show in der Met wieder ein Spektakel, samtig, üppig. Und ich nicht dabei. ›Einen vor Ort, ich nehme einen aus der Metropole‹, hat er gesagt. Was soll das heißen?« René stand nun auf, kam zu nah an ihr Gesicht, sie roch seinen säuerlichen Atem. »Hast du überhaupt eine Ahnung, wie ich mich seit Jahren verschulde? Reisen nach Amerika, nach Italien, Rom, Mailand, Florenz, demnächst will er nach Berlin. Und ich Trottel? Ich schließe den Laden. Die Bank im Genick. Für ein lumpiges Handgeld reise ich ihm nach. Wofür? Was passiert? Am Ende stolziert er als Gockel in der ersten Reihe, verneigt sich, dankt der Schneiderin, der Visagistin, den Beleuchtern, den Putzfrauen, den Models. Mir dankt er nicht, meinen Namen erwähnt er nicht. Als wäre ich nicht anwesend! Warum?« Er sprach zu laut, nun wütend, versprühte Speicheltröpfchen. »Ich bin sein Freund seit dreißig Jahren. Ich kann nicht mehr, ich will es auch nicht mehr. Für ihn sind Haare nur ein Accessoire, nebensächlich, Stoffe, Schmuck, Parfüm machen bei ihm die Schönheit aus.« Er setzte die Flasche an den Mund, stieß dabei hart gegen die Zähne, schüttete den Champagner in sich hinein, als wäre es Wasser. »Fang du damit nicht an, unglaublich gut, aber auch ein Nebel.«

Sie wusste, dass er von Karl sprach und von der Geschichte hinter der Geschichte.

»Wir haben uns damals Blutsbrüderschaft geschworen, das heißt, ich habe mir als Erster in den Finger geritzt, und er hat es nicht getan.« René steckte seinen Zeigefinger in den Mund, lutschte daran und nahm wieder mehrere Schlucke aus der Flasche. »Machst du noch eine auf?«, bat er.

In diesem Moment schwang die Tür zur Straße auf, der helle Glockenton an der Decke kündigte Kundschaft an. Aus dem vorderen Salon klang eine tiefe, warme Stimme: »Hallo? Monsieur René? Sind Sie da?«

René krampfte um die Schere: »Sieh nach, sag, ich komme gleich, kaltes Wasser hilft, das macht nüchtern.«

Die Stilikone von Paris, die auch in Deutschland ein Star war, stand ohne Termin und Ankündigung in der gläsernen Tür des Salons, die Hüfte schräg, die rechte Hand zum Peace-Zeichen erhoben, im Mundwinkel die glimmende Zigarette. Ihre Vinylstiefel reichten bis zu den Kniescheiben, und der Saum ihres ärmellosen, hauchdünnen Kleids endete wenige Zentimeter unter dem Po. Sie drehte sich in der Tür wie eine flippige Diva, ihre langen Haare flogen hoch, ein vom Wind aufgewirbeltes goldbraunes Laub, durch das Sonnenstrahlen blitzten.

»Zeit für mich?«, fragte sie, und Amanda verschlug es fast die Sprache. Françoise Hardy.

Catherine verehrte die Sängerin, weil sie »den Arsch in der Hose hatte«, weil ihre Stimme, dunkel und klar, die Bar und die kleine Mansardenwohnung durchdrang, wie oft hatten sie nach ihrem Song *Le Temps de l'Amour* getanzt, nach jenem rockigen Marsch wie ein Protest. »Die Hardy ist Seite an Seite mit den vermeintlichen Losern durch die Stadt gezogen«, hatte Catherine erklärt und diese Frau bestaunt, die mit einem silbrigen Flitter-Mini von Paco Rabanne wie eine Außerirdische vor den Studenten und Arbeitern in Ballerinas hergelaufen war, die Faust in die Luft gereckt, mit Pailletten am Körper klirrend wie ein schriller Schrei.

Dass sie heute in der Tür stand, überraschte Amanda, und gleichzeitig schoss ihr der Gedanke durch den Kopf: *Da kommt der Star, und René ist betrunken.* Deshalb hieß Amanda sie willkommen, wie der Meister es bei seinen Top-Kundinnen tat, ein wenig den Kopf zur Schulter geneigt und die Hände vor der Brust gefaltet, nannte sie ihren Namen. Aber die Hardy stapfte an ihr vorbei: »Keine Formalitäten bitte. Wo ist er?«

»Was genau können wir für Sie tun?«

Die Hardy hob eine Schulter. »Mal was Neues. Bob, am besten einen Bob, darin ist er der Meister, oder?«

Mit zusammengekniffenen Augen musterte Amanda die Hardy, ließ den Blick entlang der hohen Wangenknochen gleiten, der Mund schmollig und zu groß über dem herzförmigen Kinn. Ihr Ausdruck ein bisschen lasziv, ein bisschen frech, als wollte sie sagen: *Ich rausche durchs Leben.* Amanda fand diese Ausstrahlung wunderbar, eine junge Frau, wenige Jahre älter als sie selbst, voller unverkrampfter Eitelkeit, so schien ihr die Hardy, und sie stellte sich vor, wie ein Bob dieses perfekte Gesicht bedeckte und die Proportionen falsch sortierte. Sie würde ihre Wildheit verlieren, würden die Haare zugeschnitten auf Linie. Erst schüttelte es Amanda bei dieser Vorstellung, dann lachte sie laut: »Das passt ungefähr zu Ihnen wie Schlagsahne auf einen Potaufeu!«

Die Hardy staunte, fuhr sich unsicher mit den Fingern durch die langen, feinen Haare und fragte prompt, was Amanda empfehle. Amanda knetete die Unterlippe und dachte nach: *René fällt aus, der ist im Suff, wenn der schneidet, gibt's einen Skandal.* Die Hardy wegzuschicken, auf später zu vertrösten, kam ebenso wenig infrage, denn sie würde, so vermutete Amanda, geradewegs zur Konkurrenz gehen, zu den jungen Wilden wenige Häuser weiter, die seit Wochen versuchten, René die Damen abzuwerben mit Handzetteln und Bonusmarken und dem Versprechen, keinen Bob zu schneiden, sondern gepflegte Lässigkeit, so wie es in New York gerade Mode war. »Paris beim Schopfe packen«, lautete deren Motto im Fenster, gesprüht mit lila Farbe.

»Darf ich Sie zeichnen, ich meine, mit einer Frisur, die Sie nicht verkleidet, sondern die ehrlich ist?«, fragte Amanda, selbst erstaunt über diesen Mut. Gleichsam schickte sie ein Stoßgebet zum Himmel, die Hardy möge Ja sagen.

»Bist du der Lehrling im Salon? Na, jedenfalls keck genug. Gefällt mir.« Die Hardy lachte, dann kniff sie die Augen zusammen, sah Amanda durchdringend an: »Ich soll Modell stehen beim Friseur? Du bluffst.«

»Nein, zuerst zeichne ich Sie. Das ist meine Art, Schönheit zu entdecken.« Sie spürte, wie sie errötete, wie ihr warm wurde bei der Vorstellung, durch dieses lange Haar mit der Schere zu gleiten, obwohl sie wusste, er würde es verbieten. Doch es gab keine Alternative. Wenn sie das jetzt nicht tat, was sie tun wollte, wenn sie diese rote Linie, die er gegen ihren Willen seit Monaten zog, nicht überschritt, würde sie ihre Chance vorbeiflattern lassen. Und dann war der Impuls da: So wie Catherine im *La Coupole* geistesgegenwärtig reagiert hatte, so wuchs auch Amanda in dieser Minute über sich hinaus. Und sie hörte sich sagen: »Sie werden in Paris keine finden, die besser die Schönheit erkennen kann als ich.« Nun wurde die Röte zum Knallrot, und der Schweiß tropfte geradezu in den Achselhöhlen. Egal ob Schweiß oder Zittern oder Stammeln, alles war möglich, wenn sie nicht fortlief, nicht kniff, nicht dem betrunkenen Meister das Feld überließ! Deshalb betonte Amanda noch einmal: »Sie können mir vertrauen. Das hat schon Karl Lagerfeld getan.«

Der breite Mund der Hardy zog sich bis zu den Ohren. »Dann mach das. Vom Zeichnen sind noch keine Haare versaut worden. Ja! Ich bin übrigens Françoise.« Sie setzte sich auf einen der Stühle, schlug die langen Beine übereinander. »Eine Zigarettenlänge warte ich«, entschied die Hardy.

Flugs rannte Amanda ins Hinterzimmer, die Augenlider halb geschlossen, denn ihre Idee von Schönheit sollte in ihr bleiben. Sie gab dem Meister ein Zeichen, er dürfe sich nicht bewegen, flüsterte: »Jetzt geht es um alles. Bleiben Sie ganz ruhig sitzen. Wir wollen keinen Skandal.« Und er sah stumpf zu ihr hin. »Mach das, aber mach es gut. Eine wie die will ich behalten.« Dabei hielt er sich an dem Glas mit beiden Händen fest. Sein Anker für eine kurze Weile. Und dann sagte er nichts mehr, nur in seinen trüben Augen glaubte Amanda so etwas wie einen Schalk zu entdecken.

Sie spitzte den Stift, schlug das Skizzenbuch auf, begann zu stricheln, verschlang Linien ineinander, malte Flächen aus, leckte am Zeigefinger und fuhr damit längs und quer über das Papier, bis ein feines Gewebe entstand, das einem vom Wind zerzausten Haar glich. Lange Mähne, nur in den Spitzen federnd, glatt und flächig, ein schräger Pony, der die Brauen verdeckte, den die Wimpern mit einem Aufschlag berührten. Die Haare der Hardy sollten luftig sein, dicht sein, wie ein Fransentuch sich an den Kopf schmiegen, bis weit über die Schulter in den Rücken fallen, ein Symbol für die Wärme dieser Frau sein, betont mit hundert hauchzarten kupfernen Strähnchen. Amanda schwor das herbstliche Sonnenlicht vor ihrem geistigen Auge herbei, das sich eben im Haar der Hardy verfangen hatte, als sie sich übermütig in der Tür zum Salon gedreht hatte. Diese Sekunde wollte sie haben, es waren immer nur Sekunden, in denen wahre Schönheit sich zeigte und einen nie zu vergessenden Eindruck hinterließ.

Wenige Minuten hatte das Zeichnen gedauert, und als sie ihr Kürzel daruntersetzte, *AmLe*, da merkte sie, dass der Meister ihr über die Schulter sah, den Mund zusammengezogen wie ein trotziges Kind. Er schwieg, und sie tat es auch, eine Leerstelle zwischen ihnen und die Frage, ob sie dürfe, und seine Antwort blieb aus. Da griff sie nach seiner Schere.

Sie reichte der Hardy das Buch und fürchtete, dass sie diese Zeichnung nicht verstehen, lachen oder sich ärgern oder irgendetwas anderes äußern würde als Freude. Nie zuvor hatte Amanda sich einer Fremden anvertraut, es war, als würde sie sich nackt in diesen Salon stellen, sich ausliefern einem Gemäkel an dem, was doch mit ihr verbunden war wie Arme und Beine und Brust, was sich nicht verändern ließe, sondern ein immerwährender Teil von ihr bliebe. Und erst als Françoise nickte: »Das ist total rebellisch«, atmete Amanda aus, drückte die Knie durch und fühlte sich wie eine, die über eine Schlucht gesprungen war und endlich, endlich auf festem Boden stand.

»Schneid das genau so«, hauchte die Hardy, wobei sie den Blick nicht vom Skizzenbuch hob. Sie wiederholte es im Refrain eines Songs, aber noch dachte Amanda, sie müsse sich mit René besprechen, deshalb lief sie ins Hinterzimmer, japste nach Atem, als wäre sie Hunderte Meter gesprintet.

Er saß hinter der Tür, schräg auf dem Hocker, die Arme auf dem Tisch und den Kopf in einem Stapel Handtücher verborgen. Behutsam berührte sie den Meister an der Schulter. »René, sie will, dass ich das schneide. Einverstanden?« Umständlich setzte er sich auf und nuschelte: »Habe jedes Wort gehört.« Dabei lächelte er vor sich hin, als würde er sanfte Bilder sehen. »Vorsicht mit meiner Schere. Die ist scharf. Immer wegschneiden vom Gesicht. Ich will kein Blut sehen.« Dann stierte er vor sich hin, lächelte weiter.

Sie führte die Hardy zum Prominentenstuhl in der hinteren Ecke des Raums, verdeckt von Yuccapalmen, band ihr den schwarzen Polyesterumhang im Nacken zusammen und schloss die Augen. Wie hatte sie diesen Moment herbeigesehnt – gebetet hatte sie zu all den Sternen über Paris seit dreihundertneunzig Tagen! Sie erinnerte sich daran, dass sie immer und immer wieder ihre Zeichnungen in Gedanken verwirklicht, mit Kamm und Schere hantiert hatte. Zuerst während der Nächte im Zimmer der Concierge und tagsüber während der Fahrten in der Metro und bei Spaziergängen entlang der Seine, während des Sitzens in den kleinen Bistros und des Wartens auf Catherine im Café gegenüber dem Salon oder während der lustigen Feiern in Abdels Bar. In ihren Gedanken saß jeder Handgriff wie das Spielen einer Partitur auf dem Klavier, die Noten derart einstudiert, dass es möglich wäre, neue Melodien zu ersinnen. Deshalb grinste sie wie eine, die wusste, was sie tat, und setzte den ersten Schnitt an, nicht zaghaft, sondern mit der Magie des Wissens darum, dass niemand sonst diesen einen Schnitt kopieren konnte, immer würde die Schere anders gehalten, die Hand anders geführt, würden Stimmungen sich anders mit der Zeit verbinden. Und die Zeit war reif, und die Stimmung war richtig, hier und jetzt mit der Hardy.

KAPITEL 16

September 1969

Der Besuch der Hardy war acht Wochen her, und in Amanda rumorte seither der Drang, das Erlebnis zu wiederholen. Hinter der Kundin im Salon zu stehen mit der Schere in der Hand und dem Farbschälchen auf dem Tisch, nicht nur die Macht zu haben, das Aussehen zu verbessern, sondern eine Überraschung zu erreichen, wenn die Kundin sich mit den Händen durch die Haare fuhr, den Kopf hin und her drehte, dann wollte Amanda Sätze hören wie: »Ich hätte nie gedacht, dass mir so was steht.« Es ging ihr nicht um ein Dankeschön, nicht ums Trinkgeld, das den Damen in Renés Salon sowieso locker in der Tasche lag, nein, ihr ging es um etwas ganz anderes, die versteckte Schönheit hervorzulocken.

»Wir können dann zwei Stühle besetzen, zwei Damen parallel. Auch die jungen Wilden ein paar Häuser weiter arbeiten so, vom Haarewaschen bis zum Föhnen alles in einer Hand«, schlug sie René vor. Sie hatte bewiesen, wozu sie fähig war, das musste er endlich anerkennen. Magazine hatten über den Look der Hardy geschrieben, hatten die Frisur *Freiheit* getauft. Andere behaupteten, das, was René hier gelungen war, sei wie ein weichgezeichneter Protest, genauso wie die Songs der Hardy.

»Nein!«, bestimmte er, »Ausnahmen sind keine Regel. Lernen heißt, mir über die Schulter zu sehen. Aber zeig mir deine Skizzen, vielleicht kann ich da doch was draus machen.«

»Nein!«, erwiderte Amanda im gleichen harschen Ton

wie René zuvor. »Das im Skizzenbuch ist meine Schöpfung.«

»Was heißt hier Schöpfung? Wirst du größenwahnsinnig, weil dir einmal was gelungen ist?« Er lachte laut, dabei riss er den Mund zu weit auf. »Alles wie immer. Heute und morgen und übermorgen. Basta.« Nach einer kurzen Pause, in der er um eine Erklärung rang, setzte er nach: »Das erste Mal ist gar kein Maßstab. Es ist eher wie ein Versehen. Merk dir das.«

Sie sah seine Halsader anschwellen. »Schluss mit der Diskussion!« Er drehte sich um, ließ sie stehen, und sie wankte, ob sie ihm wütend nachlaufen, ihm sagen sollte, dass er so nicht mit ihr umspringen könne. Aber sie schwieg und ballte die Hände zu Fäusten. Jeder weitere Wortwechsel würde im Streit enden, sie würde den Rausschmiss riskieren. Dabei hätte sie gerne mit ihm darüber gesprochen, was sie bei diesem allerersten Haarschnitt in seinem Salon empfunden hatte. War es normal, dass plötzlich die Stille über sie gekommen war, dass sie ohne Eifer, sondern in gleichmäßiger Langsamkeit umsetzte, was zuvor auf dem Blatt entstanden war? War es normal, dass sie einige Schritte zurückgesetzt und mit Strenge auf die Hardy gesehen hatte, als müsse sie Fehler suchen? War all das normal, dass es am Ende keine Atemlosigkeit, kein Hämmern im Puls vor Freude über das Werk, vielmehr die Schwere in den Knochen gegeben hatte? Wie oft hatte Amanda sich ausgemalt, wie sie sich fühlen würde nach dem ersten Mal, wie ihre Haut vor Glück splittern würde. Davon wollte sie René erzählen, und auch davon, dass sie glaubte, ihre Gefühle würden sich erst zurechtruckeln, wenn ihr wieder und wieder solch ein Werk gelingen könnte, dann erst würde sie selbst an sich glauben. Deshalb flüsterte sie: »Ich muss es noch einmal tun, um mich zu finden.«

»Welche Technik?«, fragte der Meister und drehte sich zu ihr um.

»Ich habe die Haare zu Strähnen gezwirbelt und von unten nach oben geratscht. Ähnlich wie Sie es manchmal machen, ich habe das von Ihnen geklaut, aber nicht die Schere, sondern die Rasierklinge dafür genommen. Das überkam mich einfach so, das war eigentlich nicht der Plan. Ich habe nicht die Schere genommen.«

»War gut. Jetzt aber Feierabend!«

Nur eine Funzel auf dem Handtuchtisch brannte, denn der Hinterraum war fensterlos. Er knipste nervös das schummrige Licht an und aus und an und aus und murmelte: »Rasierklinge, keine schlechte Idee.« Der schwache Schein fiel auf sein Gesicht, verlor sich in seinen scharfen Falten zwischen Mund und Nase. *Grau,* dachte Amanda, *graue Augen, grobe Haut, der Mann löst sich auf, wenn der weiterhin trinkt.* Sie klopfte gegen den Rahmen, rief, sie gehe jetzt nach Hause. »Können wir morgen noch mal reden?« Sie nahm ihren Rucksack aus dem Schrank. »Monsieur René, haben Sie gehört?«

»Nein! Es bleibt, wie es ist. Geht nicht gegen dich, aber ich lasse mich von Karl nicht gängeln. Schickt dich mit einer Visitenkarte! Ruft nicht einmal an, um zu fragen, ob ich überhaupt einen Lehrling will! Was soll das?« Er schimpfte nicht mit ihr, sondern ins Halbdunkel des Raumes: »Brauche ich nicht.«

Nimm ihn nicht ernst, der ist betrunken, dachte sie und drehte die Schulter zur Seite. Aber sie erwiderte noch: »Ich bin nicht verantwortlich für Ihre Eifersucht auf Herrn Lagerfeld« und zeigte auf die Scheren, die wie immer nach Größe sortiert auf einem weißen Baumwolltuch lagen: »Sie müssen mich ausbilden. Wir haben einen Vertrag.« Weil er nicht reagierte, schob sie nach: »Ab morgen machen wir das gemeinsam. Oder ich schmeiße hin.« Noch wunderte sie sich über ihre Unverfrorenheit, es kam ihr unwirklich vor, dass sie so mit ihm redete, und sie erinnerte sich an die Abende mit Catherine, als sich über den Meister beschwerte.

»Wenn du mit dem nicht Klartext redest, bist du verloren. Ich kenne solche blasierten Typen«, hatte Catherine befunden. Deshalb setzte Amanda jetzt nach und zeigte auf die Scheren: »Geben Sie mir eine Stunde täglich die Scheren – und ich zeige Ihnen, was ich kann. Schere gegen einen Blick ins Skizzenbuch!«

»Diese Scheren«, so rief René, »sind mein Vermögen. Fass die nicht an.«

»Okay. Ich habe selbst eine in der Tasche, trage ich immer bei mir …«

»Zeig her«, unterbrach er sie, und sie reichte ihm das gute Stück, das die Mutter ihr vor langer Zeit geschenkt hatte. Die Linien auf seiner Stirn vertieften sich, als er mit dem Daumen über die Klingen strich, sie in seiner Hand wog, damit klapperte, um dann zu befinden: »Schund. Da ist ein Spalt.« Er steckte sie in ihre Tasche zurück. »Eine Schere muss scharf sein wie ein Samurai-Schwert, merk dir das.« Dann zögerte er, lächelte versöhnlich: »Mal sehen, vielleicht kriegst du eine nach der Ausbildung. Wenn du bleibst. Du kannst nicht fort. Was soll denn Karl denken? Du kriegst eine aus Japan, versprochen. Die kennen dort die Kunst, harter Stahl auf weichem Stahl, gemacht für die Ewigkeit.« Während er von einem Schmied aus Kanazawa schwärmte, ein wenig nuschelnd tat er das, den er aufgesucht habe, zugesehen habe, wie tausend Grad den Stahl schmelzen, bildeten sich Speichelbläschen in Renés Mundwinkeln. »Der Schmied kühlt das punktgenau in Schlammwasser ab. Ein Zischen wie hundert Dosen Cola!« Er leckte über seine Lippen und jubelte plötzlich: »Meine Schere ist mein sechster Finger!«

Wie er vor ihr stand, die Augen glühend, mit der Brust zu ihr hingebeugt, erinnerte René sie an ein in die Enge getriebenes Tier, bereit, sich mit Leib und Leben zu verteidigen. Er schnitt mit der Schere durch die Luft, sprang in einem Ausfallschritt auf sie zu und behauptete: »Die kann Männer niederstrecken. Ein Stoß, ein Tod.« Er atmete plötzlich schwer, und er schwitzte, es tropfte ihm von der Stirn. Obwohl Amanda zurückwich, fuchtelte er vor ihrem Gesicht herum. War er bislang eher ein stiller Mann gewesen, der sich genügsam um sich selbst drehte, die grobe Nase etwas zu hoch in die Luft streckte, sich selbst gerne mit leiser Stimme lobte, so offenbarte er hier eine andere Seite, die war befremdlich und unberechenbar und streifte ein Stück am Wahnsinn.

Bloß weg hier, dachte Amanda.

»Angst?«, rief René und verzerrte das Gesicht. »Aber ich bin doch ein Guter! Denken alle. Bin ich nicht. Wer Erfolg will, der muss kämpfen!«

Sie schob sich langsam an der Wand entlang, tastete sich vor bis zur Tür und nahm keine Sekunde den Blick von diesem Meister, der nun die Schere zu Boden richtete und sie mit trüben Augen ansah, die Stimme wie ein Reibeisen: »Du willst wirklich gehen?«

Zwar pochte ihr Herz gewaltig, doch die Angst vor seiner Eskapade hatte sich verflüchtigt, denn René sackte zusehends in sich zusammen. Er tat ihr leid. »Wir beide, wir wären ein gutes Team. Und es fällt mir verdammt schwer, das hier mit Ihnen aufzugeben. Aber ich kann nicht mehr, ich will auch nicht mehr weitermachen wie bisher.« Sie fühlte sich müde, wie innerlich ausgebrannt, so viel riskiert, so wenig gewonnen. Vielleicht war das der Moment, in dem ihr

Traum als Friseurin zerbrach, noch hielt sie ihre Arme um den Körper geschlungen, als wollte sie den Traum in sich halten, damit er nicht durch die Poren entwich, rausgepustet durch diese Worte, durch einen einzigen Satz: *Ich kündige.* Sie biss sich auf die Lippen. Ihr fehlte Catherine mit ihrer harschen Art und dem überlegenen spöttischen Lächeln.

Amandas Blick wanderte raus aus den Laden. Gegenüber spannte sich die knallrote Markise der Brasserie an der Rue Franklin D. Roosevelt, unter der sie Catherine an späten Nachmittagen getroffen hatte, um einen Café Noisette zu trinken und um zu hören, wie der Tag am Ufer gewesen war, und auch, um von der Langeweile ihres Tages bei René zu erzählen. Catherine hatte die Augen zusammengekniffen. »Du darfst nicht aufgeben, Amanda. Bleib da dran, fordere ein. Guck mich an. Auch ich glaube an mich. Ich werde tanzen, werde reich. Das habe ich im Blut. Wenn es nicht das Tanzen an der Seine ist, das mich glücklich macht, dann ist mein Ort ein anderer. Egal. Aber immer wird es das Tanzen sein.« Sie hatte gelacht. »Noch bin ich auf dem Weg, noch nicht angekommen. Weißt du, wie wir Kölner sagen: Et bliev nix wie et wor.«

Daran dachte Amanda: *Gib nicht auf!* Doch da war die Leere in ihr, sie merkte, dass sie den Glauben an die eigene Karriere verlor, sich zudem kaum mehr wehren konnte gegen die Attacken von René. Sie sah ihm in die wässrigen, rot unterlaufenen Augen und wiederholte es laut: »Ich kündige.«

Hatte sie bis vor wenigen Minuten kaum etwas sehnlicher gewünscht, als tatsächlich in seine Fußstapfen zu treten, die Shows von Karl mitzugestalten, so lief es ihr jetzt kalt den Rücken herunter, wenn sie sich vorstellte, in zehn Jahren genauso wie er dazustehen, die Schere umarmend und einsam, stets darauf bedacht, dass die Kasse stimmte. Es durchlief sie ein Zittern. Sie schlang die Arme fester um sich, sehnte sich nach Wärme und Ehrlichkeit und vielleicht sogar ein bisschen nach ihrem Zuhause, nach Palmersheim. Sie spürte Renés Blick in ihrem Gesicht, hörte wie durch Watte seine Frage, ob es ihr auch so schlecht gehe wie ihm, vernahm seine Schritte durch das Zimmer, das Quietschen des Stuhls, auf den er sich fallen ließ. Kein Wort des Verwunderns über ihren Satz, keine Sorge und keine Zuwendung von ihm, und ihr wurde noch kälter. Sie merkte, wie sie zu Boden glitt, dachte, *endlich, endlich kommt die Ruhe.*

Als sie die Augen wieder öffnete, Renés Gesicht nah vor sich sah und seinen Pfefferminzbonbonatem roch, als er sagte: »Da kippt das Mädchen um. Bleib liegen, ich hol Wasser, oder besser, trink mal was Ordentliches«, da ahnte sie, es würde nichts bleiben, wie es war. Er zwinkerte ihr zu, tätschelte ihren Hinterkopf, nuschelte: »Na, wer wird den gleich aufgeben?« Während sie sich aufsetzte, nah an die Wand rutschte, um sich dort anzulehnen, während sie in kleinen Schlucken Champagner trank, den er ihr einschenkte, und sie darauf wartete, dass sich der Kreislauf stabilisierte, entschuldigte sie sich bei René: »Wenn alles zu viel wird, haut es mich manchmal um.« Und viel war es in letzter Zeit gewesen. Die Sorge um Catherine und der Abschied von ihr, die nächtelangen Gespräche mit Ben und Abdel, die zerstörte Hoffnung, je eine Rolle in diesem Salon zu spielen, und zwischendurch das Heimweh nach ihrer Mutter und Heide und der berechenbaren Atmosphäre im kleinen Laden in Palmersheim mit den bescheidenen Stammkundinnen, die Eitelkeiten kaum kannten. Und immer wieder ihre innere Stimme, durchzuhalten, nicht aufzugeben, sich selbst aus dem Dreck zu ziehen.

»Nicht schlimm, passiert. Vergessen wir einfach. Worte flutschen raus. Kann man zurückholen«, winkte er ab und seufzte. »Er ist ein Gott vom Fach. Aber ich bin es auch. Mit

Schönheit kennen wir uns doch beide aus. Der Karl und ich. Da ist Platz für zwei! Für mich und für ihn.« Sein Gesicht entspannte sich, als käme ihm ein Gedanke: »Und für dich. Hier bei mir. Hast recht, zu zweit bringen wir das Doppelte in die Kasse.« Er warf den Kopf in den Nacken. Sie hörte seine Wirbel knacken. »Schönheit kostet, du verstehst? Da hängt ein Etikett dran wie bei Chloé.«

Würde Amanda je selbst einen Salon eröffnen, und daran hegte sie keinen Zweifel, würde dort lediglich eine rote Kassette stehen. Keine Registrierkasse wie hier oder im Supermarkt, die Bons mit festgelegten Preisen ausspuckte. Nein, bei ihr wäre ein Preis verhandelbar und die Quittung versehen mit einem handgeschriebenen Gruß. Wer wenig hatte, zahlte nichts. Sie blickte wieder in sein Gesicht, nahm sein nun freundliches Nicken wahr, als er sagte: »Wir sind ab sofort ein Team. Ich trete kürzer, geht nicht anders.« Es schoss seine Hand nach vorne zu ihr hin. »Ist vielleicht eine gute Idee, vielleicht auch mein Untergang, wenn du nicht funktionierst.« Umständlich tätschelte er ihre Schulter: »Wieder alles gut?«

Noch fragte sie sich, woher sein Wandel kam, da bestimmte er: »Und ich sehe mir deine Zeichnungen genauer an. Die Hardy jedenfalls redet darüber in den höchsten Tönen. Können wir mit werben.« Noch immer hielt er seine Hand unter ihre Nase. Und da schlug sie ein, egal um welchem Preis, ob er ihre Zeichnungen kopierte oder nicht, es spielte keine Rolle. Auch Catherine hatte im richtigen Moment den Rücken gestreckt und »Chance« gerufen. Das tat Amanda jetzt auch. Sie wollte endlich an die Köpfe der Frauen! Und sie hörte den Meister jubeln: »Hätte ich früher darauf kommen können. Eine Zeichnung mit der Hardy im Schaufenster, unsere Kreation. Da werden die jungen Wilden blöd gucken.«

KAPITEL 17

September 1972

Amanda entdeckte sie zwischen Kleiderständern und Schminktischen am Rande des Trubels. Die Mohnblumen auf schwarzer Seide rankten über ihren Körper, umspielten die Taille wie Wildwuchs. Eine filterlose Gauloise führte sie wie nebensächlich zum Mund, die Lippen gefurcht unter blutrotem Gloss, zog sie an der Zigarette, ansonsten blieb sie starr wie eine aus Marmor gehauene Figur. Während die anderen Models sich anstecken ließen von der angespannten Neugier in diesem Zelt vor dem Eiffelturm, stand sie da in absolut kühler Präsenz. Alles, was zählte, fand sie in sich selbst. Das würde sie gleich beweisen. Amanda erinnerte sich, dass sie einmal vor einem Tango gesagt hatte: »Immer geht es nur um eines, Schätzchen, im Tanz wie im richtigen Leben geht es darum, den Fisch teuer zu verkaufen, bevor er stinkt. Dranbleiben an dem, was du tust, und zwar bis zum Schluss, bis ganz zum Schluss, mit aller Konzentration.«

Dass Catherine knapp sechs Meter entfernt im Chloé-Zelt vor ihr stand, das verschlug Amanda die Sprache. Drei Jahre waren vergangen, nur wenige Telefongespräche hatte es gegeben, und auf keinen Brief hatte die Freundin je geantwortet. Und nun stand sie leibhaftig da, nicht mehr dünn wie nach der Lungenentzündung, sondern wieder durchtrainiert und schöner denn je. Am liebsten hätte Amanda René zugerufen: »Meister, übernehmen Sie bitte! Ich muss jemanden begrüßen.« Aber René wirbelte zwischen den Models umher wie ein Nachtfalter im gleißenden Licht, außerdem schallten seine Ermahnungen noch in Amandas Ohr: »Ich will Bravour! Ich will, dass ganz Paris von *Chez René* spricht. Auch Karl soll sich die Augen reiben, du verstehst?«

Zum ersten Mal empfand Amanda keine Verve, wenn sie frisierte. Sie vollführte die Handgriffe wie nebenbei, sah immer wieder zwischen den Kleiderständern hindurch, ja, es war Catherine, daran gab es keinen Zweifel. Sie sollte Ben und auch Abdel anrufen. War es möglich, den zugewiesenen Bereich im Zelt zu verlassen und rüberzugehen in die Designerecke von Karl? Sie überlegte, ob es richtig wäre, starrte die Freundin an, als wäre sie eine Erscheinung, da schob sich eine Schneiderin ins Bild, nahm ihr die Sicht auf Catherine. Fast verrenkte sich Amanda und stellte sich auf die Zehenspitzen, mit dem Stielkamm in der Luft winkte sie hin zu Catherine, die sich nicht einfach zur Seite wendete, sondern eine Pirouette drehte und genau dort verlangsamte, wo die Schneiderin mit Nadeln ein Band um die Taille fixierte. Wollte sie Amanda nicht wahrnehmen, oder war sie wirklich im Augenblick gefangen, die Sinne nach innen gezogen und alles im Außen ausgeblendet? Doch als Karl durch die Reihen schritt, löste sich etwas in ihr, ihr Körper wurde geschmeidig, sie senkte nicht artig die Augen wie die anderen, sondern öffnete leicht die Lippen und legte die Hände an die Hüften, streichelte entlang des Stoffes an ihrem Körper, sodass er anerkennend nickte. Überhaupt schien dieser Leitsatz tatsächlich über ihr zu stehen: *Der Star dieser Show bin ich.* Als Amanda das verstand, da stellte auch sie sich mit beiden Füßen wieder fest auf den Boden. Sie sollte bei der Sache bleiben, sich nicht ablenken lassen. *Immerhin*, so dachte sie, *ist es auch mein großer Tag!* Endlich Friseurin bei Chloé, wenngleich nur für wenige Stunden, so war sie am Ziel. Doch sie spürte keinen Stolz.

Wenn sie ehrlich war, fühlte sie sich nicht wohl in der Hektik und hatte für die schrillen Kommandos von René nur ein Achselzucken übrig. Außerdem war die Luft im Zelt stickig und das Neonlicht schlecht. Auf einmal wusste sie nicht mehr, warum ihr dieser Einsatz in der Haute Couture jahrelang begehrenswert erschienen war. Sie sah verstohlen auf die Uhr. Am liebsten wäre Amanda mit Catherine Hand in Hand von diesem ganzen Spektakel geflüchtet. Hätte sich in einem Park ins Gras geworfen, eine Zigarette gedreht und den Wolken am Himmel zugesehen. Wenn am Abend der Boden feucht und kühl würde, lägen sie auf der Parkbank, wartend auf die Dunkelheit und die Geräusche bei Nacht. Wie oft hatte sie sich ausgemalt, wie es wäre, die Freundin wiederzusehen. Dreieinhalb Jahre vergangen, so viel passiert und doch zu wenig. Ja, sie hatte auf ein Zeichen von Catherine gewartet, an manchen Abenden sich sogar vorstellt, Catherine kehre zurück. Sie würde unangekündigt an der Tür klopfen, die Lippen zum Kuss geschürzt, die Tasche in die Ecke schleudern und lachen: »Wieder zu Hause, war aufregend mit Karl.« Oder würde mit den Schuhspitzen den Ocho in die Erde malen am Ufer der Seine und dabei ihren langen Nacken neigen und wieder aufrichten und sagen, alles habe einen Anfang, ein Ende, nur ein Ocho im Tango nicht, der nämlich sei das, was man ewig nenne. Auch wenn Amanda wusste, dass eine Geschichte nie zu wiederholen war, so hatte sie doch oft davon geträumt, all die Tage mit Catherine noch einmal zu erleben, bewusster und mit mehr Hingabe.

Es tat weh, die Freundin knapp sechs Meter vor sich zu sehen ohne Winken und Grüßen, sondern wie versteinert im Moment. Der Blick der Freundin richtete sich nach draußen auf den Platz vor dem Eiffelturm, denn dort würde ihr Auftritt in wenigen Minuten beginnen. Und Amanda dachte, dass da etwas falsch war an diesem Blick, dass es hinter dem Grün wieder den Spalt gab, so wie damals in der Krankheit, die Ben geheilt hatte. Und wieder schob sich die Schneiderin dazwischen und raffte den Stoff.

»Was glotzt du denn in der Gegend rum?«, hörte sie die flatternde Stimme von René nah am Ohr. »Mach weiter, husch, husch, keine Zeit, um Maulaffen feilzuhalten.« Dann bemerkte er: »Ja, die da ist mir auch schon aufgefallen, die ist neu. Die frisiere ich.« Dann kam er noch näher, und sie roch den säuerlichen Atem. »Hast du Pfefferminzbonbons?«

Wie in Trance fingerte Amanda eines aus der Tasche, reichte es ihm, und er fragte: »Du weinst?« Seine zitternde Hand tätschelte ihren Rücken: »Ging mir auch so beim ersten Mal. Ist heute ein Meilenstein.« René strahlte sie jetzt an, als wäre er der Macher dieser Show. »Alles klar? Reißt du dich zusammen?«

Amanda wollte seine Berührung nicht, sah noch immer zu Catherine hin. Wieder zog sie an der Gauloise, schnippte Asche auf den Boden und die Zigarette hinterher, trat sie mit der Schuhspitze aus. Da rief Karl ihren Namen und deutete nach draußen auf den Platz. Mit goldenen Sandalen an den Füßen setzte sie hart ihre Schritte in der ihr eigenen Art. Sie war die Diva. Angekommen, ganz oben bei Chloé.

»Ich muss nach vorne sehen, sonst bremst mich die Vergangenheit aus«, hatte Catherine gesagt, bevor sie nach New York abgereist war. Die Tasche hatte sie lachend über die Schulter geworfen. »Das meiste von meinem Zeug lasse ich hier. Mit leichtem Gepäck kommt man weiter.« Kein Kuss, keine Umarmung, nur dieses Lachen in die Zukunft hinein. Während Amanda eine Zeit lang donnerstags gegen Mitternacht im *La Petite* saß und auf das Telefon starrte, hatte Ben abgewunken und bestimmt: »Die ist auf einem Höhentrip. Die will uns nicht mehr.« Seine hellblauen Augen waren stechend geworden. »Vergessen wir Catherine, die Vagabundin.« Für Ben hatte es das Ende seiner heimlichen Liebe zur Tänzerin bedeutet. Mehr noch, er war in ein Loch gerutscht und hatte das Studium endgültig abgebrochen. Seither ließ er sich gehen, denn ohne Catherine hatte er jeglichen Halt im Alltag verloren. Vor wenigen Monaten war es zum Streit gekommen. »Warum versaust du dir die Zukunft? Du kannst nicht alle Tage vom Geld deines Vaters leben. Wie stellst du dir das vor?«, hatte Amanda gepoltert und die Hände in die Hüften gestemmt. Es war ein Desaster, den einst adretten jungen Mann derart vernachlässigt zu sehen.

»Wegen ihr, das weißt du genau«, war seine Antwort gewesen.

»Ihr wart nie ein Paar, darf ich daran erinnern? Was soll dieser Liebeskummer?«

»Das Schlimmste, was einem Mann passieren kann, ist eine ungeklärte Liebe. So was schleppt man mit.« Dabei fuhr er sich durch die struwweligen Haare.

Sie fand das zu theatralisch und schlug wie zum Trost vor: »Nimm halt mich. Ich bin da.«

Aber er wendete den Kopf zur Seite, fragte, ob das ein Witz sein solle, und grummelte weiter, dass man doch so was nicht könne, einfach aus Freundschaft Liebe machen.

»War nicht ernst gemeint«, wiegelte sie ab, »aber du musst sie loslassen.« Sie wuselte ihm durch die Haare, dachte, dass sie mehr als freundschaftliche Zuneigung für den schlaksigen Studenten empfand, und wusste auch, dass es nie eine Liebe für sie werden würde. Sie war nicht sein Typ. Egal, wie gut sie beide sich verstanden, wenn sie zusammen kochten oder über Gott und die Welt diskutierten und davon schwärmten, wie es später einmal sein würde, wenn sie wirklich angekommen wären in diesem Leben, so dachte sie dann insgeheim, dass er gute Karten bei ihr hätte. »Findest du mich eigentlich attraktiv?«, rutschte es heraus, und gerne hätte sie mit dem gleichen Atemzug die Frage durchgestrichen, aber er sah sie mit offenem Mund an: »Ist das dein Ernst?« Und seine eisblauen Augen erfassten sie von Kopf bis Fuß, glitten über ihr Gesicht, ihren Körper, drängten Amanda dazu, die Arme vor der Brust zu verschränken. *Die Wahrheit, warum nicht einfach die Wahrheit?* Sie hielt seinem Blick stand und wartete ab, was er entgegnen würde. Ben grinste ein bisschen verlegen, ein bisschen herausfordernd, als er sagte: »Auf eine ganz eigene Weise bist du attraktiv.«

»Wie meinst du das?«

»Na ja, du bist uneitel, wie eine Frau es nicht sein sollte. Du bist ein Kumpeltyp. Aber weißt du, Amanda, Männer suchen keinen Kumpel, die stellen sich vor, welche Unterwäsche eine Frau trägt, und fragen sich, ob sie irgendwo ein verstecktes Muttermal hat, ob sie in einer wilden Stunde danach suchen dürfen, überhaupt, wie die Frau küsst und stöhnt beim Sex oder so ähnlich.«

»Und bei mir fällt dir das nicht ein?«

»Nein. Du bist die mit rosa Blusen und Locken nur bis zum Ohrläppchen. Du bist die mit dem verdrehten Eckzahn oben links. Ist doch süß.« Er ging auf sie zu und drückte ihr einen Kuss auf die Wange. »Bleib bitte, wie du bist. Nicht verbiegen, keine Reizwäsche für einen Kerl. Passt nicht zu dir.«

So viel Ehrlichkeit wollte sie nicht hören, denn sie raubte ihr die Vorstellung, dass es plötzlich doch einen romantischen Punkt in der Freundschaft geben könnte, dass versteckte Liebe zwischen ihnen gewachsen wäre über die

Zeit. *Liebe muss nicht wie ein Blitz einschlagen*, so dachte sie, aber sagte es nicht laut, sondern drehte sich aus seiner Umarmung heraus. »Vergiss es einfach. Es tut mir leid, dass du wegen Catherine leidest. Wir vermissen sie beide.«

Ben aber hatte widersprochen: »Durch diese Krise muss ich allein gehen. Du kannst mir schon gar nicht helfen.« Da hatte Amanda Angst, auch ihn zu verlieren. »Okay, okay, reden wir über sie. Fakt ist, sie ist weg, ruft nicht an, denkt an sich. Das sollten wir auch tun. Leben wir unser Leben hier in Paris ohne sie.«

Da hatte Ben den Kopf auf ihre Schulter gelegt, mehrmals geseufzt, und dann war er ohne ein weiteres Wort gegangen.

Von alldem wusste Catherine nichts, als sie die Show im Mohnblumenkleid eröffnete. Draußen wölbte sich der graue Himmel über Paris, erhob sich der Eiffelturm in seiner filigranen Größe, und der ansonsten asphaltgraue Platz wurde zur Bühne. Seidenorganza in schillernden Farben, geraffte Röcke aus Taft, enge Strickanzüge, große Hüte, Bänder im Haar, keine High Heels, sondern dicke Absätze unter goldgelacktem Leder sah Amanda durch die Öffnung des Zelts und auch, dass Karl die Freundin eigens fotografierte. Und war ihr Blick zuvor leer und starr gewesen, hatte es den dunklen Spalt hinter der Pupille gegeben, so leuchteten ihre Augen jetzt wie Smaragde. *Sie nimmt jeden für sich ein. Umweht, umgarnt, die Tänzerin verführt*, dachte Amanda, während ihr klar wurde, dass die Freundin damals die Leichtigkeit mit nach Amerika genommen hatte. Nie wieder war es lustig geworden in der kleinen Bude. Während Ben sich in seinem Kummer trotzig suhlte, hatte sie sich zusammengerissen und darum bemüht, den Tagen eine Ordnung zu geben. Morgens ab acht Uhr arbeitete sie mit René gemeinsam, wobei der Meister sie zunehmend lobte, sogar ihre Zeichnungen vergrößerte und ins Fenster hängte. »Das ist besser als jedes Video, irgendwie origineller«, befand er. »Die jungen Wilden kopieren meine Zeichnungen schon, aber denen fehlt die Perfektion.« Sie ließ das unkommentiert stehen, denn der Friede mit René war ihr wichtig, und die Klarstellung, es seien ihre Zeichnungen, ihre Frisurenideen, fand sie überflüssig. Seit dem unsäglichen Zusammenbruch im Hinterzimmer vor drei Jahren nahm er sich zusammen, war freundlich zu ihr und fördernd, je mehr seine Trinksucht fortschritt, umso mehr wusste er Amandas Treue zu schätzen. »Der Alkohol macht was mit mir. Ich zittere, wenn ich nicht trinke, und wenn ich es tue, werde ich so verdammt traurig. Gut, dass du da bist«, verriet er eines Abends und schlug ihr vor, den Meisterbrief zu machen. »Zahle ich dir, vielleicht übernimmst du den Laden demnächst, wenn es mit mir weiter runter geht. Ich komme gegen den Scheiß-Schampus einfach nicht an.« Er tippte sich gegen die Stirn: »Im Stübchen stimmt was nicht.« Da hatte sie ihn in den Arm genommen, das erste Mal hatte sie ihn derart nah gespürt und sich über seine groben Muskeln unter dem schneeweißen Hemd gewundert. »Du bleibst immer ein Meister«, hatte sie ihn getröstet. Tatsächlich aber kam René das Feingefühl zunehmend abhanden. Hatte Amanda bislang gedacht, ein Talent wäre wie ein niemals zu tilgender Stempel in den Genen, so ahnte sie, dass es doch zu verwischen war, wenn die Umstände ungünstig verliefen.

Es waren diese Abende in Renés Hinterzimmer, sein Jammern, seine Versprechungen, die sie ahnen ließen, dass auch ihre Zeit in Paris sich dem Ende näherte. Noch wehrte sie sich dagegen – und griff regelmäßig zum Skizzenbuch.

Abends saß sie in der Brasserie gegenüber dem Salon, das Skizzenbuch aufgeschlagen vor ihr auf der klebrigen Tischplatte, und sie las all die Sätze, die Catherine ihr anvertraut hatte, die ihr Mut gegeben hatten in der gemeinsamen Zeit am Anfang in der Stadt. Ja, sie bemühte sich, Catherine zu verstehen, auch wenn Abdel ständig behauptete: »Eine Frau wie die nennt man in Tunesien ein leeres Versprechen.« Amanda hatte geantwortet, dass nur einsame Männer derart reden konnten. »Sei großzügig, gönn ihr diesen Weg.« Und sie bemühte sich weiterhin um Routine.

Bevor es dämmerte, lief Amanda wochentags über die Brücken der Seine, weiter entlang am Ufer, bog ab ins Quartier Latin, vorbei an den Schaufenstern der Galerien, Möbel- und Bücherläden bis in die Rue Mouffetard. Zwar ragten die Fassaden der Häuserreihen prächtig in den Himmel, zwar roch es noch immer nach jenem unvergleichbaren Gemisch aus Stein, Croissants und Kardamom in ihrem Viertel, doch dieses tiefe Gefühl der Dankbarkeit, genau hier, an diesem Ort sein zu dürfen, das empfand sie nicht mehr. Paris veränderte sich, tönte dumpfer. Paris hatte für Amanda die Melodie verloren – und die Freunde ihren Zusammenhalt.

Mit dieser Show vor dem Eiffelturm aber kam ein Stück Magie zurück. Es gab plötzlich wieder den Klang, den Tanz, die Mode – und auch das gute Gefühl in Amanda, ein Teil davon zu sein. Lag es an Karl und seiner Kollektion, die den unbeschwerten Geist wieder lockten? Kaum jemand am Rande des Platzes, der nicht mit den Füßen wippte oder klatschte, der nicht fröhlich war. Die Mode kam so laut und schwungvoll daher, dass Amanda sich ans Herz fasste und ein Dankeschön mit den Lippen formte, endlich betete sie wieder für Paris, ihre Stadt, die den Vorhang lüftete für die Schönheit. Liebe hing in der Luft. Liebe zur Mode in Seide und Strick. Von elegant bis sexy, von erhaben bis verwegen, das war der Ausdruck. Was hier vor dem Eiffelturm geschah, glich einer Operette, und zum ersten Mal pikste Amanda wirklich die Lust, die rosa Bluse abzustreifen und sich in einen dieser hautengen Zweiteiler aus Strick zu zwängen. Völlig egal, welche Figur sie darin machte, nur fühlen wollte sie sich wie diese Models da draußen, die den Platz zur Partyfläche machten. Aus den Augenwinkeln sah sie, wie Karl grünen Lidschatten auflegte, die Lippen mit goldenem Gloss bemalte, während René das Haarspray gegen sich selbst richtete, seine blonden Haare wie vom Sturm zerzaust hochstieb.

Dann brach die Musik ab. Ein Raunen ging durch die Zuschauerreihen, und die Gäste sahen voller Erwartung auf das letzte Kleid vor dem Finale. Geigentöne schwollen an, und in diese hinein schritt Catherine, gehüllt in einen Stoff mit schwarzweißen Rauten und Fantasieblumen. Das letzte Kleid kein Brautkleid, sondern von Kopf bis Fuß ein Harlekin. Mit schleifenden Schritten und einer Träne auf den Wangen vollführte Catherine ihre Drehung, hob dabei den Kopf, und nur wer sie kannte, entdeckte hinter den Tränen ihren Spott. Und als schwarzweißes Konfetti auf sie regnete, sie erst in die Knie ging und sich dann diesem Papierregen entgegenstreckte, hindurchtänzelte, der Stoff sich dabei bauschte und das Muster zu etwas Fließendem wurde, da vernahm man die Rufe und das erste Klatschen des Mannes in der vorderen Reihe, dessen Name Amanda nicht kannte, auf den René aber gezeigt hatte: »Vorne, Reihe eins, siehst du? *Elle.* Daumen rauf oder runter, der entscheidet, der ist Gott.« Und mit diesem Beifall im Rücken gelangte Catherine zurück ins Zelt. Malte mit dem Fuß den Ocho vor Amanda und flüsterte: »See you later, Alligator. Du wohnst noch über der Bar?«

Und in diesem Moment fühlte es sich falsch an. Es fühlte sich falsch an, Teil dieser Show zu sein und doch im Hintergrund zu stehen. Es fühlte sich falsch an, noch immer in der Bude zu hausen. Sie hörte Bens Stimme, der vor wenigen Tagen schimpfte: »Du versauerst, du musst hier raus.«

Fast hatte sie sich daran gewöhnt, dass Ben abends nicht mehr in die Mansardenwohnung kam, Monate waren seit seinem wortlosen Abschied vergangen. Zwar hatte sie anfangs versucht, ihn zu erreichen, und in der Avenue Montaigne geklingelt in Sorge um den Freund, vergeblich. Bis er in der vorletzten Woche im Hausflur stand, im Arm einen dicken Strauß Tulpen. *Keine Rosen*, hatte sie gedacht, *Rosen schenkt er nur ihr.* »Du siehst aus wie ein Clochard«, sagte sie laut und zeigte auf die fleckige Jeans.

»Kann ich rein? Ich muss mit dir reden.« Sie trat zur Seite, und er schob sich an ihr vorbei, ohne Umschweife kam er zum Thema, noch bevor er sich an den Küchentisch setzte: »Ich habe nachgedacht. So kann das alles nicht weitergehen. Ich verliere mich, du trittst auf der Stelle und schlägst dich mit diesem Säufer René rum. Ich vergammle die Tage. Wir brauchen wieder eine Perspektive.« Er hielt inne und hob theatralisch den Tulpenstrauß zur Decke. »Ich habe die Lösung. Seit einigen Tagen weiß ich, wo es langgeht.«

Amanda fand ihn hinreißend, wie er vor ihr stand, ein bisschen zu mager und ungepflegt und doch das Strahlen im Gesicht. Am liebsten hätte sie ihm über den Hinterkopf gestreichelt wie einem kleinen Jungen vor der Weihnachtsbescherung und ihm gesagt: »Sei doch nicht so aufgeregt.« Sie tat es nicht, sondern holte eine Vase aus dem Schrank, ließ Wasser einlaufen. Sie mochte keine Tulpen, die verloren die Form im Wasser wie Wildwuchs.

Er grinste. »Hör zu, du kommst mit mir. Wir zwei gehen nach Berlin«, forderte Ben und fuhr atemlos fort: »Ich habe mir alles genau überlegt. Keine Widerrede. Deine Bude hier ist feucht. Meinen Luxus in der Avenue Montaigne bezahlt mein Alter nicht mehr. Er verlangt, dass ich zu ihm komme. Ich soll dort eine Ausbildung machen. Also gut, habe ich mir gedacht, gründe ich eine WG mit Amanda in Berlin.« Er hielt inne und sah sie an. »Und?«

»Wovon sprichst du?«

»Von einer WG in Berlin! Das ist en vogue. Mein alter Herr will, dass ich Krankenpfleger lerne, da habe ich meine Bedingung gestellt: Nur mit dir. Mit dir will ich zusammenwohnen. Dann machen wir Party.«

Amanda tippte gegen seine Stirn. »Nicht mit mir. Ich bleibe in Paris.«

»Kapier doch: Er befiehlt, ich folge. Ich gehe nach Berlin. Das ist reiner Selbstzweck, um nicht zu verhungern.« Dann räusperte er sich. »Weißt du überhaupt, was eine WG ist? So was in aller Freundschaft. Allein in Berlin, das wäre irgendwie gruselig. Alles grau. Warst du mal dort?«

»Nein.«

»Wieso nein?«

»Ganz einfach, ich bleibe hier.«

Und als er sie nach dem Grund fragte, warum sie bei Abdel unter dem Dach hausen wolle, sie verdiene doch gutes Geld bei René, ob sie der Kakerlaken unter der Spüle nicht überdrüssig sei, im Winter nicht warm, im Sommer zu heiß, außerdem laut auf der Straße, da hätte sie nicht zugeben wollen, dass der einzige Grund die Hoffnung war, Catherine würde zurückkehren. Sie würde wie nach einer Urlaubsreise den Koffer in die Ecke schleudern, sich in Stiefeln und Mantel auf die Matratze werfen und jubeln: »Wieder zu Hause! Setz dich, ich erzähl dir von Amerika.«

Ben hatte bedenkenschwer den Kopf von einer Seite zur

anderen geneigt, und als hätte er ihren Gedanken gelesen, hatte er gesagt: »Die kommt nicht wieder, so ist die nicht drauf.«

»Fokus. Fokus! Träumst du?« Mit der Sprayflasche sprühte René wild um ihren Kopf. »Das Finale! Karl hat das Zeichen gegeben. Mein Gott, bist du heute unkonzentriert. Nach dem Finale erst kommt die Stunde der Wahrheit. Wir werden sehen.« Er schnitt mit der Schere durch die Luft. »Was meinst du?«

Sie sah, wie Karl im Karoanzug und auf Absatzschuhen nach draußen schritt, sah, wie er seine Schneiderinnen, Beleuchter, Assistenten, sogar René auf den Platz winkte und zu sich heranzog, sah, wie René sich tiefer beugte als all die anderen und dann die Hände vor dem Herzen faltete zur Demutsgeste für diese eine Minute neben Karl. Sie wurde nicht gerufen, nicht beachtet, sie stand hinter dem Vorhang wie eine, die nicht dazugehörte. Und als René freudetaumelnd auf sie zusteuerte, sie in den Arm nahm und flüsterte: »Hast du gesehen? Er hat mich dieses Mal wahrgenommen, mich neben sich gestellt, Augenhöhe, er und ich«, da nickte sie nur, was sollte sie auch dazu sagen?

»Kommst du mit zur Party ins *Le Palace*?«, fragte René, nachdem die Utensilien in den Koffern verstaut waren. »Erfolge muss man mit Champagner begießen. Gehörst auch dazu.«

Das ist der Ritterschlag, dachte sie amüsiert, während René neben ihr den Korken einer Flasche Ruinart knallen ließ. Gerade steckte sie das Skizzenbuch in den Rucksack, als Karl vor sie trat. »Zeichnest du noch?«, fragte er mit milder Stimme, sah nur sie an und nicht René, der lustig fragte: »Gläschen gefällig?«

»Ja, pro Frisur ein Blatt, Monsieur Lagerfeld.«

»Und dein Chef, zeichnet er auch?«, setzte Karl nach.

Sie kniff die Lippen zum Strich.

»Siehst du, Amanda Lennart, das macht den Unterschied. Ich brauche zweihundert für eine Kreation. Und doch bin ich nur ein einfacher Schneider.« Er zwinkerte ihr zu, und sie spürte Renés bohrenden Blick im Rücken.

Vielleicht war das der Moment, in dem Amanda endgültig entschied, aus der Welt der Mode auszusteigen. Sie griff nach einem edlen Stoff auf der Stange, bevor sie das Zelt verließ. Sie hielt inne, drehte sich noch einmal zum Modekönig um und sagte: »Die Kleider von heute sind die Lumpen von morgen, Monsieur Lagerfeld.«

KAPITEL 18

Wie eine Woge schwappte das Lied über den Gehsteig. Man klatschte und sang, man feierte in der Bar *La Petite*, an deren Fensterscheiben das Kondenswasser in Rinnsalen herablief. Seit Catherines Abschied hatte Abdel *Le Métèque* nicht mehr gespielt. »Et nous ferons de chaque jour. Toute une éternité d'amour. Que nous vivrons à en mourir«, tönte es nun wieder. *Und wir machen aus jedem Tag eine Ewigkeit. Eine ganze Ewigkeit voller Liebe. Dass wir leben werden, um daran zu sterben.* Diese Stelle im Text mochte Amanda nicht. *Eine Liebe, an der man stirbt? Oder eine Ewigkeit, von einer Liebe beendet?* Es hatte sie schon damals gestört, dass die Freundin sich zwischen diesen Worten hindurchtanzte, als wären es andere Worte, als würden sie von Lust erzählen, und nicht vom Tod.

An der ausgelassenen Stimmung in der Bar, am Klatschen und Singen erkannte sie: Catherine war tatsächlich da, sie bot ihren Tango vor der Theke, angefeuert von den Männern, die sich nicht trauen würden, ihren Körper zu berühren, weil Catherines Lächeln kühl blieb und ihr Herz wie Glas. Ein Spiel wie damals am Ufer der Seine.

Amanda zögerte. Sollte sie hineingehen? Sollte sie ebenso ein Weinglas heben, mit Abdel anstoßen und sich vielleicht mit der Hand im Takt auf den Schenkel schlagen? Es wäre, so entschied sie, ein unwürdiges Willkommen. Nein, sie wollte keine Party, keine fremden Männer in der Nähe wissen, wenn sie nach so langer Zeit die Freundin wiedertraf. Wie anders hatte sie sich das ausgemalt in Gedanken:

Ben und Abdel, Catherine und sie am Küchentisch oder im Kreis auf dem Teppich sitzend, eine Flasche Rotwein in der Mitte, Zigaretten zwischen den Fingern und lachend über all die Geschichten, die in der Zwischenzeit passiert waren in New York und Paris. Endlich wären sie wieder zu viert in der Bude. Catherines kehliges *Jaaa* zum Leben und zu den besonderen Chancen, die sich unerwartet boten, sollte sie anstecken und ihr Duft nach Rosenwasser an die erste Begegnung erinnern, mit der die Freundschaft einst begann, als Catherine sich als Tangotänzerin am Ufer anschlich, um dreist das Skizzenbuch zu stibitzen. Darüber wollte Amanda lachen, dass alles mit dem Klau ihres Schatzes den Anfang nahm. Warum dieses Schweigen der Freundin, warum diese Distanz? Sie hatte keine Antworten gefunden in den vergangenen Jahren und irgendwann begonnen, die Freundschaft im Geiste auszuradieren. Erst hatte sie diese Figuren ins Skizzenbuch gezeichnet, zwei Frauen in einer Umarmung, keine Luft zwischen ihnen, die eine lehnte den Kopf an die Schulter der anderen, die Augen geschlossen, verschlungene Gestalten, undeutliche Konturen, keine Gesichter zu sehen, nur Haare, taillenlang, flossen wie Stoffbahnen um die Körper, darunter die Zeile: *verblassen, verschwinden, vieles ungesagt.* Und dann hatte sie beides, die Zeichnung und die Zeile, mit einem weichen Stift bearbeitet, hatte durchgestrichen, was früher gewesen war. »Komm morgen um drei zu Chloé«, wie oft hatte sie Karls Stimme im Ohr, hörte die Entschiedenheit und auch seine unbedingte Kraft und Freude im *La Coupole* an jenem Silvesterabend 1968. Mit diesem Satz hatte Karl Lagerfeld den Schlusspunkt gesetzt. Die Zeit war weitergelaufen ohne Catherine. Es war einsam geworden in der Bude. Zurückgeworfen auf sich selbst, hatte Amanda begonnen, ihre Tage zu sortieren und ihre ganze Aufmerksamkeit auf ihre

Arbeit zu richten. Und dann war etwas Seltsames passiert: Sie begann, die Langeweile an den Abenden zu mögen. Plötzlich wuchs da die Zuversicht, alles würde gut. Sie träumte in diesen Abendstunden von einem eigenen Laden, von einem Neuanfang ohne René, ohne Kundinnen aus der feinen Gesellschaft. Obwohl Amanda beliebt war, obwohl sogar die Deneuve und die Bardot auf sie zeigten und darauf bestanden, von ihr persönlich bedient zu werden. Sie alle schwärmten vom Skizzenbuch. Die Damen saßen gespannt in den Polstersesseln und warteten auf Amandas Frisurenzeichnung. »Darf ich das Blatt mitnehmen, Amanda, können Sie es aus dem Heft rausreißen? So ein treffendes Konterfei!«

René blickte dann in unbestimmte Richtung, nickte und murmelte: »Ja, ja, unsere Amanda ist ein Nachwuchs. Loben wir sie, das hebt die Laune und auch den Ehrgeiz.« Dabei tätschelte er ihre Schulter, bewegte kaum die Lippen, während er sprach und ein Lächeln versuchte. Nachmittags zog er sich ins Hinterzimmer zurück. Und wenn sie ehrlich war, wollte sie den Suff des Meisters nicht mehr vertuschen, denn sie eignete sich nicht als seine Kumpanin und wollte auch nicht mehr für ihn lügen, nicht mehr sagen, der Meister sei unpässlich.

Entschlossen ging Amanda an den Fenstern des *La Petite* vorbei, drückte sich nicht die Nase platt, um Catherine darin tanzen zu sehen, sondern schloss die Tür zum Hausflur nebenan auf. Der kühle Gruß im Umkleidezelt am Nachmittag lag ihr auf der Seele, kein Tanz der Freundin zu einem Gassenhauer konnte sie versöhnen. Das wäre zu billig. Nach vielen Jahren der Trennung solch ein knapper Gruß, solch wenige Worte. Kein Schrei der Freude, kein Strahlen, keine Erklärung für das lange Schweigen, nur diese Überlegenheit im Gesicht. Nein, sie würde nicht in die Bar gehen und mitklatschen, als wäre alles wie früher, als wären die Jahre ohne Kontakt nie geschehen. Man konnte nicht bedenkenlos anknüpfen, wenn ein Freundschaftsband gerissen war. Es war an Catherine, sich zu melden. Hatte sie Ben stets zugeredet, er solle nicht nachtragend sein, so spürte sie seit dem Nachmittag dieses Stechen im Bauch. Sie hatte die Freundin nach außen verteidigt – und damit ihre eigene Enttäuschung überdeckt. *Ab sofort drehe ich eigene Pirouetten. Ich bin dran!*

Sie betrat ihre Wohnung, warf den Schlüssel auf den Tisch. Schlecht gelaunt zog sie sich aus und ihr Flanellnachthemd über und legte sich ins Bett. Durch den Spalt im Fenster drang irgendetwas Würziges, Fleischiges aus dem *La Petite*, alles roch und klang nach Feiern, während sie in einen unruhigen Schlaf glitt. Immer wieder wachte sie auf, lauschte, ob die Freundin doch noch käme, fragte sich, ob sie später in der Nacht zu einem Hotel fuhr, in dem Chloé für die Models Zimmer reserviert hatte.

Ein Schleifen an der Wohnungstür weckte sie. Müde setzte sie sich auf, sah, dass es halb vier war. Sie lauschte. Wieder das Schleifen. Das kam nicht von den Kakerlaken unter der Spüle. Auch wenn sie sich oft bei Abdel beschwert hatte, er möge das Ungeziefer endlich beseitigen, hatte er abgewunken und mit seinem blendenden Lächeln versichert, das käme in Tunesien in der wohlhabendsten Villa vor, das wäre kein Zeichen für Schmutz und sowieso nie zu vertreiben. Er hatte bedenkenschwer mit dem Kopf gewippt, sich nachdenklich über die Hose gestrichen: »Deutsche Frauen sind empfindlich, irgendwie nicht fürs wahre Leben gemacht.«

»Versuch die abzufackeln«, hatte Ben vorgeschlagen. Amanda hatte es vorgezogen, das Ungeziefer zu ignorieren.

Doch dieses Geräusch kam eindeutig nicht von der Spüle. Stand jemand vor der Wohnungstür? Ein Betrunkener von der Straße? Amanda fingerte nach dem Lichtschalter neben dem Bett und schlich durch Schlafzimmer und Küche. »Hallo, wer ist da?« Als keine Antwort kam, sondern ein Kichern, riss sie die Tür auf und sah sich Catherine gegenüber, die mit einem Lippenstift in der Hand versuchte, das Schloss zu öffnen: »Passt nicht, ist komisch«, babbelte sie und fiel Amanda um den Hals. Sie hing schwer an ihrem Genick. »Mir ist schlecht«, japste sie. Qualm, Parfüm und etwas Säuerliches dünstete aus ihrer Halsbeuge. Ihre schlaffe Haltung und vor allem die gebrochene Stimme verärgerten Amanda, und kurz kam ihr der Gedanke, dass es schade sei um dieses teure Harlekin-Kleid, das sie noch immer trug.

»Halt mich doch mal lieb«, forderte Catherine und schürzte die Lippen.

»Du bist betrunken.«

»Ist egal, halt mich lieb.«

Amanda wandte den Kopf zu Seite. Sie mochte den Alkohol nicht riechen, Catherine nicht in diesem Zustand sehen. Es war zu viel. *Das ist zum Kotzen*, dachte Amanda und fügte laut an: »Schlaf dich erst mal aus, dann sehen wir weiter.« Sie wollte sagen, dass sie Besoffene erbärmlich fände, dass ein alkoholdurchtränktes Gehirn langsam, aber sicher blöd werde. Sie sehe das täglich bei René. Der könnte keine saubere Linie mehr schneiden. Sein Bob war einst stadtberühmt, nun franste er nur noch Stufen ins Deckhaar, weil Stufen keine Linie brauchten. Sie wollte fragen, warum die Freundin nach so langer Zeit wie ein Stück Elend daherkäme. Sie wollte erklären, wie Ben gelitten habe unter ihrem Schweigen. Wie sie selbst müde und hoffend vor dem Telefon in Abdels Bar gesessen, sich hundert Mal gefragt habe, was schiefgelaufen wäre vor dem Abschied.

Aber sie beherrschte sich, um in diesem unglückseligen Umstand nicht zu streiten, und schob die Freundin auf Armeslänge von sich. Ben hatte recht damit, einen Schlussstrich unter die Zeit mit Catherine zu ziehen. »Die ist wie meine Mutter«, hatte er gesagt, »charismatisch, unerreichbar, flutscht weg, wenn es für sie von Vorteil ist.«

»Keine Vorwürfe, nicht kleinkariert«, schmatzte Catherine und wankte. »Ist doch mein Zuhause?«

»Schlaf dich erst einmal aus«, wiederholte Amanda und würgte, weil Catherines säuerlicher Atem ihr zu nahe kam, als sie verlangte: »Hilf mir, sind so viele kleine Knöpfe überall.«

Kaum im Schlafzimmer angelangt, plumpste Catherine aufs Bett, und wenige Sekunden später lag sie schnarchend da, mit offenem Mund, gegrätschten Beinen, die Arme ausgebreitet und die Haare aufgefächert wie zu einem Heiligenschein. Widerwillig drehte Amanda sie auf die Seite, knöpfte das Kleid auf, zog es aus, um das edle Stück später in einem Eimer mit Wasser einzuweichen. Sie löste den Verschluss des fleckigen Büstenhalters. Sie fühlte die Müdigkeit, die Enttäuschung, all die Vorwürfe, die sich in ihr angestaut hatten, drückten auf den Magen. *Aus den Augen, aus dem Sinn? Ich hänge in dieser Bude einzig, weil ich geglaubt habe, du kommst zurück und suchst dein Zuhause, sollte das mit Chloé schieflaufen. Und du? Hast du überhaupt je eine Minute an uns verschwendet in New York, in Mailand, in Rom und wo immer du gelaufen bist für Karl?* So dachte sie, während sie Wasser in eine Schüssel laufen ließ, etwas von dem Rosenöl hineinträufelte, um den säuerlichen Geruch von ihrem Körper zu wischen, weil Amanda wusste, wie sehr die Freundin Rosen liebte.

Sehr sanft kreiste sie mit dem nassen Waschlappen über Catherines Mund, wischte den angetrockneten Speichel ab, weiter über den Hals und über die Brust der Freundin. Diese Brust hatte sie oft nackt gesehen, sich übermütig Haut an Haut darangedrückt, weil es wunderbar war, in Paris eine Freundin wie Catherine zu haben, die jedem den Mittelfinger zeigte, der ihr im Weg stand oder ihren Tango nicht schätzte. Und nun kam Amanda dieses Wiedersehen kalt vor wie Abdels Speisekammer! Wieder tunkte sie den Waschlappen in das Rosenwasser, wrang aus, strich über das Schlüsselbein, über die linke Brust, über die rechte, wie gemalt von Sandro Botticelli wölbte sich die Rundung, schimmerte die Haut unter dem schwarzen Licht, das durch das Fenster fiel. *Einmal Sandros Venus in Florenz bestaunen, aus der Nähe sehen, wie die Venus die Erde betritt, wie Engel pusten, damit ihr Tanz auf dieser Erde gelinge und ihre Erscheinung unvergesslich werde.* Mit feinen Pinseln gemalt mit teuersten Farben, klassische Mythologie, nicht moralisch, sondern erhaben über die Zeit. Immer würde diese Venus bewundernswert sein, denn Schönheit unterwarf sich nicht, kannte kein Diktat von Designern oder Modejournalisten, bedankte sich nicht, ließ sich nicht einsperren, zeigte ein Lächeln und drehte sich um, schwebte davon, tanzte in ein anderes blühendes Land. Amanda spitzte die Lippen, pustete wie diese Engel auf dem Bild. Catherine, die Venus, lag da auf weißem Laken, entspannt, entrückt in tiefem Schlaf. Göttinnengleich. Da küsste Amanda dieses Gemälde, das sie inspirierte, seit sie zeichnete, küsste die Brust der Venus.

Der Kuss war flüchtig. Mit geschlossenem Mund berührte sie die Brust der Freundin, die nicht die Venus war – und schmeckte Blut. Sie fuhr sich mit der Zunge über die Lippen, schluckte etwas Feuchtes, ein bisschen metallisch, ein bisschen salzig. Amanda schüttelte sich und strich mit dem Waschlappen heftig über den Mund. Ein Rot, fast

Orange auf dem Lappen. War Catherine verletzt? Gab es Spuren von Gewalt? War in Abdels Bar etwas Schreckliches passiert, oder hatte die Freundin eine Dummheit begangen?

Das Erste, was ihr einfiel, war ein Anruf bei Ben. Das Zweite war, die Nerven zu bewahren. Deshalb strich sie mit dem Lappen noch einmal über die Brustwarze, erst die linke, dann die rechte, schloss die Augen, sah hin, sah Sprenkel von Blut auf dem Frotteeweiß. Und nirgendwo gab es Spuren von Verletzung, die Haut der Freundin war glatt, sommersprossig, und ihr Gesicht wirkte entspannt.

Sie wollte nicht, dass die Freundin dort blutete, wusch den Lappen unter kaltem Wasser aus – und warf ihn in den Müll. Als wäre nichts geschehen, ging sie zu Bett und schlief lange nicht ein. Als es bereits hell war, sah sie Bilder, die sie nicht sehen wollte: Tropfen von Blut, die zu einem Bach wurden, zu einem Wasserfall, unter dem Catherine nach Luft rang und schließlich im Schwarzrot verschwand.

***

»Wie lange bleibst du?«, fragte Ben und bemühte sich, seine Hände still zu halten, indem er sie auf der Tischplatte faltete. Er sah sie streng an. »Du siehst erschöpft aus, solltest dir mal eine Pause gönnen. Jetlag darf man nicht unterschätzen, ist für den Körper schlecht wie Heißhungerattacken, dann kommen die Systeme aus dem Gleichgewicht.«

»Danke für den Vortrag, Daddy«, lachte Catherine mit brüchiger Stimme. »Aber ich bin müde vom Feiern. Abdel, sag auch mal was! Es war doch lustig gestern, oder?«

»Wie lange bleibst du?«, wiederholte Ben.

»Bis heute Mittag, sorry, aber ich lebe seit Jahren aus

dem Koffer. Fällt mir nicht schwer, ihr wisst ja, ich bin ein Schmetterling.«

»Eine Vagabundin«, stellte Ben richtig. Die Falten auf seiner Stirn vertieften sich, als er bemerkte: »Ruhelosigkeit ist eine Charakterschwäche.«

Catherine riss die Augen auf: »Das musst gerade du sagen! Und den Abbruch eines Medizinstudiums nenne ich Versagen.«

Dass sie damit den wunden Punkt getroffen hatte, ließ er sich nicht anmerken. Vielmehr knautschte er den Mund, wie er es immer tat, wenn er ein Thema nicht vertiefen wollte. »So will ich das nicht, Catherine. Kommst hier reingeschneit für ein paar Stunden im versauten Kleid. Das ist übrigens eine Etage tiefer im Eimer im Badverschlag.« Er zögerte und fügte dann versöhnlich an: »So eine habe ich heimlich geliebt. Vorbei. Andere Mütter haben auch schöne Töchter. Also, in aller Freundschaft: Wann kommst du wieder?«

»Wenn ich das wüsste. Es kommt auf die Buchungen an. Seit Kurzem habe ich eine Agentin in New York. Richard – habe ich euch von ihm erzählt? – hat das eingefädelt. Er findet es nicht gut, wenn ich mich von nur einer Marke abhängig mache. Er ist Medienanwalt, müsst ihr wissen, wir haben uns vor einem Jahr auf einer Party kennengelernt. Er ist, wie soll ich sagen, ein richtiger Mann. Zuvorkommend und wohlhabend.«

Dass Ben den Blick von ihr abwendete, merkte sie nicht, dass Amanda fragte, warum sie nie davon erzählte habe, ignorierte sie. Und dass Abdel feststellte, dann sei sie ja nun in einem anderen Leben auf der anderen Seite der Welt gut angekommen, quittierte sie mit einem Augenzwinkern: »Jedem das Seine, Liebelein. Entweder man tritt auf der Stelle, oder man nimmt sich die ganze Bühne.« Ihr Blick schweifte durch die Küche dieser Mansardenwohnung, blieb an den feuchten Flecken an der Wand hängen. »Auch ihr solltet hier nicht mehr hausen.«

Da sprang Abdel auf, nie hatte Amanda den ansonsten in sich ruhenden Tunesier derart aufgebracht gesehen, nun aber stakste er durch die Küche, hob die Hände und rief: »Hast du vergessen, wo deine Freunde sind? Hast du vergessen, wer dich aus den Katakomben geholt hat? Wer dich gesund gepflegt hat, wo hier in Paris dein Zuhause war? Rümpfst du die Nase über uns? Redest du über uns, als wären wir Verlierer? Wir in Tunesien sagen dazu: Es stolpern mehr Menschen über ihre Zunge als über ihre Füße. Pass also auf, was du sagst, schöne Frau.«

Amanda schwieg. Zu klar erkannte sie den Kipppunkt – ein Wort mehr, und es käme zum Streit.

»Was ich euch sagen will, ist nur, ihr macht es euch verdammt einfach, weil ihr nichts verändert. Merkt euch, immer hat alles eine Konsequenz. Wenn Amanda weiterhin hier wohnt und Ben sich weiterhin von seinem Papa durchfüttern lässt, dann verlieren beide den Mumm. Renés Attacken und Zusammenbrüche werden für Amanda zur Gewohnheit. Bens Tage ohne Ziel ebenso. Das ist doch schaurig! Wo, Amanda, wo ist dein Fixstern? Wo ist dein Plan vom eigenen Laden? Und sorry, Abdel, aber deine Sprüche passen hier nicht.« Catherine wies mit dem Zeigefinger auf Ben und Amanda, dann wischte sie mit der Hand die Worte weg: »Lassen wir das. Ich will mich nicht im Streit verabschieden. Was ist denn jetzt mit dem Harlekin-Kleid? Ihr könnt es in den nächsten Tagen bei Chloé abgeben. So was kommt vor.«

Da endlich fand Amanda, es wäre an der Zeit, Tacheles zu reden. Sie blickte auf Ben. »Warum so arrogant, Catherine? Warum meinst du, dass wir stillstehen, uns nicht bewegen, dass wir wie eingefroren im Leben sind? Ben geht nach Berlin, du tust ihm unrecht.«

Dass Abdel beleidigt einwarf, so etwas müsse man unter Freunden vorher besprechen, das dürfe man nicht allein entscheiden, ignorierte sie, vielmehr richtete sie den Blick nun auf Catherine und sagte langsam: »Ich gehe mit. In Berlin eröffne ich meinen Laden.«

Ben starrte sie an, und Abdel zischte: »Das nenne ich untreu.«

Nur Catherine erfasste sekundengenau die Worte und auch die Absicht dahinter, nämlich einen Schlussstrich unter Paris zu ziehen. »Gut so. Nichts festhalten, bis es Schimmel ansetzt. Mit Ben nach Berlin! Das klingt nach einem Abenteuer.«

Und Ben stupste ihr den Ellenbogen in die Seite: »In aller Freundschaft.«

»Ich schlage vor, wir besprechen das in Ruhe und bei einem guten Essen. Freunde. Da ist noch nicht das letzte Wort gesagt, denn so geht das doch nicht. Jeder entscheidet hier allein?«, protestierte Abdel, und dann tat er, was ihm das Liebste war, maghrebinische Gerichte auftischen: einen Eintopf mit Reis, Sauerkraut und Hackfleisch, dazu einen Rotwein, als Dessert servierte er frittiertes Gebäck.

Während Amanda überlegte, ob sie der Freundin später unter vier Augen vom Blut an der Brust und von ihrer Sorge erzählen solle, gab Catherine ihre Geschichten von den ausschweifenden Nächten in New York zum Besten, vom Zusammenziehen mit Richard im angesagten Manhattan, von ihrer Freundschaft zu Karl, von Partys im *Studio 54*, in dem Mick Jagger, David Bowie und Veruschka verkehrten. Da entschied Amanda, nichts von der Nacht zu erzählen, diese gute Laune unter Freunden sollte bleiben. Wer konnte schon ahnen, wann sie das nächste Mal vollzählig beisammensäßen. Plötzlich war aller Groll verflogen, sie genoss es, in der Bude zu sein, so wie früher den gestenreichen, lauten Diskussionen der Freunde zu lauschen, von den tunesischen Köstlichkeiten zu naschen und auch Ben wieder übermütig zu sehen. Sie lehnte sich zurück, streckte die Beine weit von sich und dachte: *Das Leben ist gut, wie es ist.*

»Habt ihr von Veruschka gehört? Eins neunzig, keine Kurven und ein Superstar. Die hat einfach entschieden: Ich bin schön! Ich liebe mich, und ihr wollt mich. Weil ich anders bin, keine An- und Ausziehpuppe, sondern eine Künstlerin mit Eigensinn. Tja, die Veruschka klebt sich nämlich Federn ins Gesicht und bemalt den Körper zum Stein. Die verschwindet quasi in einer Felsenwand. Könnt ihr euch das vorstellen? Kein Unterschied zwischen Hintergrund und Körper, ein Spiel mit den Farben, den Perspektiven. Das ist mystisch«, begeisterte sich Catherine.

»Oder Höhenflug«, warf Ben ein.

»Hätte ich mit dem Moulin Rouge auch so machen müssen. Einfach hin und behaupten, das Maß für die Show bin ich. An sieben Zentimetern darf doch kein Traum scheitern!«

»Ich mag keine dürren, langen Frauen«, bemerkte Abdel, der zum wiederholten Mal mit einem Tablett voller Süßigkeiten und Espresso in der Tür stand und mitgehört hatte. »Da kann man nicht in die Hüfte kneifen.« Er stellte das Tablett auf den Tisch. »Wir in Tunesien sagen: Freude dauert sieben Tage, Traurigkeit ein ganzes Leben. Greift zu, denn Essen ist Freude.«

TEIL II, BERLIN

1976 bis 1981

KAPITEL 19

April 1976

Wenn Amanda morgens unter dem runden Fenster aufwachte, das einem Bullauge eines Marseiller Piratenschiffs glich, dann blinzelte sie ins Graue. Jedenfalls hatte Abdel bei seinem letzten Besuch erzählt, unter solch einem Fenster habe er die Fahrt von Tunesien nach Frankreich als Küchenmatrose hinter sich gebracht. Da sei er jung gewesen, zwanzig Jahre alt, da habe er eimerweise Kartoffeln geschält, Möhren geraspelt, Gemüse mit nackten Füßen gestampft und überhaupt gelernt, für eine ganze Mannschaft zu kochen. Seither fand Amanda dieses runde Fenster wie eine Öffnung in die Welt und wie ihre ganz persönliche Verbindung nach Paris. Wenn sie von ihrer Stadt träumte, knuffte sie ein Kissen zurecht, schob es sich in den Rücken und sah hinaus, sah die Kuppel des Pantheons, die roten Schornsteine auf den Dächern gegenüber. Sie versuchte auszublenden, dass über ihr sich lediglich ein winziges Stück Berliner Himmel spannte, meist von Wolkenfetzen durchzogen. Berlin hatte keinen eigenen Geruch, es wehte nur hin und wieder der Gestank von Braunkohle aus der unteren Wohnung zu ihr hinauf. Auch keine eigene Melodie lag über der Gegend, in der sie wohnte, vielmehr gab es eine Kulisse aus Hausfassaden und Fluchten von Bäumen, wenn sie aus dem runden Fenster schaute und mal wieder feststellte, dass es der Charme war, den sie vermisste. Die Menschen dort unten eilten vorbei, ihre Kleidung war stets dunkel, überhaupt war Mode eher ein Schimpfwort als eine Ode an die Schönheit. *Es fehlt einer wie Karl, einer, der es versteht, Farbe auf die Straßen zu bringen.* Wenn sie davon Catherine am Telefon erzählte, dann war die Antwort immer die gleiche: »Warte ab, Berlin ist im Kommen, ich sag's dir, hier in New York tuschelt man, dass da was im Untergrund entsteht.«

Berlin bot ihr einen Alltag, ein Zuhause. Ihr Herz aber berührte die Stadt nicht. Nach wie vor galt morgens ihr erster Gedanke den Pariser Parks, all den schmalen Gassen im Quartier Latin und auch den Bistros, vor denen bei Sonne die Tische und Stühle bis an die Bordsteinkante standen. Sie vermisste das *La Petite* und Abdels breites Lachen, wenn die Bar sich füllte, weil das Essen schmeckte und die Musik laut aufgedreht wurde. Das nannte man wohl chronisches Heimweh. Mit einem Stich Wehmut im Bauch drehte Amanda sich noch einmal im Bett um. Ja, an Tagen wie diesen, wenn die alten Bilder aufschienen, schwelgte sie in der Vorstellung, dort zu sein, dort zu leben, zu arbeiten. Nur beim Wort *Arbeit* stockten die Gedanken. Denn dann würde René wieder regieren. Mit seinen zittrigen Händen würde er ihr bedeuten, was zu tun wäre, würde nach einem langen Tag sie aus seinen tränensackversteckten Augen mustern wie eine, die er nicht wollte, der er ein Almosen gab. Bis zum Schluss ihrer Zusammenarbeit blieb er bei seiner Nörgelei, bei seinem Desinteresse an ihrer Arbeit, selbst als Kundinnen merkten, dass sie, Amanda, der heimliche Star im Salon war, mäkelte René an ihr herum. Erst in der allerletzten Minute des Abschieds hatte er sich im Hinterzimmer vor sie gestellt, die Arme ausgebreitet und wieder vor seiner Brust zusammengeführt, er hatte die Augenlider gesenkt und auch die Stimme: »Ich habe dich lieb, Amanda.« Sie hatte ihn verdutzt angesehen und geantwortet, das sei zu viel des Guten, und er hatte ein in rotes Seidenpapier gewickeltes Geschenk vom Frisiertisch genommen, es ihr überreicht. »Scharf wie ein Samurai-Schwert, du verstehst?« Würde ein Unglück hereinbrechen und Amanda müsste flüchten und könnte lediglich zwei Dinge retten, es wären ihr Skizzenbuch und diese Schere von René.

***

In Amandas Laden in Berlin-Wilmersdorf kamen die Nachbarn und manchmal die Bedürftigen, die Reichen kamen nicht. Die gingen zum angesagten Friseur der Stadt, zu Udo Walz am Kurfürstendamm. Davon las Amanda in den Magazinen, sah den Mann, der sich Coiffeur nannte, mit Dreitagebart und grell gemustertem Hemd über schwarzem T-Shirt, so wie die jungen Wilden es in Paris trugen. Er posierte in Turnschuhen auf den roten Teppichen, die man bei Filmpremieren und Vernissagen ausrollte, denn an solchen Tagen wollte Berlin zeigen, dass die Stadt sich feiern konnte. In einer Hand hielt er den Stielkamm, die andere umfasste die Schulter einer schönen Frau, und dabei strahlte der Mann, als wäre er einer aus dem engsten Kreis von Karl nach der ganz großen Show. Dabei hatte er nie in Paris gelebt, nie eine Haute-Couture für eine Saison begleitet mit seinem Handwerk. Wenn sie genau hinsah, erkannte sie: Udos Vorliebe war blond. Ja, blond zu färben, das war wohl seine Spezialität, als Schnitt bevorzugte er den Bob. Amanda schnaubte laut: »Das hat René bereits vor einem Jahrzehnt kreiert, und zwar in allen Farben.« Was die Magazine als *Must-have* übertitelten, hielt Amanda für einen alten Hut, und sie nahm sich vor, mehr Werbung für sich selbst zu machen. Sie würde diese eintönige Szene in Berlin mal aufmischen!

Immerhin konnte sie in ihrem Skizzenbuch auf Testimonials mancher Stars tippen. Und ging es nicht genau darum, auch durch Berlin einen Hauch von künstlerischem Flair wehen zu lassen? Typgerecht statt einheitlich, und hin und wieder provokant? Nicht nur in Paris und New York gab es Frauen, nach denen man sich die Köpfe verdrehte, weil sie sich an dieses gewisse Extra wagten, das neben der von Magazinen diktieren Spur verlief. Frauen mit Charisma, mit etwas Feinem im Gesicht, weil die Haare diesem Gesicht den perfekten Rahmen gaben. Amanda sah sie in der *Paris-Bar* in der Kantstraße bei Schampus und Hummer, sah sie in Trattorien in Schöneberg, auf den Treppen zu den U-Bahn-Schächten, am Strand vom Wannsee und auf ihren Fahrradtouren im Grunewald. Berlin war ein Biotop, begrenzt und doch frei, ja, da entstand was im Westen dieser Stadt, und das roch tatsächlich nach Aufbruch. Deshalb fand Amanda die Geschichten wunderbar, die von einem Kantinenkoch erzählten, der eine Studentenkneipe eröffnet hatte, damit junge Männer und Frauen über Kunst beim Essen diskutierten, und der mit dieser Idee auch die Reichen der Stadt anzog und damit die *Paris-Bar* zum ersten Szenelokal machte. Das war auch ihr Plan: Handwerk und Kunst zu verbinden, im Kleinen wie im Großen, einen Laden offenzuhalten für alle Frauen, die genau diesen Mix zu schätzen wussten. Sie wollte diejenige sein, die keine einzige Plisseedauerwelle verkaufte und keine weiß gebrannten Strähnchen ins Haar brachte, auch wenn die Kundin das wünschte. Sie würde dann anderes zeichnen, würde mit wenigen Strichen überraschen. *Es wird Zeit für den Sprint an die Spitze*, nahm sie sich vor. Denn sie hatte viel investiert in die Ausstattung ihres Ladens, all das Ersparte steckte in qualitätsvollem Interieur, in feinem Handwerkszeug. Und doch schien das nicht auszureichen, um aufzufallen, um sich in der Branche einen Namen zu machen. Aber sie musste zuversichtlich bleiben, es konnte sich an einem einzigen Tag, in einer einzigen Stunde das Blatt wenden. An diesem Glauben wollte sie – wie in Paris – festhalten, um sich die Freude auf die Zukunft nicht zu nehmen. Deshalb schloss sie morgens Punkt neun Uhr den Laden auf, egal ob es vereinbarte Termine gab oder nicht. Dann zog Amanda den Vorhang aus schwerer weißer Wildseide im Raum zurück, ließ das Licht bis in die hintere Ecke krabbeln. Das war ihr Bereich für die Prominenten, hier hatte sie einen Sonderplatz reserviert. Vor einem goldumrahmten Spiegel, der sie an die Gemälde im Louvre erinnerte, sollten die Kundinnen sich über die Skizzen beugen. Wie oft stellte sich vor, dass hierhin die Hardy käme, rauchte, staunte, so wie damals bei *Chez René*. Und sie schloss die Augen, auch ein Kamerateam würde kommen und den Laden in Szene setzen und kommentieren: »Endlich mal Flair in diesem Kiez, endlich ein Stück von Paris in einem einzigen Laden.«

***

Sie hatte den Laden eher zufällig beim Spazierengehen in der Nacht entdeckt, als sie nicht schlafen konnte und gerne noch einen Wein in einer Bar getrunken hätte, dort, wo es lustig wäre wie im *La Petite* von Abdel. Aber es drang aus keiner Bar in ihrer Nähe Musik und Klatschen, nur Schweigen und kalter Zigarettenrauch schwappten ihr entgegen, wenn sie die Türen öffnete und den schweren roten Samt dahinter zur Seite schob. An der Theke stützten Männer und Frauen den Kopf auf die Hände oder hielten sich an Biergläsern fest, an den Tischen sprachen die Gäste kaum hörbar hinter vorgehaltener Hand. *Wie im Leichenschauhaus*, dachte Amanda und machte auf den Schwellen wieder kehrt. Sie würde zu Hause einen Wein trinken und warten, bis Ben von seiner doppelten Schicht aus dem Krankenhaus käme. Und während sie die Pfalzburger Straße entlangschlenderte, weiter über den Platz vorbei an der Sankt-Ludwig-Kirche, versuchte sie, sich die anregende Atmosphäre der Rue Mouffetard ins Gedächtnis zurückzuholen, weil es hier so still war und so menschenleer. Sie summte das alte Lied von Moustaki, schnippte mit den Fingern und tänzelte ans Ende des Platzes bis zur Straße hin. Dieses Lied stimmte sie melancholisch und beschwingt zugleich, sie sollte noch einmal die Platte hören und eintauchen in dieses Damals, in die wunderbaren Minuten, als Abdel seine weißen Zähne gezeigt und bejaht hatte, dass sie ohne Miete zu zahlen unter dem Dach wohnen durfte. Rückblickend war das der Beginn ihrer Karriere in Paris gewesen, denn sie hatte eine Adresse, ein Zuhause, plötzlich den langen Atem gehabt, es mit René und seinen Launen aufzunehmen. Und auch hier in Berlin würde sie durchhalten, es kam immer aufs Durchhalten an. Da hatte sie den Laden gesehen.

Eine breite Glasfront hinter einem Kastanienbaum, ein fahles Nachtlicht schien aus dem Inneren auf den Bürgersteig, und dieses Licht zog sie an wie ein Magnet. Auf den Fensterscheiben las sie den Schriftzug *Galerie* und darüber das Schild aus Pappe: *Zu vermieten.* Und als sie ihre Nase am Glas plattdrückte, erkannte sie Schatten an den Wänden, die Spuren von Bildern zeigten. Papier, Farbtöpfe, Bretter stapelten sich unordentlich auf dem Boden, und jemand hatte einen Haufen Staub und Schmutz zusammengekehrt. Amanda schirmte die Augen ab, obwohl sie dadurch im Halbdunkel einer Straßenlaterne nicht besser sah. Zwei ineinander übergehende Räume und einen schwarz-weiß gefliesten Steinboden, am Ende der Räume ein vergittertes Fenster, dahinter vielleicht ein Garten, denn es sah so aus, als schaukelten dort Äste auf und ab, an der Decke hing ein Kronleuchter von solchem Ausmaß, dass er einen Tanzsaal erleuchten könnte. »Das ist mein Laden«, sagte sie laut, und am liebsten hätte sie sich vor die Tür gesetzt, die Nacht hier verbracht, einzig aus Furcht, auch ein anderer könnte sich wie sie in diese Räume verlieben. Lediglich ihre Rücksicht auf Ben trieb sie nach Hause, denn Ben würde sie suchen und ihr Vorwürfe machen. Deshalb kramte sie in der Tasche nach dem Zeichenstift, schrieb die Telefonnummer auf ihren Unterarm und konnte es kaum erwarten, Ben von diesem überraschenden Fund schräg gegenüber ihrer WG zu erzählen.

»Die Dimensionen stimmen nicht«, hatte Ben bei der Besichtigung am folgenden Tag bemerkt und den Vermieter nach einem Preisnachlass gefragt. »Wie lange steht das hier schon leer? Ist nicht einfach, solvente Mieter zu finden.«

Aber Amanda fand das alles hinreißend. »Den Laden nehme ich unbedingt«, hatte sie gejubelt, »ich unterschreibe sofort«, und der Vermieter hatte geantwortet, dass man bei so was auch nicht zögern dürfe, und stante pede die Miete um einhundert Mark erhöht. »Du darfst dein Herz nicht auf der Zunge tragen«, hatte Ben später erklärt. »Es gibt Schlawiner, die nutzen das aus.«

In den Wochen darauf hatten sie zusammen die Räume renoviert, die Wände reinweiß gestrichen und Farbakzente in Pink gesetzt. Es wurden Möbel geliefert und Pflanzen und vor die Fensterfront eine Bank samt Tisch unter die Markise geschoben. Auf Amandas Drängen hatte Ben den weißen Vorhang angebracht, auch wenn er bemerkte, der störe. »Jetzt ist die Harmonie im Raum endgültig im Eimer.«

Tatsächlich befand sich der Laden genau einhundert Meter von der WG entfernt. Sie hatte die Strecke mit großen Schritten abgezählt, weil sie es damals vor vier Jahren kaum glauben konnte, so viel Glück in diesem Kiez zu finden. Dort, wo die Kirchenglocken morgens zur Messe läuteten und wo Cafés sich aneinanderreihten wie im Quartier Latin, dort wollte sie das Schöne in den Frauen erkennen, wollte eine Künstlerin sein, wie René es ihr beigebracht hatte. Und noch immer sah sie freudig auf den weißen Schriftzug auf der knallroten Markise: *AmLe*, das Kürzel unter ihren Zeichnungen war zum Firmennamen geworden. Alles wäre gut, würden endlich die eleganten Kundinnen kommen.

Gleich nach der Eröffnung hatte sie den Buchhändler von gegenüber gefragt, ob er sie unterstützen könne, ob er die Damen, die seine Bücher kauften, auch von ihrer Haarkunst erzählen könne, denn aus Büchern habe sie ihre Formel für Schönheit herausgelesen in Paris. »Frauen, die Literatur schätzen, die haben auch für die Ästhetik auf dem Kopf einen Sinn«, schloss sie augenzwinkernd, und der Buchhändler hatte sie seltsam angesehen. »Ne, da misch ich mich nicht ein. Soweit ich weiß, sind da schon zwei am Ku'damm. Frauen, die was auf sich halten, die gehen zu Udo. Der andere hat seinen Laden erst vor Kurzem aufgemacht. Soll was können, der junge Mann. Wie heißt er doch gleich?« Er strich sich durch seine vollen weißen Haare, die gegen den Hemdkragen stießen. »Ach, jetzt fällt's mir ein, Hugo Rath. Der macht Kampagnen in allen Zeitungen. Ein umtriebiges Bürschchen.«

»Aha, dann werde ich auch mal Werbung für mich machen.« Und sie legte ihm eine Zeichnung hin, auf der Rückseite die Liste all der berühmten Frauen, die sie frisiert hatte. »Würden Sie denn davon Ihren Kundinnen erzählen?«, fragte sie. Der Buchhändler beugte sich vor, um dann amüsiert festzustellen, die lese sich ja wie eine Bestsellerliste.

»Det find ick knorke!«, witzelte er. »Aber nichts für ungut, junge Frau, ich bin Buchhändler und kein Kenner von Friseurläden. Dieses ganze Handwerkszeug liegt mir nicht. Eher die Kunst.« Damit wies er mit dem Kinn kaum merklich zur Tür. »Hier zieht's wie Hechtsuppe.«

Amanda hatte verstanden, dass schöngeistige Literatur vor unschönem Benehmen nicht schützte. Sie grüßte und ging, achtete auf das Strecken des Rückens, um sich die Enttäuschung nicht anmerken zu lassen. Ihr fiel ein Satz von Catherine ein, der ihr damals im Schlafzimmer der Vergessenen imponiert hatte: »Zieh dich selbst aus dem Dreck, das macht sonst keiner.« Gut, es ging auch ohne den Buchhändler, überhaupt ohne fremde Hilfe! Sie hatte zwei gesunde Hände, einen klaren Verstand, einen Laden in vorzüglicher Lage. »Mach was daraus«, sagte sie laut zu sich selbst.

***

Mittlerweile waren vier Jahre seit dem Aufbruch vergangen. Heute durfte sie sich über Stammkundinnen freuen, über Empfehlungen zufriedener Frauen. Manchmal spielte der Zufall ihr in die Karten, ein anderes Mal weckte der Aufsteller vor der Tür die Neugierde der Vorübereilenden, alles griff ineinander, gab ihren Tagen einen Ablauf, mal chaotisch, mal sortiert. Amanda galt als ehrlich, unverblümt und äußerst talentiert, so jedenfalls erzählten es die Frauen weiter. Dieses Image mochte sie, sie pflegte es sogar und dachte, dass sie kein Theater zu spielen brauchte, dass sie selbst keine erlesene Mode von Karl, keinen teuren Schmuck tragen musste. Ob Schuhe mit Plateau-Absatz *in* waren oder Ketten, die reihenweise bis zum Bauchnabel reichten, es war ihr egal, der ganze Schnickschnack war nicht ihr Stil. Es ging nicht um ihre eigene Schönheit, sondern um die der anderen. Die wollte sie finden, herausarbeiten in einer ganz und gar unprätentiösen Art. Amanda umtanzte die Frauen nicht wie goldene Kälber, die es zu schlachten galt, es gab weder Kekse noch Prosecco, und den Filterkaffee nahm sich jeder selbst aus der Thermoskanne, die auf dem Tresen stand. Wenn eine fragte: »Bin ich schön?«, dann verdrehte Amanda die Augen und antwortete, das komme immer auf den Blick des Betrachters an. Wo Kritik kleinlich werde, da erhalte das Aussehen Risse, wo Schönheit aber wohlwollend mit warmen Worten bedacht werde, da blühe sie auf. »Sei gut zu dir«, sagte sie dann der Kundin und strich ihr kräftig über den Rücken. Und jedes Mal spürte sie einen Funken Freude in sich, wenn sie feststellte: Die Frauen gingen anders aus ihrem Laden heraus als sie reingekommen waren. »Schöne Haare sind überall auf der Welt ein Merkmal für Weiblichkeit«, dozierte sie oft, und dass ein einzelnes Haar aus Keratin, Melanin, Schwefel, Wasser und Fett bestehe, eine Zaubermischung, die es unter allen Umständen zu schützen gelte. »Hunderttausend und mehr haben wir Frauen auf dem Kopf! Der größte Feind der Haare ist übrigens Stress. Liebeskummer, Krach mit dem Nachbarn und sowieso die Angst vor einem Unheil. Deshalb sei fröhlich! Ja, Fröhlichkeit ersetzt jede Luxus-Haarkur!«

In dieser Stimmung verliefen die Tage, die Monate, der Laden füllte sich, doch die Prominenten, die Reporter, all diejenigen, die wie bei René zehn Scheine für einen Haarschnitt hinlegten, die erreichte Amanda nicht. Zwar hatte sie Fotos ins Fenster gehängt, hatte Visitenkarten drucken lassen, und hin und wieder erzählte sie von ihrer Zeit in Paris, von den Frisuren, die sie sogar für die Models von Karl Lagerfeld gezeichnet hatte. Die Kundinnen staunten, mehr geschah nicht.

Und da kam Dorothee.

KAPITEL 20

Juli 1976

Es war ein ungewöhnlich heißer Tag, das Thermometer kletterte auf zweiunddreißig Grad, und Amanda saß auf der Bank vor dem Ladenfenster unter der Markise und beobachtete die Kinder auf dem Spielplatz, der neben der Kirche unter Bäumen im Schatten lag. An diesen heißen Tagen blieb die Kundschaft aus, man ging eher in den Park, fuhr zum Wannsee oder vermied es, das Haus zu verlassen. In der Stadt herrschte der Müßiggang der Sommerferien. Die Leute hetzten nicht den Gehweg entlang, sie schlenderten, manchmal blieben sie stehen, um sich mit dem Ärmel den Schweiß von der Stirn zu wischen. Sie leckten Eiscreme oder hielten sich eine kalte Dose Coca-Cola aus dem Kiosk an die Wangen, bevor sie gierig tranken. Auch fiel Amanda auf, dass die Kleider der Leute nicht mehr dunkel, sondern hell waren. Die Frauen wagten es sogar, Sonnenhüte aufzusetzen oder Tücher locker um die Haare zu binden, die Jugendlichen trugen Baseballkappen. Plötzlich gab es weite Hosenbeine, knappe T-Shirts, schwingende Rocksäume oder Minis, Hotpants für die Mädchen. Amanda schien es, als wäre mit der Sommerhitze die Mode über Berlin gekommen und auch die Gelassenheit, wenn ein Nachbar sogar die Hand zum Gruß hob und fragte, wie es Amanda gehe. Mittlerweile kannte man die junge, rundliche Friseurin im Kiez, die keine Registrierkasse nutzte, dafür die Preise nach Sympathie vergab. Und sympathisch fand sie die Frauen, in deren Augen sich der Schalk versteckte, oder solche, die vom Kämpfen im Alltag nicht müde geworden waren, sondern deren Waffe das spöttische Lächeln blieb oder ein frecher Satz auf den Lippen. Amanda hatte in Berlin gelernt, dass die Schnauze rau sein durfte, wenn die Worte aufrichtig waren.

An diesem trägen Nachmittag sprach eine Frau sie an: »Darf ich mich setzen? Kann ich auch einen Kaffee haben?« Sie wies erst auf die Bank, dann auf Amandas Becher.

Überrascht fragte sich Amanda, ob die Frau den Laden mit einem Bistro verwechsle, aber ihr fiel das Flehen in den Augen auf. *Die ist erschöpft.* Deshalb antwortete Amanda: »Das ist Eistee.«

»Egal, den nehme ich auch, obwohl ein starker Kaffee mir lieber wäre.«

Amanda musterte die Frau, die einen sauberen Trenchcoat mit abgeschrubbten Kragenkanten trug und zwei Plastiktüten in der Hand hielt: »Kennen wir uns?«

»Nö, noch nicht«, antwortete die Frau. »Deshalb bin ich hier.«

Dreist, dachte Amanda und sagte: »Ja, Kaffee geht auch.« Und als sie den aufgebrüht hatte, da saß die Frau bereits auf der Bank, die Plastiktüten darunter verstaut.

»Wie kann ich helfen?«

Die Frau umfasste ihren Kragen, zögerte einen Moment, dann gab sie sich einen Ruck: »Ich habe Sie durch das Fenster beobachtet. Sie schneiden gut, sehr gut. Konzentriert und doch überlegen. Sie haben einen Plan im Kopf. Das ist wichtig für mich, lebenswichtig.«

»Ich weiß nicht, was Sie meinen.«

Sie berührte vorsichtig ihre Haare. »Die sind bunt geworden. Sehen Sie? Braun und rot und manche schwarz, als wären viele Strähnchen drin. Früher waren die Haare nur braun. Aber ich mag meine neuen Haare. Und jetzt müssen die geschnitten werden.«

Amanda entgegnete: »Genau dafür sind wir Friseure da.«

»Aber die, die gut sind, die sind teuer. Und jetzt bin ich hier.« Die tiefen Falten zwischen Nase und Mund glätteten sich, weil die Frau lächelte, als sie bat: »Stellen Sie sich vor, ich wäre Uschi Glas. Kennen Sie die Uschi? Wie würden Sie der die Haare schneiden, und vor allem, wäre das für die Uschi umsonst?«

Ohne zu überlegen antwortete Amanda: »Nein, natürlich nicht! Die müsste bezahlen. Umsonst ist nur der Tod.«

Die Frau stöhnte auf. »Auch der kostet. Ich gebe mir Mühe, weißt du, wer aufhört, sich Mühe zu geben, der kommt nicht mehr nach oben. Bei mir war es Schicksal.« Sie reichte Amanda die Hand. »Ich bin Dorothee.«

»Was ist passiert?«

Und dann erzählte Dorothee. Dabei beugte sie sich weit vor, sprach leise, damit die Spaziergänger nichts hörten. Zwischendurch atmete sie tief ein und aus, als hätte sie Angst, der Atem könne stocken, als müsse sie prüfen, ob der Atem bliebe. »Krebs. Erst krank, dann arbeitslos, dann wohnungslos. Jetzt bin ich wieder gesund, aber keiner will mich mehr. Mann weg, Chef weg, Freunde weg, und Kinder habe ich keine.« Sie tastete nach der Lehne, um sich festzuhalten. »Und warum? Weil ich mich zu lange geschämt habe. Ohne Haare wollte ich nicht arbeiten, überhaupt wollte ich nicht vor die Tür. Ich hätte eine Perücke tragen können, klar, einen billigen Fifi auf dem Kopf! Gibt's manchmal auf der Sozialstation.« Sie trank den Kaffee in einem Zug. »Auch keine Wimpern und Brauen, die totale Nacktheit war das. Ich habe mir mit dem Filzstift die Brauen hingemalt, damit ich nicht vergesse, wo die waren.« Sie legte ihre Hand auf Amandas Hand und redete weiter, als würde sie kein Ende finden. »Es hat bei mir lange gedauert, bis die Haare wieder gewachsen sind. Da bin ich traurig geworden, richtig traurig, das ging so tief rein.« Sie schluckte ein paar Mal und fuhr fort: »Ich weiß nicht, wo mein Mann hingezogen ist, vielleicht ins Ausland auf Montage gegangen, damit er für mich nicht zahlen muss. Der hat mich nicht mehr ertragen, wer sieht da auch gerne hin? Und weißt du was? Bis heute zupfe ich jeden Morgen erst mal an den Haaren, kontrolliere, ob die fest sind. Sind sie wieder! Und bunt.«

»Haare, die nach der Krankheit wachsen, die können eine andere Farbe, eine andere Struktur haben, die Wurzeln springen nach wenigen Wochen wieder an, erst ist es wie Babyflaum, so zart und weich, dann wird es kräftiger …«, wollte Amanda erklären, aber Dorothee unterbrach sie. »Ich weiß das alles, aber bei mir sind die lange Zeit fluselig geblieben! Und die Kopfhaut hat gejuckt! Der Chef hat mir ein Ultimatum gestellt, denn ich war nicht mehr krank. Eitelkeit sei kein Grund, um zu Hause zu bleiben, hat er gewettert und mir eine Frist von einer Woche gesetzt. ›Entweder du kommst wieder – oder du bist draußen. Mit oder ohne Haare, das ist für die Arbeit völlig egal. Hast ja nichts an den Händen, kannst ja auf der Schreibmaschine tippen, oder sehe ich das falsch, altes Mädchen?‹, hat er gesagt und mir einen Knuffer auf den Oberarm gegeben.«

Dorothee blinzelte nervös mit den Augenlidern. »Aber ich konnte nicht. Es ging einfach nicht. Ich habe mich geschämt. Ich war wund. Tja, da hat der Chef mir gekündigt.« Sie hob den leeren Becher an. »Kann ich noch einen haben? Der wärmt. Trotz dieser Affenhitze ist mir kalt.« Ohne eine Antwort abzuwarten, fuhr sie fort: »Ich will es noch mal schaffen. Wenn ich wieder schön bin. Mit fünfzig kann man das Leben noch mal anpacken, oder? Die Knochen sind heil, die Stimmung wird besser. Ich weiß, dass ich stark bin, denn ich habe den Krebs überstanden und einen verflixten Winter unter der Brücke. Im Sozialheim ist nicht immer ein Bett frei.«

Amanda fand die Offenheit der Frau verblüffend. »Haben Sie denn jetzt eine Wohnung?«

»Ein Bett, ja, die Stadt sorgt für mich. Man darf nicht stolz sein, man muss bitten, wenn man unten ist. Das habe ich gelernt.«

Amanda nickte, dachte an die Vergessenen in Paris und an die Clochards, für deren Geschichten sie sich damals interessiert hatte. Es rührte sie der wiedererwachte Kampfgeist der Frau, und spontan fragte sie: »Dorothee, möchten Sie mit mir hinter den Vorhang kommen? Da habe ich einen Platz für besondere Kundinnen eingerichtet, für solche wie Uschi Glas.«

Während Dorothee es sich auf dem gepolsterten Ledersessel bequem machte und in den goldumrahmten Spiegel blickte, während sie weitererzählte vom Fallen und vom Aufstehen, drehte Amanda die Musik an. »Wir zwei machen es uns jetzt mal nett.« Sie legte Dorothee ein Handtuch um die Schultern. »Die Schultern dürfen nie nach vorne fallen. Eine gerade Haltung macht schön. Lächeln macht schön. Seien Sie eine Rebellin! Jetzt noch einen Kaffee?«

»Oh, gerne. Und die Haare?«

»Ja. Die Haare schneide ich umsonst.«

***

Nach dieser Begegnung sprach es sich schnell herum, dass es dort eine Friseurin am Ludwigkirchplatz gebe, die nicht nur keine Registrierkasse nutze, sondern sogar manchmal einen ganz und gar perfekten Haarschnitt ohne Geld zu nehmen leiste. Es kamen in den Folgewochen Alleinerziehende mit kleinen Kindern, ein Hippie und eine Bekannte von Dorothee aus der Sozialstation. Amanda frisierte auch diese Kunden und winkte ab, wenn die zögerlich ein selbst gehäkeltes Beutelchen oder ein abgewetztes Portemonnaie aus der Tasche kramten. »Lass mal stecken«, war dann ihr Kommentar, und auch: »Viel Glück mit der neuen Frisur.« Ihr Lohn war in diesen Fällen eine einzige Umarmung und ein ungemein herzliches Dankeschön. Und oftmals fiel es Amanda auf, wie viele Arten von Umarmung es gab. Frauen, die wirklich im Alltag kämpften, die unbedingt vorankommen wollten und ihre Knochen nach oben streckten, die konnten kaum eine Umarmung zulassen. In ihnen gab es Abwehr und Freude gleichermaßen, diese geschenkte Frisur anzunehmen. Andere schmiegten sich in eine Umarmung hinein, verweilten für wenige Sekunden dort, wiegten sich darin, und Amanda dachte, dass sie einen großen Hunger hatten nach Nähe, nach einem Ende der Einsamkeit. Und hin und wieder erwischte sie selbst sich bei dieser Sehnsucht, dass da einer wäre, der die Arme um sie schlang und ihr sagte: *Du bist gut, wie du bist, genau so habe ich dich lieb*. Aber Catherine lebte glücklich in New York – und Ben flirtete mit anderen. Von Ben gab es nur ein Guten-Morgen-Küsschen auf die Wange am Küchentisch. Er neckte sie nicht, wie ein Mann es tat, wenn er mehr als kumpelhafte Nähe suchte. Umarmt, sodass sie Körper an Körper dastanden, hatte Ben sie in Berlin nur ein einziges Mal, während der Ladeneröffnung, ein Umarmen hölzerner Art, eher vorsichtig als stürmisch, und als sie sich da ein wenig mehr hineingedreht hatte, weil sie so glücklich gewesen war, da hatte sie seinen Hautwiderstand gespürt und sein Klopfen auf ihren Rücken, wie man es zum Trost oder aus Freundschaft machte. Ja, sie wohnten in einer WG in aller Freundschaft, und mittlerweile war auch das letzte Fünkchen Hoffnung verglimmt, es könnte mehr daraus werden. Sie war nicht sein Typ, das musste sie einsehen. Er mochte an ihr das Zähe, das Beständige, das Unkomplizierte, sexy fand er sie nicht. Wenn sie daran dachte, fiel ihr ein Satz ihrer Mutter ein: »Herzchen, da wird einer kommen, der dich zu schätzen weiß.« Da war Amanda sechzehn gewesen und hatte das ungemein aussichtsreich gefunden. »Wann denn?«, hatte sie gefragt. Die Mutter hatte mit den Schultern gezuckt: »Bleib locker, Kind. Küss de hück nit, küss de morje.«

***

In diesem heißen Sommer 1976 reichte die Bekanntheit von *AmLe* über die benachbarten Straßen, sogar endlich über Wilmersdorf hinaus. Auch erwies sich die Lage als günstig, wenn sonntags die Kirche zur Messe läutete oder das Restaurant auf dem Platz Stühle und Tische draußen aufbaute, dann blickten die Menschen geradewegs auf die rote Markise und den Schriftzug, oder sie blieben bei einem Sonntagsbummel vor der Fensterfront stehen, sahen sich die Fotos an, die Amanda bei *Chez René* in Paris zeigten, wie sie neben dem Meister stand mit Schere und Kamm in der Hand. Auch ein Bild von Karl Lagerfeld hing dort im großen Format, der Modekönig umgeben von seinen Models vor dem Eiffelturm, an seiner rechten Seite posierte Catherine, nicht wie die anderen mit geschlossenen Füßen und einer Haltung, als hätten sie einen Stock verschluckt. Nein, die Freundin drehte die Fußspitzen nach außen, hüftbreit stand sie da, den Rücken leicht ins Hohlkreuz gedrückt, als würde sie den ersten Schritt zum Tango setzen.

Es mochten diese Bilder sein, die die Terminanfragen im Laden steigerten, noch wahrscheinlicher aber war es das Raunen der Leute, dass es dort bei *AmLe* kein kleinliches

Aufrechnen all der Leistungen von der Kopfmassage bis zum Föhnen gab. »Ich liefere ein Gesamtpaket. Hier kommt mir keiner raus, bevor ich nicht zufrieden bin«, drohte Amanda scherzend.

Oft saßen die Frauen in einer Reihe auf Stühlen entlang der Wand und warteten auf Amandas Auftritt. Wenn sie nämlich die Musik aufdrehte, wenn sie hinter einer Kundin stehend für drei Sekunden die Augen schloss, die Schere wie ein Samurai-Schwert in die Luft hob, bevor sie begann, wie in Trance zu schneiden, dann war es, als würde die Zeit in dem kleinen Laden angehalten. Niemand, der sie unterbrach, niemand, der überhaupt ein Wort von sich gab. Es herrschte eine Andacht wie in der Berliner Philharmonie. Man sah einer Solistin zu, einer in ihre Darbietung gänzlich versunkene Frau. Und Amanda dachte an René, an seine Leichtigkeit beim Schneiden. Und sie dachte an Karl, an seine Entspanntheit im Zeichnen. Und sie dachte an Catherine, an ihren Tanz im Harlekin-Kleid und den stürmischen Beifall am Ende.

»Fertig«, sagte Amanda nach dem letzten Schnitt und dem Fächern durchs Haar. Dann drehte sie sich abrupt um, weg von der Kundin, weg von ihrer Kunst. Kontrolle und Lob – beides lag ihr nicht. Nur wer Amanda kannte, entdeckte das Aufflammen im Blick, wenn die Kundin ausrief: »Das ist toll!«

Und nach wie vor wedelte sie mit dem Stielkamm in der Luft, wenn eine ärmliche Kundin am Ende nach dem Preis fragte, dann sagte Amanda: »Ist umsonst. Jetzt raus hier, bevor ich es mir anders überlege.«

KAPITEL 21

August 1976

Dein Laden gleicht eher einer Tafel für Bedürftige als einem Promisalon im angesagten Kiez«, stellte Ben fest. Und er hatte recht, wenn er ihr abends am Küchentisch vorrechnete, dass sie mit diesen Marotten nur noch wenige Monate überstehen würde. Mit gespitztem Bleistift malte er eine Einnahmen-Ausgaben-Tabelle auf und bewies, wie ihr Erspartes mit diesem Gutmenschen-Konzept dahinschmelzen würde, nämlich wie Butter in der Sonne. Da kamen ihr Zweifel. So verhielt sich tatsächlich keine Unternehmerin! Auf diese Weise würde sie ihr Talent abwickeln, statt es zu stärken, denn Zeit zum Zeichnen hatte sie längst keine mehr.

»Wo sind denn die Hardys von Berlin? Wo ist denn die eine, die hinter deinem weißen Vorhang sitzt, um sich dir anzuvertrauen und dich adäquat zu bezahlen? Amanda, so geht das nicht, so wirst du sang- und klanglos untergehen.« Ben lief vor ihr auf und ab, so aufgeregt war er, dass er zu laut redete, zu hektisch in der Luft fuchtelte. Seine Stirn zeigte Sorgenfalten, als er erinnerte: »Das ist nicht, was Catherine und du euch geschworen habt in all den Jahren in Paris. Denk daran, ihr wolltet nie, nie wieder unten sein.«

»Was schlägst du vor? Einen Türsteher, der die Leute aussortiert?«, entgegnete sie und sah insgeheim ein, dass eine Preisliste à la René im Fenster sinnvoll wäre. Auch Catherine hätte niemals umsonst getanzt, weder an der Seine noch auf den großen Mode-Shows. Ben riet ihr: »Ruf

Catherine in New York an, die soll mal für die PR einen Promi vorbeischicken. Die kennt doch Gott und die Welt.«

Nach langem Abwägen hatte sie zum Hörer gegriffen, der Freundin von dem Dilemma erzählt, dass Schönheit nicht nur in reichen Frauen stecke, dass sie auch den armen dazu verhelfen wolle, aber dass damit die Reichen ausblieben, weil die Angst vor Läusen hätten und vor dem Kontakt mit anderen Kreisen. »Deshalb kommen nur die, die kaum was haben. Denen will ich aber nicht die letzte Mark aus der Tasche ziehen. Die anderen gehen zu Udo Walz«, erklärte sie.

»Bist du noch bei Trost?«, hatte Catherine gefragt. »Wovon willst du denn leben? Ich schaue mal, was ich machen kann. Schätzchen, wir müssen handeln, sonst versackst du mir im Berliner Morast. Ich schick dir David vorbei!«

***

Drei Tage später, an einem Freitag, stand er in der Tür ihres Ladens, hinter ihm eine Schar Reporter. Unter Blitzlichtgewitter trat er ein, streckte die Arme aus und umarmte die verdutzte Amanda. Er küsste über ihre Schultern hinweg die Luft und sagte laut: »Progressiv schneiden, bitte. Ach ja, Grüße von Catherine.«

Wie ein Lausejunge wuselte er sich durch die aschblonden Haare, ein wenig verlegen tat er das, und sie dachte, er spiele Theater oder das Ganze wäre eine Probe für eine Show. Aber er sah ihr tief in die Augen, wobei sie sich über die verschiedenen Farben von seinen wunderte, eines war grau, das andere braun.

»Mach was für die Bühne! Die Leute hier fotografieren das, die sind von der *Bild* und von der *Bunten*. Natürlich nur, wenn das okay für dich ist.«

Die Leute hoben ihre Kameras und Schreibblöcke, grüßten Amanda. Einer fragte: »Sind Sie gebürtige Berlinerin?« Auch hörte sie: »Ist es richtig, dass Karl Lagerfeld Sie einmal beauftragt hat?« und »Haben Sie der Bardot den Kopf gewaschen?« oder »Kennen Sie Udo Walz?« und auch »Seit wann gibt es denn diesen Laden hier?« Wieder ein anderer stellte fest: »Da steht *AmLe* auf der Markise. Was heißt das überhaupt?«

Aber sie winkte ab, sagte nur, *AmLe* sei ihr Kürzel, es stehe für Amanda Lennart. Dann schloss sie die Augen, konzentrierte sich und dachte: *Chance!* Und ihr Herz schlug wild, denn da stand dieser Superstar vor ihr, küsste die Luft über ihren Schultern, und sein Grinsen war zum Verlieben.

Dass David Bowie nach einem Haarschnitt für die Bühne fragte, nun lässig die Hände in die Taschen schob und auf ihre Idee wartete, das gefiel Amanda verdammt gut, und dass die Reporter sich umsahen, als hätten sie eine Kirche betreten, imponierte ihr. *Endlich mal was los! Endlich mal ein Promi erster Güte!* Er trug einen Anzug in hellstem Grau und darunter ein blaues Shirt mit Punkten. Hatte Lippenstift aufgelegt wie damals Karl vor dem Eiffelturm, und seine Schuhe mit dicken Sohlen waren nietenverziert. *Schicker Mann*, fand sie, nur die Frisur wirkte eintönig, markierte nicht sein launisches Gesicht. Und als er unter ihrem aufmerksamen Blick lachte, da fand sie seine verdrehten Eckzähne ungemein bezaubernd. »Kein Problem«, antwortete sie, »ich werde die Frisur mal zeichnen. Warten Sie kurz.« Sie dachte an die Hardy damals in Paris und fügte hinzu: »Eine Zigarettenlänge dauert es, nicht länger.« Und dann zog sie den weißen Vorhang quer durch den Raum.

Da hatte Catherine also Wort gehalten und ihr Bowie geschickt. Übermütig nahm sie das Skizzenbuch aus der Schublade hervor. Lange hatte sie darin keine Frisuren mehr entworfen, aus Mangel an Zeit und auch aus Mangel an Lust, denn keine ihrer Kundinnen würde diesen Aufwand zu schätzen wissen, im Gegenteil, sie drängten Amanda zum Schneiden. Rein in den Laden, raus aus dem Laden, in Berlin tickten die Uhren schneller als in Paris. Nun aber, bei Bowie, das spürte sie, war es anders. Er hatte Stil, das gewisse Etwas, er hatte Sinn für Wirkung, er war ein Planer wie sie. Sie hatte es am Funkeln in den farbigen Augen erkannt, als er sagte: »Progressiv schneiden, bitte!«

»Kein Problem, mache ich gerne«, murmelte sie vor sich hin und begann zu stricheln: Seitenscheitel links, die Deckhaare in unordentliche Wellen gelegt, die Seiten angestuft, der Nacken lang, die Farbe rot wie hell lodernde Flammen. Was folgte, war ohne Worte.

Sie hielt ihm die Seite im Skizzenbuch hin. Er sah es, er nickte. Sie begann zu schneiden.

Im Hintergrund klassische Musik und das Klacken der Fotoapparate.

Sie vergaß, dass er ein Superstar war. Sah nur die Kopfform, die Konturen des Gesichts, die Haare – wunderbare Haare waren das, dick und griffig, gesund und ohne Wirbel, Haare wie geträumt. Unbeweglich saß er vor ihr, atmete sehr leise, als wollte er den Moment des ersten Schnittes nicht stören, und Amanda ahnte, dass auch bei ihm der erste Ton den Anfang setzte für alles, was in seinen Songs folgte.

Seitdem hatte sie David zum Freund – und einen Kollegen verärgert. Es dauerte keine vierundzwanzig Stunden, da klopfte ein junger Mann an die Fensterscheibe. Mit einer Zeitung in der Hand trat er am Samstagmittag in ihren Laden und zischte: »Was denkst du dir? Glaubst du etwa in der ersten Liga mitzuspielen? Dabei bist du neu in der Stadt und nur eine Friseurin von vielen! Du weißt wohl nicht, wie das hier läuft, oder?« Ohne eine Antwort abzuwarten und ungeachtet der Kundin, die auf einem der Stühle saß, trat er ein. »Pass mal auf, die Nummer eins ist Udo und die Nummer zwei bin ich. Und wenn du das nicht kapieren willst, dann lernst du mich kennen. Hier gibt es Regeln, brich die nicht!«

Die Frau auf dem Stuhl hob die Brauen, fragte Amanda leise, wer der denn sei. Er reckte den Zeigefinger, »Wer ich bin? Hugo Rath.«

Amanda trat zu ihm hin, stemmte die Hände in die Hüften und antwortete: »Erstens sind wir zwei nicht per Du. Und zweitens stören Sie mich während meiner Arbeitszeit, Privates nur nach halb sieben.« Hugo aber drückte ihr die Zeitung vor die Brust: »Das ist nicht privat, sondern rein geschäftlich.«

So viel Unverfrorenheit hätte es in Paris nicht gegeben, und überhaupt machte der Typ sie zornig. Hatte der keine Manieren? Zuerst legte Amanda ihrer Kundin ein frisches Frotteetuch über die Schultern, fragte, ob alles angenehm sei. Erst danach drehte sie sich langsam um, sah dem Kollegen ins Gesicht: »Ach wissen Sie, ich scheue kein Kreuzen der Scheren, den Kampf nehme ich auf.« Dabei hob sie ihre Schere in die Höhe, öffnete und schloss die Klingen und versuchte ein lässiges Lächeln.

Vermutlich aber merkte er das leichte Vibrieren in ihrer Stimme, und vielleicht sah er auch, wie es an ihrem linken Mundwinkel zuckte. Wenn Amanda sich wirklich aufregte, dann reagierte dieser Nerv. Zwar war sie seit René durchaus wehrhaft geworden, aber das hier, das ahnte sie, das hatte ein anderes Format. Berlin war nicht Paris, hier teilte man die Stadt nicht nach Vierteln auf, hier gab es schlichtweg zu wenig Frauen, die bereit waren, viel Geld für eine Frisur auszugeben. Eigentlich war sie nicht angetreten, um mitzumischen, wollte keinen medienträchtigen Glimmer, keinen Tanz der Eitelkeiten, sondern nur hin und wieder eine besondere Kundin vor dem goldenen Spiegel, einen Star, der den Wert und Aufwand ihrer Arbeit schätzte. Den Rummel wollte sie nicht. Zu sehr hatte sie verinnerlicht, was das mit einem Menschen machen konnte, wenn René mehr und mehr Champagner trank, um den Angstpegel niedrig zu halten, weil es da einen geben könnte, der besser wäre als er. »Wenn ich trinke, fühlt es sich an wie Frieden«, hatte er ihr einmal im Hinterzimmer anvertraut. Da war Renés Freundlichkeit schon nicht mehr klar gewesen und sein Blick verhuscht. Und nun stand da einer wie ein römischer Feldherr in ihrem Laden mit Dreitagebart, braunen Löckchen, mit weißem Hemd und weiter Hose. Sie fand seine Sportschuhe unpassend und seine Uhr am Handgelenk zu protzig. *Eigentlich,* dachte sie, *könnte das ein hübscher Kerl sein,* kaum älter als sie, olivenfarbener Teint und eine fein geschnittene Nase, das Kinn markant – und schalt sich gleich für diesen Gedanken, denn sie wollte abweisend bleiben.

»Also, haben wir uns verstanden?«, fragte Hugo und berührte mit dem Zeigefinger leicht ihren linken Mundwinkel. »Könnte doch viel gemütlicher für dich sein.«

Da entschied sie: *Von dir lasse ich mir die Wurst nicht vom Brot nehmen.* Laut sagte sie: »Gemütlichkeit kommt später. Und danke für die Zeitung, ich werde den Artikel heute Abend in Ruhe lesen und dann ins Schaufenster hängen.« Sie klopfte die Zeitung gegen seine Brust, wie er es zuvor bei ihr getan hatte.

»Dann ist Ihnen nicht zu helfen!« Damit verschwand Hugo. Sie sollte wieder von ihm hören.

KAPITEL 22

30. September 1976

Mit einem Blick auf den Wecker sprang sie nicht aus den Federn. Zwar hatte Ben gerufen, und wenn er frühstücken wollte, dann wurde er ungeduldig, es lag ihm viel daran, den Tag gemeinsam mit ihr zu beginnen. Nach wie vor blitzte keine Liebe zwischen ihnen auf, aber ihre Freundschaft war in dieser Dreizimmerwohnung zu einem festen Band geworden. Amanda zog sich die Decke noch einmal über den Kopf, weil Ben in der Küche die Musik hochdrehte. »He, komm endlich«, rief er dazwischen. Schon stieg ihr der Geruch von Spiegeleiern, angebratenen Tomaten und Filterkaffee in die Nase. Er übernahm das Frühstück, sie die Besorgungen, weil er behauptete: »Einzukaufen ist nicht meine Kernkompetenz!« Gleich würde er ein drittes Mal rufen, Punkt sieben sollte sie am Küchentisch sitzen, ja, er brauchte dieses Gefühl, dass sie aufmerksam zuhörte, wenn er von seiner Station im Krankenhaus erzählte. Als Krankenpfleger auf der internistischen Intensivstation wusste er auch vom Leid der Patienten und deren nackter Hoffnung zu berichten, trotz schwerer Krankheit wieder gesund und unbekümmert zu werden. »Es ist ja so, die Hoffnung stirbt zuletzt.« Er sprach in dieser halben Stunde am Küchentisch manchmal von unerwarteter Heilung, wenn quasi über Nacht ein Mensch zu Kräften kam, obwohl die Ärzte ihm dafür viele Wochen vorhergesagt hatten. Bens Gesicht hellte sich dann auf, und seine jungenhaften Züge kamen Amanda schelmisch vor. »Sternstunden sind das, ganz selten, aber möglich. Ich komme ins

Zimmer, und da ist der Blick des Patienten völlig verändert. Da ist so ein Widerstand auf der Haut, ich kann das schwer beschreiben, aber ich weiß, dass es einer schaffen wird, trotz schlechter Prognose wird da einer wieder gesund. Ein Wahnsinnsgefühl.« Was ihn jedoch fast zermürbte, das waren die Todesfälle. Kaum konnte er die Fassungslosigkeit der Zurückgebliebenen ertragen. »Immer bleibt was offen. Ungesagtes, Unerlebtes, Verschobenes, das belastet die Leute. Vor der Trauer steht die Verzweiflung. Daran werde ich mich nie gewöhnen. Ich drücke mich davor, als Erster die Geräte abzuschalten, überhaupt ins Zimmer zu gehen. Einige meiner Kolleginnen können das. Ich nicht.«

»Ich weiß«, bemerkte Amanda. Auf solche Tage folgten durchredete Nächte. Amanda kochte Teewasser, schmierte Stullen und stützte das Kinn auf die Hände, einzig um ihm zuzuhören. Sie unterbrach ihn nicht, fragte nicht, ließ einfach zu, dass er den Druck loswurde im Monolog. Am Ende erst riet sie: »Wechsel die Station. Geh auf die der Wöchnerinnen.« Aber er befand, zu flüchten sei keine Option, er müsse da durch, sonst wäre er falsch in diesem Beruf, außerdem wolle er seinem Vater Durchhaltevermögen beweisen. Dabei hatte er die Ausbildung längst hinter sich gebracht und zählte zu den engagierten Mitarbeitern in *seiner Klinik Steglitz*, wie er es nannte. Und seit Monaten überlegte er gar, sein Medizinstudium wieder aufzunehmen. »Was meinst du, Amanda, könnte ich das? Ohne Geld von meinem Alten! Das verdiene ich mir mit Nachtschichten.« Oder er erwähnte beim Frühstück seine Liebschaften, deren gemeinsames Merkmal lange Beine und rote Haare waren. »Ich habe da eine kennengelernt, die erinnert mich an Catherine.« Wenn Amanda konterte, sein Beuteschema sei zu eng, denn es wären da auch klasse Frauen mit schwarzen, blonden, braunen Haaren, überhaupt sei die Figur nur ein oberflächliches Merkmal, und außerdem gebe es keine Kopie von Catherine, dann kniff er Amanda in den Oberarm und warf ein, dass jeder nun mal seinen eigenen Geschmack in Liebesdingen habe, das säße in den Genen. »Rothaarige Frauen reizen mich«, stellte er dann fest, als wäre es eine Neuigkeit.

»Amanda, Essen ist fertig! Komm endlich, du Langschläferin, jeden Morgen dasselbe Spiel. Ich mache Frühstück, und du lässt es kalt werden. Außerdem fängt mein Dienst in einer Stunde an.« Wieder rief er nach ihr, nun mit Ärger in der Stimme. Und sie schwang endlich die Beine aus dem Bett. Zeit für den Tag.

Wie jeden Morgen zog sie sich eine Trainingsjacke über das weite T-Shirt und ging barfuß zu ihm in die Küche. »Na, heute keine Schnecke im Bett?« Sie streichelte seinen Arm zur Begrüßung.

»Ne, heute kommt unsere Tänzerin, weißt du doch.«

»Du bist untreu, Ben. Was ist mit der von letzter Woche? Man wechselt Frauen nicht wie Unterhosen.«

»Eine WG ohne Sex ist wie ein Fahrrad ohne Pedale. Übrigens, sie hat schon angerufen. Sie kommt gegen vier in deinen Laden.« Er atmete scharf ein: »Irgendwie klang sie seltsam.« Ben knautschte sein Gesicht zusammen. »Und sie will sich mit dir alleine treffen. Frauenthema, hat sie gesagt.«

»Hm, vermutlich geht es um ihren Richard. Da wackelt es. Der Idiot.«

»Vielleicht hat sie endlich ein Einsehen, dass ich der Richtige bin. Und schneid das Spiegelei nicht mit dem Messer! Das gehört sich nicht, das ist doch kein Stil, Amanda!«

»Am Abend kochen wir zu dritt. Versprochen.« Mit einem Blick auf die Wanduhr bemerkte sie, dass auch sie sich beeilen müsse, sie wolle den Laden mittags schließen und aufräumen, es solle alles adrett sein, wenn die Freundin komme. Damit schob sie sich das letzte Stück Ei in den Mund und stand auf, um sich umzuziehen für den Arbeitstag. Rosa Bluse, nach wie vor, und eine helle weite Hose, dazu Clogs.

»Und wenn sie mich gar nicht sehen will?«, rief Ben hinterher.

Erstaunt drehte sie sich um, »Warum glaubst du das?«

»Nur so ein Gefühl. Sie klang nervös …« Er rang nach Worten. »Da liegt was im Argen.«

»Ben, der Hellseher«, scherzte sie.

Aber er widersprach. »Nein, das bin ich nicht, aber ich nehme meine Intuition ernst. Das ist Fluch und Segen zugleich, wenn man empfindlich ist wie ich.« Er rollte mit den Augen, als würde er selbst nicht fassen, was er von sich gab.

»Spinner. Sie fliegt in letzter Zeit nicht gerne, weißt du doch, wegen Jetlag und so. Das wird's sein.«

Ben versteckte sein Gesicht in seinen Händen, rieb fest darüber, und als er Amanda wieder ansah, da grinste er verlegen: »Vergiss einfach, was ich hier rede. Wie läuft's denn im Laden?«

»Geht gut, geht besser. Seit Bowie da war, bin ich im Gespräch.«

***

»Rote Haare und Wellen in der Stirn. Sehr gewagt, Schätzchen, und passend für einen wie ihn. David ist begeistert.« Die dunkle Stimme kam leiser als üblich daher, und die ansonsten fest aufgesetzten Schritte wirkten verhalten. Amanda schob den Vorhang im Laden zur Seite. Früher als verabredet stand Catherine im Raum. Sie trug ein knöchellanges, hauchdünnes Sommerkleid, über ihren Schultern lag ein Tuch, das sie vor langer Zeit gemeinsam auf einem der Pariser Flohmärkte erstanden hatten. Abdel hatte bestimmt, dass sie genau dieses Tuch für den Tanz in seiner Bar umlegen solle, weil es ihn an seine Heimat erinnere.

»Wo sind deine Kundinnen?«, fragte Catherine und drehte sich im Raum.

»Heute ist geschlossen. Weil du kommst.«

»Ist das gut fürs Geschäft?«

»Egal. Wir haben uns vier Jahre nicht gesehen. Das dürfen wir in Zukunft nicht mehr so lang werden lassen.« Amanda zwinkerte. »Ich habe nachgerechnet: Wenn wir uns nur alle vier Jahre treffen, bleiben uns rund elf Mal.«

»Wie meinst du das?«

»Na, überleg mal. Nach aktueller Statistik werden Frauen sechsundsiebzig Jahre alt, Männer leben kürzer«, erklärte Amanda. Was jedoch als Witz zur Begrüßung und als kleiner Seitenhieb auf die Untreue der Freundin gedacht war, schien völlig aus dem Ruder zu laufen, denn Catherine schluckte schwer und starrte zu Boden. Dann hob sie den Kopf, streckte den Rücken ins Hohlkreuz und sagte: »Du stellst seltsame Rechnungen auf. Forsche lieber weiter nach der Formel für Schönheit.« Sie nahm Amanda in den Arm: »Noch sind wir jung.«

Hölzern wie eine Marionette, kam es Amanda in den Sinn. Laut sagte sie: »Wie habe ich dich vermisst.« Und sie umarmte Catherine, tat es lange und innig, indem sie ihren Rücken streichelte. Durch den dünnen Stoff hindurch spürte sie das Schütteln und auch die Kühle auf der Haut.

»Was ist denn los?«, fragte Amanda.

»Elf Mal alle vier Jahre uns sehen, das wäre das schönste Versprechen, das wären vierundvierzig Jahre, die wir zwei noch hätten. Vierundvierzig Sommer! Amanda, das wäre eine Ewigkeit«, antwortete Catherine. Sie wischte sich über die Augen, verschmierte die Wimperntusche: »Alles nur geträumt.«

Amanda hatte sich das Treffen seit Tagen ausgemalt und es detailreich vorbereitet: Den Lieblings-Butterstreuselkuchen der Freundin hatte sie selbst gebacken und auf einem Tablett mit üppigen Spitzenservietten drapiert, die Thermoskanne mit Filterkaffe stand bereit, und auch die Zeichnung davon, wie sie den Laden weiter ausgestalten wollte, lag auf dem Tisch. Aber zuallererst, so hatte sie sich vorgenommen, wollte sie tanzen, ja, sie wollte die Freundin fragen, ob das Angebot noch stand, ihr den Tango beizubringen. Tango nämlich war en vogue in Berlin. In Hinterhöfen oder in Parks traf man sich in engen Kleidern und Absatzschuhen, den Kassettenrekorder auf die Erde gestellt. Ben hatte sie gefragt, ob sie zusammen da einmal hingehen könnten, um es auszuprobieren. »Ist ein bisschen wie in Paris, wie der Tanz am Ufer. Was meinst du?«, hatte er betont. Natürlich hatte Amanda zugesagt, mehr noch, sie hatte behauptet, die Grundschritte zu beherrschen. Über dieses Flunkern wollte sie mit Catherine lachen, aber all das schien jetzt unpassend zu sein, denn von der Freundin ging keinerlei Elan aus. Sie stand da, dünner als zuvor und irgendwie schlaff und mit Tränen in den Augen. »Guter Laden«, lächelte sie und sah sich um. »Noch schicker als gedacht. Erzähl mal, läuft's?«, fragte Catherine.

Aber Amanda verspürte nicht mehr die Lust, vom Laden zu schwärmen oder von den Kundinnen, schon gar nicht vom Tanzvorhaben mit Ben, das vielleicht ein Date würde, vielleicht auch nur ein Zeitvertreib. Sie wollte auch nicht von der WG mit Ben erzählen und schon gar nicht erwähnen, dass sie sich geschmeichelt fühlte, weil Catherine quer über den Teich über dreitausend Kilometer hinweggeflogen kam, um das Loch der vergangenen Jahre mit den Erlebnissen der jeweils anderen zuzuschütten, damit sie beide wieder auf dem gemeinsamen festen Boden ihrer Freundschaft stehen konnten. Amanda fühlte sich überfordert, denn sie merkte es deutlich – da stimmte etwas nicht mit Catherine.

»Was ist mit dir?«, fragte sie noch einmal. »Warum bist du traurig? Sag schon, was ist los?«

Catherine stieß einen kehligen Laut aus, und es war nicht ihr Lachen, nicht dieser weiche Ton, der aus dem Bauch kam und ein Wohlgefühl auslöste. Das Lachen kam wie ein Faustschlag. »Ja, es ist wirklich was los.« Catherine hob ihre Hand zum Kopf und fuhr hart durch ihre langen Locken. Sie hielt eine Strähne in der Hand und ließ sie fallen. Raufte sich weiter durch die Haare, immer weiter, bis die Strähnen auf dem schwarzweißen Boden schimmerten wie ein Haufen hingeworfenes rotes Gold.

KAPITEL 23

Sie sagte, der kommende Dienstag sei ihr Tag. Ihr ganz persönlicher Glanztag. Ob Amanda so einen Tag kenne, wenn plötzlich alle Wünsche harmonisch würden, weil sie sich perfekt verwebten mit Zeit und Ort, mit dem Jetzt. Sie redete weiter, vom Takt im Leben, der aus dem Schlag geraten konnte, meist geschehe das, wenn alles gut laufe, wenn niemand an eine Katastrophe denke. Aber wer könne schon wissen, was sich zusammenbraue, was da im Verborgenen wuchere, in der Vergangenheit. »Trotzdem. Am nächsten Dienstag ist mein Tag! Den lasse ich mir von nichts und niemandem nehmen. Du musst mir helfen.« Catherine umschlang mit den Armen ihren eigenen Körper, die Schlüsselbeine stachen hervor, so weit bog sie den Rücken zurück und richtete den Blick gegen die Decke.

»Haarausfall«, hauchte Amanda und starrte auf die Haare am Boden. »Bist du krank?«

»Brustkrebs.« Sie sah Amanda nun intensiv an, ihre Augen zum ersten Mal trüb.

»Nein!«

»Die erste Chemo habe ich rausgekotzt, fünf Kilo abgenommen, Größe sechsunddreißig passt nicht mehr. Und Dienstag ist das Shooting.«

»Was für ein Shooting?«

»Eine Fotostrecke für die *Elle*. Keine Kampagne mit anderen. Endlich solo. In der Nähe vom Brandenburger Tor an der Mauer, unter Platanen am Ku'damm, auf einer Treppe zum U-Bahn-Schacht, vor einem besetzten, heruntergekommenen Haus in Schöneberg. Szenen der Stadt, schwarzweiß fotografiert. Bröckelnder Putz an den Fassaden. Dreck in den Straßenecken. Dreck in mir, in meiner Brust.« Sie legte die Hand an den Hals, wieder der Ton, ein röchelnder, hingespuckter Ton war das. »Ich sollte diese Brüste in die Kamera halten, sollte sagen, dass die Schönheit gerade zerfressen wird.«

Amanda versuchte zu begreifen. Brustkrebs? Sie ging in die Hocke, krümmte sich, um die Haarsträhnen aufzuheben, darüberzustreichen und sie abzulegen auf dem Frisiertisch. »Seit wann? Seit wann ist der in dir?«

»Pah, die sagen seit drei, vier Jahren. Aber wer kann das wissen? Vielleicht bin ich damit geboren? Ein defektes Gen? Von meinen Eltern als Gruß mitgegeben? Zu viel gewollt, zu viel überwunden? Falsch ernährt, zu wenig geschlafen, Drogen genommen? Zu wenig Liebe oder zu viel davon?«

»Gibt es wirklich keinen Zweifel?« Es schossen die Fragen durch Amandas Kopf, die sie nicht sortieren konnte. »Hast du Schmerzen?«, fragte sie und: »Wann wird es wieder gut? Es wird doch wieder gut, oder?« Sie wollte trösten und fluchen. »Catherine, wie kann das sein?« Sie wusste es, wusste es von Dorothee und den anderen: Es gab mehr Frauen, die an Brustkrebs starben, als ihn zu überleben. Die Statistik, in Magazinen zu finden, kam ihr plötzlich unbarmherzig vor. Was nützen Zahlen? Wenn es eine traf, bedeutete das einhundert Prozent für diese eine – für Catherine. »Das geht nicht. Das kriegen Frauen ab fünfzig oder siebzig. Du bist viel zu jung. Du musst eine zweite Meinung einholen.«

»Leider nein. Richard hat die besten Ärzte zusammengetrommelt.«

Wie durch einen Nebel erfasste Amanda, was hier geschah. Dass das Leben falsch entschied. *Nicht meine Catherine mit zweiunddreißig Jahren!* Da musste was zu ändern sein, ja, man würde korrigieren, was da schieflief, so sicher wie die Gezeiten ihr Spiel trieben, so sicher würde sich der Krebs zurückziehen aus Catherines Körper. Von so etwas hatte Ben berichtet. Zaghaft umarmte sie die Freundin noch einmal. Obwohl alles in ihr drängte, sie ganz, ganz fest an sich zu drücken, so legte sie ihre Arme nur sanft auf deren Schultern, denn die Schultern fühlten sich zerbrechlich an.

»Lass mal, keine Sentimentalitäten. Sag mir lieber, wie ich den Termin rette. Ein Model mit löchrigen Haaren ist ungefähr so sexy wie ein Rauhaardackel mit Räude«, wehrte Catherine ab, »ich will das Shooting. Was danach kommt, kann ich nicht ändern, aber dieser Tag ist meiner!«

»Du wirst gesund.«

»Da macht mir keiner Hoffnung.«

»Du wirst gesund.«

»Das Monster hat gestreut und die Lymphknoten unter den Achselhöhlen und unter dem Schlüsselbein befallen. Man sieht wenig auf dem Röntgenbild, weißer Dunst darauf, der ist nicht normal. Sagen die Ärzte. Aber das Gehirn ist frei«, sie schlug sich mit der flachen Hand vor die Stirn. »Wenigstens kann ich klar denken. Kann immer noch schlimmer kommen.« Catherine trat einen Schritt zurück. »Ich kann gerade keine Umarmung vertragen.« Sie schlang das Tuch enger um sich. »Dauernd ist mir kalt. Lass uns reden, bitte, ich habe sonst niemandem, mit dem ich über den Mist sprechen kann. Übrigens gefällt mir dein Laden wirklich, hat was von Paris. Unaufgeregte Atmosphäre. Nicht überladen. Was soll der Vorhang in der Mitte? Noch was, ich würde nur schwarze Handtücher nehmen, das hat Stil. Hatte René auch, erinnerst du dich? Ausnahmslos schwarz.« So plauderte sie mit einem schiefgezogenen Mund, ließ sich in einen der Ledersessel plumpsen und streckte die Beine weit von sich. »Die sagen, ich brauche vier Zyklen, dann Tabletten. Willst du die Nebenwirkungen wissen? Willst du? Die Knochen werden porös, die Haare dünn, die Haut faltig. Weil die weiblichen Hormone gedrosselt werden müssen. Ich habe zu viele davon.« Sie leckte sich aufreizend über die Lippen. »War mal mein Kapital.« Dann griff sie nach einer Haarsträhne auf dem Tisch. »Du wolltest doch immer eine für dein Skizzenbuch? Hier, schenke ich dir.«

Amanda nahm die Strähne, flüsterte, so habe sie das nicht gemeint.

»Die sagen auch, hätte ich mich früher für die OP entschieden, hätte der Krebs vielleicht nicht gestreut. Aber was wissen die! Wer mir die Brust abschneidet, nimmt mir auch meine Lust. Ich bleibe erst mal in Berlin. Ich krieche bei euch unter, geht das?«

Nie hatte Amanda mehr gezweifelt am Himmel, an Gott, am Weiterdrehen dieser einen Welt. *Catherine, die mutig und frech und unbeugsam ist, die sich durchboxt, um dorthin zu gelangen, wo die Träume sich in Luft auflösen und die Wirklichkeit ihren Anfang nimmt - die Tänzerin vom Seine-Ufer hat Krebs? Warum?* Und sie ahnte, dass dieses Warum nicht aufzudröseln, nicht in kleine, begreifbare Häppchen zu filetieren wäre, um es zu verstehen. Laut fragte sie noch einmal: »Seit wann hast du diese Krankheit?«

»Erst war es nur Kalk. Die haben die Milchgänge entfernt und mich aus der Klinik in New York entlassen. Gesund, haben sie gesagt. Es blieben nur kleine Dellen und eine Narbe rund um die Brustwarzen. Nichts Bösartiges, haben sie gesagt.« So berichtete die Freundin mit der Kühle einer Nachrichtensprecherin.

»Du hast das nie erwähnt.«

»Schätzchen, das waren kleine Schnitte, nicht die ganz große Sache.« Sie kniff sich in die Brust. »Damals war es ein Gegriesel.« Dann verzog sie angewidert das Gesicht. »Jetzt ist es Krebs.«

Das Schweigen brachte die Bilder jener Nacht im September 1972 zurück, als Catherine betrunken aus Abdels Bar nach oben in die Bude gekommen war, nicht mehr fähig, das Harlekin-Kleid auszuziehen. Als Amanda die Freundin gewaschen und die Blutstropfen entdeckt hatte. Mit dieser Erinnerung fragte sie nach einer langen Weile: »Wie hast du es bemerkt?«

Catherine machte eine wegwerfende Handbewegung. »Wen juckt das noch? Rückwärts kann man nichts korrigieren. Dabei weiß ich es wie heute. Während der Show von Chloé habe ich mir heimlich Wattebäusche in den BH gesteckt, damit das traumhafte Kleid nicht befleckt wird. Hast du die Watte gesehen, als du mich ausgezogen hast? Egal, einfach nur egal. Es ist, wie es ist, ich muss das annehmen!« Sie zögerte, bevor sie weitersprach: »Ich dachte, das heilt wieder, wie ein aufgeschlagenes Knie irgendwann nicht mehr blutet. Ich habe auch gedacht, dass mein Körper das hinkriegt, der ist doch biegsam, der ist stark, kämpferisch, mein Gott, ich habe mich doch mein Leben lang gegen Attacken gewehrt.« Sie sah Amanda an und flüsterte: »Habe ich es geahnt? Gab es da dieses hinterhältige Gefühl von Zweifel in mir? Ja, ein großes, dickes Ja. Es kam nachts in meinen Träumen und tagsüber als Panik über mich. Es hat mich gequält, verhöhnt, hat in den Schläfen gepocht. Dauerschleife im Kopf: ›Dieses Mal bist du keine Siegerin.‹ Ich habe mich in die Arbeit gestürzt wie eine Besessene. Habe die Stimme in mir mit dröhnender Diskothekenmusik, mit hartem Bass niedergedrückt. Darin bin ich ganz groß. Was ich nicht sehen, nicht hören will, das gibt es nicht. So ist mein Charakter. Du weißt das. Weißt du das, Amanda?«

Amanda starrte vor sich hin, als wäre sie angeklagt.

»Eines ist sicher, wenn mir dieser Tanz nicht gelingt, dann ist das mein Ende.«

»So darfst du nicht reden, du gibst dich selbst auf, das kann doch nicht wahr sein!«

»Nein. Ich bin realistisch. Während der Chemo vor drei Wochen habe ich mir geschworen, ich gehe mit Haltung, auf keinen Fall als Gebrochene von unserem Planeten. Krebs macht einen kaputt, die Chemo nimmt den Rest.«

»Nein!«, rief Amanda und dachte an Dorothee, die nach der Krankheit von einem Neustart träumte, die sich von ganz unten wieder nach oben kämpfen wollte. Und das mit fünfzig Jahren! »Die Medizin kann heilen, die bringt dich da durch.« Und sie erzählte von Dorothee, vom Krebs unter schlimmen Umständen, aber Catherine ließ sich davon nicht beeindrucken. »Das mag sein. Aber mich haut die Chemo um. In Köln heißt das: *Jeder Jeck is anders.*«

»Der Spruch passt nicht.«

»Was ich sagen will, ich habe in New York kurz nach der OP eine besondere Station besucht. Die Schwestern nennen sie die Überwachung. Ich wollte mich dort mit krebskranken Frauen unterhalten, wollte wissen, was vielleicht auf mich zukommt. Immer dem Schicksal die Stirn bieten. Du erinnerst dich an unseren Spruch in Paris? Nie feige sein. Hinsehen, was ist. Frontal kämpfen. Das ist unser Motto, du weißt es! Aber hör zu! Die Räume dort auf der Überwachung, die sind gelb gestrichen, an jedem Bett ein Radio und die Besucherzeiten ungeregelt. Die teilen da keine Stunden mehr ein, man darf sich sehen, wann man will, zu jeder Zeit darf man am Bett der Kranken sitzen und

Händchen halten, Abschied nehmen. Tja, Amanda, wer dort landet, wartet auf den Tod, nicht mehr aufs Leben. Da liegen die, die Morphin kriegen, damit sie nicht schreien. Aber schreien können die gar nicht mehr, Amanda. Diese Frauen, die da liegen, ohne Haare auf dem Kopf, ohne Brauen, Wimpern, die sind so schwach, dass sie ihre Hand nicht mehr heben und ihren Namen nicht mehr schreiben können. Ich habe in ihre Augen gesehen. Da war nicht Leere! Da war das Bereuen. Noch da zu sein. Noch nicht weitergehen zu dürfen. Weil dieser Zustand hundselend ist. Das will ich nicht. Leid zu verlängern finde ich blöd.« Sie umfasste Amandas Handgelenke, als sie eindringlich sagte: »Keine Chemo mehr, merk dir das! Sollte ich heute Nacht den Verstand verlieren, zusammenbrechen, im Krankenhaus landen, dann musst du darauf pochen. Die Chemo raubt mir den Rest.«

»Quatsch! Überhaupt, wie redest du denn?«

»Mein Leben zieht gerade alle Register. Warum ich, warum jetzt? Weil ich zu gut, zu schlecht, zu leichtsinnig, zu frech, zu liebenswert, zu übermütig, zu wenig robust bin? Jedenfalls ist der Zeitpunkt beschissen gewählt.« Sie schleuderte die letzten Worte heraus. Dann atmete sie langsam ein und aus, wie sie es vor dem Tango tat, bevor sie sich den Männern in die Arme schmiegte, sich hingab an die Musik, so gab sie sich jetzt diesem Satz hin: »Ich habe Krebs. Was bleibt?«

»Eine ganze Menge«, antwortete Amanda mit brüchiger Stimme und stellte sich vor die Freundin hin. Sie kniff die Augen zusammen, sammelte sich. Sie würde jetzt nicht weinen, nicht lamentieren. Was die Freundin brauchte, das war eine, die Zuversicht gab. Das konnte Amanda! Nahezu täglich kamen Kundinnen zu ihr und wünschten sich eine neue Frisur. Sie dachten, eine Frisur bringe das Glück in der Liebe oder den Erfolg im Beruf zurück. Dann rieb Amanda hinter diesen Kundinnen theatralisch die Handflächen aneinander und erklärte: »Nichts einfacher als das. Fangen wir an.« Es waren auch Kundinnen darunter, die quengelten, weil ihnen ihre Haarfarbe nicht zu Gesicht stand. Meist trugen sie einen misslungenen Anstrich in Weißblond, was sie nicht verführerisch wie die Monroe, sondern fad aussehen ließ. Oder die Strähnen wirkten plump und breit, statt Reflexe zu zaubern. Kleinigkeiten, die Amanda ruckzuck korrigierte. »Gib mir zwei Stunden, dann sieht die Sache anders aus«, sagte sie dann.

Nur hatte Catherines verfluchte Krankheit eine völlig andere Dimension. Hier ging es um alles, um das Leben. Deshalb stieß Amanda hervor: »Ich mach das. Die Haare bleiben, und das Shooting wird wunderbar.« Sie versprach es und wusste doch nicht, wie das gelingen könnte. Dabei sah sie streng in die trüben Augen der Freundin, vermisste das giftige, freche Grün darin. »Kriegen wir hin«, beteuerte Amanda trotzig und krampfte das Gehirn, damit eine Idee käme. Sie ging durch den Laden zur Tür und drehte den Schlüssel im Schloss. Sie zog den weißen Vorhang quer durch den Raum, zündete die Duftkerzen an, die auf einem der Beistelltische standen. Der tröstliche Duft von Vanille und Orange durchströmte den Raum. Und dann kam die Idee. Sie kam langsam, entwickelte sich schüchtern. *Nur nicht drängeln,* dachte Amanda. Deshalb setzte sie sich sehr bedächtig auf einen Stuhl an den Schreibtisch. Dort nahm sie das Skizzenbuch aus der Schublade, legte es vor sich, schlug eine leere Seite auf und begann zu stricheln. Ihre Hand zitterte. Hart und abgehackt verliefen die Linien, nichts wies auf die sonst so selbstbewussten Zeichnungen hin, doch sie setzte den Stift nicht ab, weil sie ahnte, was da entstand, würde das Shooting retten. Sie fuhr sich mit der

Zungenspitze über die Lippen, immerzu tat sie das, skizzierte die Silhouette Catherines in ihr Buch und das Harlekin-Kleid darüber. Mit dem angefeuchteten Daumen verwischte sie die Bleistiftstriche, bis die Anmutung von Seidenstoff entstand. Weit im Schnitt und um die Taille ein Band, kein Kragen am Hals, die Arme im Bund gekräuselt. Dann das Tuch.

Damals, während der Modenschau in Paris, hatte Karl den Akzent gesetzt, indem er höchstpersönlich Catherine ein Tuch um den Kopf geschlungen und es lässig im Nacken geknotet hatte. »Diese Haare, kaum zu bändigen«, hatte er gescherzt, »zu viel vom Rot!« Catherine hatte nichts gesagt, ließ es geschehen, dass Karl ihre Haare unter dem Stoff versteckte. Amanda hatte im Eingang des Umkleidezelts gestanden und Catherines Auftritt beobachtet. Kein Brautkleid, ein Harlekin-Kleid. Zwischen Wolken lugte die Sonne hervor, traf ein einziger Strahl auf das Kleid, ein sanfter Windhauch blähte den Saum, und in der Drehung löste sich der Knoten, fiel das Tuch auf die Erde, wallten die Haare bis zur Taille. Rot. Und hatte Catherine zuvor stets betont, eine Tänzerin dürfe sich nicht bedanken, denn es sei an den Zuschauern, das zu tun, weil eine Tänzerin alles gebe, weil sie bereit sei, ihre Knochen zu verschleißen und sich nackt an der Seele zu zeigen, so hatte sie in diesem Moment vor dem Eiffelturm ihren Leitsatz vergessen, hatte in den schwarzweißen Konfetti-Regen gelächelt und sich tief, sehr tief nach vorne geneigt, um das Tuch aufzuheben und damit Karl zuzuwinken wie zum Dank für diese Chance, als Model im schönsten Kleid der Kollektion zu laufen.

Laut rief Amanda: »Wir nehmen deine eigenen Haare, nähen die auf ein kräftiges Nylon.« Mit dem aufgeschlagenen Skizzenbuch ging sie in die vordere Raumhälfte zu Catherine. »Das wird die zweite Haut.« Bei diesem Gedanken lächelte Amanda und formte mit den Lippen: *Durchziehgummi, Teppichklebeband beidseitig, gebogene Nadel.* »Gib mir ein paar Tage, ein paar Nächte, dann hast du eine Perücke aus Eigenhaar. Dann bist du wieder schön. Niemand wird den Unterschied bemerken, wir knoten ein Tuch darum, wie Karl es getan hatte, nur wird unser Knoten fester sein.« Sie fühlte sich beschwingt von der Idee, fast hätte sie das Drama vergessen, das der Zeichnung vorausging. »Vertraust du mir?«

Und als Catherine sagte, dass ihr vermutlich nichts anderes übrig bleibe, da gab es diese Sicherheit in Amanda, das, was sie nun tun würde, wäre richtig.

Sie sagte: »Ich schneide die Haare ab.« Und: »Die Haare sortiere ich, knüpfe sie ins Nylonnetz.« Sagte wieder: »Dein Haar für eine Perücke. Okay?« Und fragte noch einmal: »Vertraust du mir?«

Catherine blieb stumm, schloss die Augen, öffnete sie wieder. »Keiner wird was merken?«

»Nicht einer. Nicht Ben, nicht der Fotograf, schon gar keiner auf der Straße. Es sind deine Haare, die dir tief in den Rücken bis zur Taille fallen.«

Catherine nickte: »Ich vertraue dir.«

Amanda nahm die Schere, setzte an. Hatte sie zuvor all die Köpfe der Kundinnen unter ihren Händen gedreht und vom Waschen bis zum Föhnen behandelt, so spürte sie nun ein Unglück. Auch kam ihr der Gedanke, es könnte nicht perfekt gelingen.

»Mach schon«, entschied Catherine.

»Warte, noch nicht«, antwortete Amanda und ließ die Arme sinken, wendete sich zur Seite, dachte nach, stellte sich vor, wie sich eine fühlte, die sterbenskrank vor einem Spiegel saß, die sehen würde, wie ihre Weiblichkeit vom Kopf genommen würde und am Ende der kahle Schädel bliebe. Da legte sie die Schere auf den Tisch, holte ein großes weißes Frotteetuch aus dem Schrank und verhängte den Spiegel mit dem weichen Stoff. Sie drehte den Frisierstuhl, auf dem Catherine saß, und fragte: »Soll ich an mir mal üben? Ich habe das noch nie gemacht.«

»Du willst dir die Haare abnehmen, warum?«

»Damit ich bei dir keinen Fehler mache.«

Catherine riss erstaunt die Augen auf, dann lachte sie laut, sagte: »Okay. Du zuerst. Ist so was wie Blutsbrüderschaft!«

Amanda griff mit der linken Hand nach ihren eigenen kurzen Haaren, kaum bedeckten ihre blonden Locken die Ohrmuscheln. Mit der rechten nahm sie Renés scharfe Schere, schnitt nah an der Haut entlang. Dann griff sie zum Rasierer, stellte ihn auf Stufe drei. Ein Surren ertönte, das ansonsten nur Männern in ihrem Laden vorbehalten war, wenn Bärte gestutzt oder Nacken gesäubert wurden. Jetzt glitt der Apparat über ihren eigenen Kopf. Die Schneideblätter rotierten gleichgültig vom Genick bis zur Stirn, bis zu den Ohren zogen sie ihre breiten Streifen, die sie spürte, die sie nicht sah. Fast beruhigte sie der Sound des Rasierers, sie dachte nicht über ihr Aussehen nach, nicht an die Locken, die sich auf dem Boden kringelten, die vielleicht nie wieder in dieser Farbe und Form nachwachsen würden. Sie sah nicht hin.

Trotz der Sommerhitze draußen und im Raum empfand Amanda die Kühle auf der Haut, sie fröstelte und bemerkte doch ein Brennen. *Kein gutes Gefühl*, dachte sie und rasierte weiter, dachte an Catherines rote Pracht und auch an die Hardy, die seit Jahren mit langem schrägem Pony war, dachte an all die schönen Frauen, deren Haare das Weibliche, Geheimnisvolle, Kokette ausstrahlten, das Männern den Verstand raubte und ihnen selbst das Wissen um ihre unverkennbare Schönheit gab. Sie rasierte, bis sie das Metall spürte, bis das Brennen stärker wurde und Catherine rief: »Stopp! Du schrubbst dir noch die Haut vom Schädel.«

Stille.

Amanda öffnete wieder die Augen, fuhr sich mit der flachen Hand über den Kopf, keinen einzigen Stoppel Haar ertastete sie. Wie weich die Haut über dem Schädel war, wie zart sie sich anfühlte. Wieder und wieder strich sie darüber. »Na, wie seh ich aus?«

Catherine klappte den Unterkiefer herunter, als wollte sie lachen, schimpfen oder beides. »Akkurat.« Mit einem Schwung riss sie das Tuch vom Spiegel. »Guck mal«, rief sie. »Was du für eine schöne Kopfform hast!«

Und Amanda sah sich lange im Spiegel an, drehte den Kopf hin und her, streichelte darüber, sagte: »Unsauber gearbeitet. Das kann ich besser. Jetzt du.«

»Klar, die Frisur will ich auch«, sagte Catherine. Dann fielen die Tränen aus ihr heraus.

KAPITEL 24

Sie vergaß, dass ihr eigener Schädel kahl war. Sie dachte einzig an Catherine und den Krebs und an das Rieseln der Haare. *Ich helfe ihr. Das kriege ich hin. Catherine wird schön wie Botticellis Venus bleiben! Das Licht wird sich brechen in den goldroten Haaren, wenn die Blitzlichter auf sie gerichtet sind, wenn ihr Traum vom Titelblatt sich endlich erfüllt. Sie hat für diese Story in der* Elle *hart gearbeitet, sie hat es sich verdammt noch mal verdient!* Vermutlich hatte kein Arzt so was parat, konnte keiner ein Rezept über den Schreibtisch schieben und rufen: »Machen Sie sich nicht allzu große Sorgen. Ein Stigma auf dem Kopf wird es nicht geben.« Ein Arzt verschrieb Medizin, von den Haaren sprach er nicht. Denn woher sollte er wissen, in welche Hölle eine Frau gestoßen wurde, wenn die Frisur löchrig wurde? Amanda konnte die Panik der Frauen erfassen, zu lange schon hatte sie sich mit den Aspekten der Schönheit beschäftigt, und immer wieder war sie bei den Haaren als Schmuck einer Frau gelandet. Sie warf einen Seitenblick in den großen Spiegel. *Ja,* fand sie auch, *schöne Kopfform. Wenn ich mir ein Piratentuch binde, könnte ich glatt als extravaganter Rockstar durchgehen.* Sie lächelte bei diesem Gedanken und hatte Lust, genau solche Musik aufzulegen und auf der Luftgitarre zu rocken. Wild sein, wild bleiben, auch ohne Haare! So was müsste auch auf dem Rezept stehen und darunter die Empfehlung: *Bitte keine billigen Kunsthaarperücken von der Sozialstation! Bitte keine Perücke aus dem Requisitenschrank des Theaters!* Sie sollte mal mit den Ärzten reden, das hätte sie schon nach der Begegnung mit Dorothee tun sollen, die sich ein Jahr lang im Haus verkrochen hatte, aus Angst, man sehe ihr die Krankheit an, auch mit einem Fifi auf dem Kopf. Jenseits von Infusionen und Tabletten, von Operationen und Ernährungsplänen brauchten Frauen den unbedingten Glauben an ihre Weiblichkeit und das Festhalten an Träumen.

Eine Bewunderung für die Freundin wallte in ihr auf, so tapfer war Catherine und so eigensinnig hielt sie am Termin mit der *Elle* fest. Es war der Moment, in dem Amanda sich schwor, nicht hilflos, nicht mitleidig zu sein, sondern unter allen Umständen zu helfen. Und wieder strich sie über ihren Kopf. Sie könnte sich an den samtigen Eindruck gewöhnen, aber nicht Catherine. Sie musste eitel und sexy sein, das war ihr ganz persönlicher Himmel auf Erden, in dem sie dank Karl angekommen war. Von Paris nach New York, jetzt in der *Elle*. Für Frauen im Modezirkus waren Haare so wichtig wie für einen Fußballspieler der Nationalelf zwei Beine.

»Hol trotzdem eine weitere Meinung ein. Die Ärzte sind keine Götter! Frag Ben. Oder seinen Vater im Klinikum Steglitz. Das kann doch nicht schaden!«

»Lass gut sein. Das bringt uns nicht weiter. Das sind Luftschlösser. Weißt du, was der Arzt in der US-Klinik geraten hat? Alle Phasen der Traurigkeit anzunehmen. Die erste Phase ist das Nichtwahrhabenwollen. Dann kommt das Durchdrehen. Dann der Kampfgeist. Habe ich alle drei schon hinter mir. Ich bin bei der Resignation angelangt.«

Gab es Menschen, die unter ungünstigen Sternen geboren wurden, die immer wieder stolperten und aufstanden und doch einen alten Glaubenssatz nicht abwerfen konnten? »Du kommst aus der Gosse, und da wirst du auch bleiben«, so hatte es Catherines Mutter prophezeit und der

Tochter eine Last aufgebürdet. Oft hatte Catherine davon erzählt. Und wenn Amanda daran dachte, dass die Freundin einst in den Katakomben von Paris geschlafen und sich die Matratzen dort mit den anderen Tänzerinnen vom Ufer geteilt hatte, dann erschien ihr diese Krankheit wie der tiefste Sturz. Laut sagte sie: »Am Ende eines jeden Tunnels gibt es ein Licht, da müssen wir hin … Kämpfen wir uns durch.«

»Nein, so ist es nicht«, entgegnete Catherine harsch. »Ich kämpfe nicht, weil ich keine Chemo mehr will. Ich warte und hoffe. Vielleicht bleiben gute Jahre, vielleicht aber auch nicht.«

»So denkst du?«

»Ja, kein Kampf. Eher ein Tanz mit dem Tod.«

»Nein. Davon will ich nichts wissen. Reden wir über deine Perücke. Ich fertige sie aus deinen Haaren. Lange Locken, schräg nach hinten geschnitten, Wasserfall im Rücken, leichte Stufen in der Seitenpartie. Niemand wird auf die Idee kommen, dass du Haare verlierst. Es wird aussehen wie deine Frisur.« Amanda schob unbedacht den Vorhang zur Seite, durchschritt den Raum, blieb am Schaufenster stehen, in dem sich Shampoo und Haarspray aneinanderreihten und immer ein Strauß frischer Blumen stand. Sie sah nach draußen auf die Straße, auf den Platz vor ihrem Salon, auf die Sankt-Ludwig-Kirche hinter Bäumen. Es liefen Mütter mit ihren Kindern vorbei, auf dem Weg zum Spielplatz, es hetzten Männer mit Aktentaschen ins Institut wenige Meter entfernt, und nebenan tranken junge Leute einen Kaffee in der Sonne. Ihr fiel nicht auf, dass der eine oder andere Passant stehen blieb, durch die Scheibe starrte, näher kam und zögerlich die Hand zum Gruß hob, den Blick dann wie aus Scham zu Boden senkte und davonschlich.

»Zeig dich nicht mit Glatze«, hörte sie Catherine sagen,

»das macht sonst schneller die Runde, als du mit den Augen klimpern kannst. Dann heißt es, die Friseurin ist schwer krank, hat Haarausfall. Vorsicht, ansteckend.« Sie klopfte auf die Taschen ihres Kleides, fingerte Feuerzeug und eine *Lord Extra* heraus, nahm zwei, drei Züge, blies Kringel in die Luft. »Richard flirtet mit jeder Frau, deren Taille sechsundfünfzig Zentimeter misst und deren Haare die Brustwarzen berühren. Das wusste ich von Anfang an. In New York nennt man Männer wie ihn Womanizer. Schon mal gehört? Sollte man die Finger von lassen. Aber er hat mich hofiert wie eine Königin. Wir wohnen exklusiv, zweimal in der Woche kommt eine Putzfrau, am Wochenende eine Köchin. Er schenkt mir Schmuck, Kleider, sagt, er liebe mich. Seit ich aber krank bin, seit ich sein Marmor-Mahagoni-Bad vollkotze, wohnt er woanders. Und letzte Woche kam sein Brief, in dem hat er mir alles Gute gewünscht, vor allem Gesundheit. Ich solle die Koffer packen, ausziehen aus dem feinen Penthouse. Schluss mit lustig. Und weil er ein Guter ist, hat er auch geschrieben, man könnte Freunde bleiben. Tja, Amanda, auch das ist Amerika.«

»Der hat dich sitzen lassen? Nach vier Jahren geht der einfach und steht das nicht mit dir durch?«

»C'est la vie.« Sie schnippte die Asche auf den Boden, und ihr breiter Mund dehnte sich fast bis zu den Ohren. Amanda erkannte das Mädchenhafte in ihr und das Verwegene. Genau das sollte Catherine nie verlieren, schon gar nicht an den Krebs! Sie wollte die Freundin raffiniert sehen, mit den Hüften drehend und mit den Füßen über den Boden im Laden schleifend. Sie wollte das kehlige Lachen frei aus dem Bauch hören, wollte die Lippen sich bewegen sehen, summend zu einem Song. Deshalb sie schlug vor: »Sollen wir tanzen? Bitte, Catherine, lass uns zusammen tanzen.«

»Okay, hast du Nazareth in der Sammlung?« Sie wies auf die Kassettenreihe auf der Fensterbank. »*This Flight Tonight*?«

»Klar, war 'ne Nummer eins. Oder soll ich dir erst meine Zeichnung erklären?«

»Erst der Tanz«, bestimmte Catherine.

Amanda legte die Kassette ein, spulte vor und wieder zurück, fand den Song und drehte die Lautstärke hoch. Sie war keine Tänzerin, keine, die sportlich war und biegsam. Aber sie wollte jetzt tanzen. Egal ob sie den Rhythmus traf, ob ihr Zucken ungelenk daherkam, egal ob ein Passant die Nase an die Scheibe drückte, egal ob sie Haare hatte oder nicht, es war ein Moment mit Catherine, es war ihr Tanz. Wild und noch jung und mit der Hoffnung, diese Krankheit niederzustampfen. Nachholen, was am Ufer der Seine nie geschehen war: der Tanz zu zweit. Das Schlagzeug wummerte. Amanda trat härter auf, trampelte in den Boden hinein, Wut auf dieses beschissene Schicksal. Wut auf Männer wie Richard, die Frauen in Krisen allein ließen, sich nicht kümmerten, Frauen wegstießen, sie ersetzten, wenn deren Leben mies wurde. Wut auf die Hugos, die Haare zu einem Weißblond verbrannten und sich wie Meister aufführten, wie Kenner der Schönheit. Wut auf alle, die Frauen wie Dorothee abstürzen ließen, ihnen kündigten ohne Respekt vor dem, was diese Frauen wie Dorothee bewältigten. Die Gitarren kreischten. Die schöne Tänzerin hatte es getroffen. *Die da, die soll es sein,* hatte der Teufel entschieden. Amanda schrie in den Song, nahm nun den Takt an, kein Trampeln mehr, ein Tanz auf Wolken, die Arme in der Luft, sah das Grün, das Rot, die goldenen Sommersprossen vor sich hüpfen. Catherine sang laut »You've got that touch so gentle and sweet« und umfasste Amanda mit beiden Armen. Und das Schlagzeug wurde leiser, das Spiel der Gitarre ebbte ab. Atemlos. Endlich ein Lachen in ihrem Gesicht.

»Jetzt bin ich bereit«, sagte Catherine. »Nimm das Tuch vom Spiegel, ich will das sehen.«

Amanda zog den Vorhang durch den Laden, um Blicke von draußen abzuwehren. Hinter dem Vorhang Schutz und Stille. Sie wunderte sich über die entspannten Gesichtszüge von Catherine, fragte: »Möchtest du, dass ich dich fotografiere? Vorher, nachher sozusagen?«

»Schätzchen, mach endlich. Für Firlefanz hab ich keine Zeit.«

Amanda setzte die Schere nah an der Kopfhaut an, schnitt Strähne für Strähne, sammelte sie auf, legte sie auf den Frisiertisch, Strähne an Strähne in einer Reihe. Dann stellte sie den Rasierer auf Stufe drei, wie sie es zuvor bei sich selbst getan hatte, so wollte sie auch über Catherines Kopf rasieren. Hinten würde sie beginnen, sich dann zu den Seiten und zur Stirn hinarbeiten, damit erst ganz zum Schluss das Drama im Spiegel sichtbar würde.

Aber Catherine hob die Hand. »Stopp! Nicht den Rasierer.«

Irritiert sah Amanda sie an, stammelte, dann würde die Perücke nicht halten. »Ein rasierter Kopf, das ist mein Plan.«

»Der Plan ist mir egal. Ich kann das nicht. Lass mir die Stoppeln.«

»Gut«, flüsterte Amanda und packte den Rasierer langsam in das Etui, blinzelte in den Spiegel. Sie selbst war kahl, die Freundin war es nicht.

KAPITEL 25

8. Oktober 1976

Die breiten, gepflegten Hände ruhten auf der Glasplatte seines Schreibtischs, mit dem Oberkörper beugte er sich immer wieder vor und zurück. Ein Suchen nach Gründen, ein Vortasten zwischen Worten, die klärend sein sollten, so kam es Amanda vor. Alles an dem Zwei-Meter-Mann äußerte ein Zeichen von Konzentration, die steil eingekerbte Falte zwischen den Brauen und auch der aufmerksame Blick hinter dicken Brillengläsern, den er nun wieder auf Ben richtete. »Es ist ernst, da bleibt keine Zeit, um zu experimentieren. Man käme in sehr, sehr dunkle Gefilde«, wies er Ben zurecht. »Ich weiß von Frauen, die haben sich Schamanen anvertraut. Die haben in Waldhütten Pflanzen zerstoßen, Wolfszungen zerkocht, haben ihre Haut mit Fischöl eingerieben und dabei gebetet zu irgendwelchen Naturgöttern. Ja befinden wir uns denn im Mittelalter? Das ist doch fürchterlich! Wir brauchen keine Dogmen und keine Folklore in der Medizin! Krebs ist kein Schnupfen! Krebs ist immer lebensbedrohlich!« Sein Gesicht wurde rot, während er sich weiter echauffierte. »Hier gilt die Schulmedizin und kein Rat eines Scharlatans.« Er klopfte mit den Fingerknöcheln auf den Papphefter, der aufgeschlagen vor ihm lag. »Ich habe die Akte hier, die Kollegen in New York haben sofort reagiert. Katrin Schmitz aus Köln …«

»Sie mag den Namen nicht, sie ist Catherine. Und Catherine will einfach gar nichts mehr tun, es sei denn, es wäre eine sanfte Methode, was Alternatives zur Chemotherapie, ich kann mich da nur wiederholen«, unterbrach Ben. »Hast du Kontakte?« Er machte eine Pause und überlegte: »Es geht nicht um Mystisches. Weißt du, es ist die Freundin aus Paris, die ich mit deinen Antibiotika behandelt habe. Erinnerst du dich? Auch da wollte sie nicht ins Krankenhaus.«

Dr. Lilienthals Blick verdüsterte sich, er bemerkte, dass Ben damals zu weit gegangen sei, Antibiotika seien keine Gummibärchen, die man freizügig verteile. Aber es sei ja gut gegangen, also Schnee von gestern. Und nein, ein absolutes Nein, eine Alternative gebe es nicht, schon gar nicht in dieser Phase der Krankheit, in der sich Katrin Schmitz befinde.

Ben stieß Amanda mit dem Ellenbogen an: »Sag auch mal was!«

»Ja, was denn? Du hörst es doch, es gibt keine Alternative«, gab Amanda zurück.

»Verstehe ich nicht, warum bist du hier so kleinlaut?« Ben presste die Lippen zusammen und malmte mit dem Unterkiefer. Der ansonsten besonnene Ben verlor die Beherrschung. »Sind wir denn alle hilflos? Standard, nur Standard ist das Mittel der Wahl? Und wenn eine das nicht will, denkt niemand weiter?«

»Leise, Junge, wir sind hier keine Marktschreier.«

Ben wies keinerlei Ähnlichkeit mit seinem Vater auf, mit Dr. Ralf Lilienthal, dem Chefchirurgen im Klinikum Steglitz. Weder hatte er die dunkle Stimme noch die autoritäre Art, noch die mächtige Statur seines Vaters geerbt. Und Amanda verstand, warum er auf Verlangen seines Vaters Paris verlassen hatte, um Krankenpfleger zu werden – einem Mann wie Dr. Lilienthal widersprach man nicht, man gehorchte.

Seit einer Stunde saßen sie in diesem kargen Raum, in dem es keine Pflanzen, keine Wandbilder, kein einziges persönliches Accessoire gab, außer einem silbergerahmten Foto, dessen Motiv Amanda nicht erkennen konnte, der steril wirkte wie ein Operationssaal. Und allmählich drehte sich das Gespräch, von dem sie sich viel erhofft hatten, im Kreis: Ben fragte nach Alternativen zur Chemo, und der Vater antwortete, es gebe keine.

»Und ein Medikament, das den Haarausfall während der Behandlung stoppt, ist noch nicht erfunden.« Damit faltete er seine Hände auf der Glasplatte. »Mehr kann ich dazu nicht sagen.«

Deshalb stieß sie Ben jetzt mit der Fußspitze an und wollte ihm damit ein Zeichen geben aufzubrechen. Warum sollten sie hier noch länger sitzen? Besser wäre es, nach Hause zu radeln, um nach Catherine zu sehen. Doch Ben reagierte nicht, sondern sah seinen Vater bittend an: »In welchem Stadium ist ihre Krankheit?«

»Ich darf es euch nicht sagen. Ihr seid nicht verwandt. Mein Gott, Ben, das weißt du, bist doch vom Fach«, bemerkte Dr. Lilienthal, während er die Kladde aufschlug und zu Ben hindrehte, während sein Zeigefinger über das Blatt fuhr, entlang der Tabellen bis hin zum Schlusssatz. »Eure Freundin wurde von den New Yorker Kollegen umfassend aufgeklärt. Leider ist der Tumor schlecht differenziert, hochaggressiv, er streut schnell.«

Ben beugte sich vor, sein Gesicht blass, als er las. »Stadium IV? Das kann nicht sein!«

Dr. Lilienthal nahm die Kladde zurück, blätterte, entnahm einige Röntgenaufnahmen und klemmte sie an eine Leiste entlang der Wand. Er schaltete das Neonlicht dahinter an. »Man sieht deutlich, wie ausgedehnt der Krebs ist. Da bleibt nur die Mastektomie, die vollständige Entfernung der Brust. Damit nicht genug. Wir müssen die Lymphknoten sehr, sehr großflächig entfernen. Die Kollegen in New

York haben die Wachstumsfrequenz berechnet, sieht nicht gut aus. Da werden schätzungsweise sieben bis zehn Chemotherapien nötig sei, um ein Rezidiv zu verhindern, garantieren können wir nichts. Trotz aller Umsicht bleibt die Gefahr, dass Krebszellen im Körper …«

»Und wenn sie das nicht will, wenn sie gar keine Behandlung will, wie ist dann die Prognose?«, unterbrach Ben.

»Bleiben ihr wenige Monate, wenn es gut läuft, ein Jahr.«

Diese Deutlichkeit hatte Amanda nicht erwartet. Bislang hatte Dr. Lilienthal sich eher hinter Allgemeinsätzen verschanzt, hatte eine Fachsprache benutzt und damit seinen Aussagen eine Neutralität verliehen, als würde er über einen theoretischen Masterplan reden oder sich über ein stadtplanerisches Modell neigen, um die Straßen, die Zufahrten oder die Bauteile für die Statik zu markieren. Jetzt aber horchte sie auf. Da stand eine Zahl im sterilen Raum, die sie fassen konnte. Dreihundertfünfundsechzig Tage. Herbst, Winter, Frühling, Sommer. Tod? Ein Jahr nur gab dieser Arzt? *Wie kommt der dazu, hält der sich für Gott?* Amanda wollte weg, an die Luft und dann an ihren Arbeitsplatz hinter den Vorhang im Laden, denn dort saß Natalia seit Tagen an ihrem Werk. Sie hatte einen Abdruck von Catherines Kopf genommen, ihn in Gips gegossen. Geduldig webte und knotete die Perücken-Expertin Catherines Haare auf das Nylonnetz, um sie später unter dem Tuch zu vernähen. Amanda hatte keinen Zweifel daran, dass die rotblonden Locken bis zur Taille fließen würden, glitzern würden in der Herbstsonne von Berlin. Sie wusste, es würde ein Kunstwerk werden.

Die Idee von der vollständigen Perücke hatte sie schnell aufgegeben. Sie hatte es auf dem Puppenkopf ausprobiert, aber weder hielt das Nylonnetz noch das kreuz und quer gespannte Klebeband. Ein Windstoß, eine ruckartige Bewegung, ein Bücken nach vorne, und die Perücke wäre verrutscht. Amanda hatte daran gedacht, wie Catherine sich drehte, wie sie hart auftrat vor den Berliner Gemäuern beim Shooting. »Das Ding muss kleisterfest sitzen«, hatte Amanda entschieden und war zum Fundus des Theaters geradelt, um eine Frauenperücke zu erwerben. Sie hatte sich vorgenommen, das Kunsthaar davon zu entfernen und Catherines Strähnen anzuknüpfen, aber auch das erwies sich schon auf den ersten Blick als schwierig, denn die Kunsthaare waren fest mit der Unterlage verschweißt. So hatte Amanda wieder gezeichnet und weitere Methoden entworfen. Sie hatte in Büchern über Perückenkunst im Barock geblättert, als die in Mode gewesen waren und ein Zeichen von Schönheit. Und dann hatte sie in einem Kellerraum in Charlottenburg ein Studio entdeckt, auf das ein verwittertes Schild im Vorgarten hinwies: *Zweithaar Natalia Elsen*. Dort saß eine Frau, die mit polnischem Akzent sprach und mit entzündeten Fingerkuppen in einem halbdunklen Raum an einem Holztisch arbeitete. Sie fertigte Perücken, indem sie Haar für Haar für Haar in eine Unterlage einarbeitete. Diese Unterlage war derart fein, dass die Kopfhaut durchschimmern würde, und niemand vermutete, es könnte Nylon sein. »So eine Handarbeit dauert bis zu vier Monate«, verriet Natalia Elsen, und auch, dass sie oft Plastikhaar nehme, weil das während des Knotens seltener riss. »Ist sonst eine Sisyphusarbeit. All die Schauspielerinnen stülpen sich Kunsthaar über den Kopf. Gut so. Weil das schwingt und wippt und das Licht nicht schluckt. Hat doch keine von Natur aus die Pracht, die aber wollen die Zuschauer sehen. Deshalb kommen die vor dem Dreh zu mir.« Natalia sprach andächtig über ihre Arbeit, wie sie die Abdrücke von den Köpfen nahm und in Gips goss. Eine gebogene lange Nadel nutzte sie als Werkzeug. Es gab Regale, gefüllt mit Modellen, mit Haarsträhnen auf genagelten Holzleisten, der Länge nach sortiert, sowie Farbtuben, Kämme, Lockenwickler.

»Ich brauche eine Perücke aus Echthaar, aus dem Haar meiner Freundin. Ist das in einer Woche zu machen?«, fragte Amanda.

Natalia hatte lauthals gelacht und geantwortet, jedes Werk brauche seine Zeit, brauche den Feinschliff über lange Tage und Nächte hinweg.

»Und im Notfall? Wie lange im Notfall?«, wollte sie nicht aufgeben, doch Natalia winkte ab. »Das ist Schufterei, bis die Fingerspitzen bluten.«

»Und wenn wir nur einen Haarkranz an ein Tuch nähen?«

»Was soll das denn werden?«

Da hatte Amanda ihr die Geschichte erzählt.

»Ich helfe. Nachtarbeit kostet doppelt. Einen breiten Haarkranz auf Nylon mit dem Tuch vernäht. Das wird klappen.«

Pink sollte dieses Tuch sein, ein Modeaccessoire, wie Karl es mochte, ein Signal an jede Leserin der *Elle*: Sei eigenwillig, lebe deinen Stil!

KAPITEL 26

Ohne Nebenwirkung keine Wirkung. In diesem Jahr gibt es in Deutschland zweihunderttausend Patienten: Mammakarzinom, Prostata-, Lungen-, Urogenitaltumore, Nierenkrebs, Ovarialkarzinom.« Dr. Lilienthal verschränkte seine Arme hinter dem Rücken und ging im Chefarztzimmer auf und ab. »Kaum ein Gewebe, in dem die bösartigen Tumore nicht wuchern können. Das macht uns manchmal hilflos. Ich gebe es zu. Und was ich jetzt behaupte, macht es nicht einfacher. Brustkrebs ist oft unheilbar, das gilt leider auch für eure Freundin, wenn ich mir die Unterlagen genau ansehe, dann muss ich das sagen.« Als hätte er Messer durch den Raum geworfen, zuckten Amanda und Ben gleichzeitig zur Seite. Dr. Lilienthal registrierte es, und seine Stimme wurde leiser: »Aber es ist möglich. Wenn günstige Kriterien sich fügen, dann kann man manchmal, sehr selten, auch in dieser Phase heilen. Es kommt auf das Alter, die Vorerkrankungen, die Substitution an, auf die Genetik, auf das Risikoverhalten im Alltag. Viele Parameter beeinflussen die Prognose.«

»Was meinst du genau, Vater?«

»Nun, wie ihr erklärt habt, war sie unvernünftig. Sie hat den zweiten Zyklus der Chemotherapie bereits verweigert, ebenso die Medikamente. Ebenso eine Mastektomie. Verdammt, was bleibt denn da noch? Vielleicht das Umtanzen von Glücksklee bei Vollmond an einem Seeufer mit frommen Sprüchen? Das kann nicht wahr sein!« Dr. Lilienthals Stimme klang wie die eines Opernsängers. Unwillkürlich schloss Amanda die Augen. *Vielleicht kann er Catherine doch retten, er ist der Fachmann.* Viele Brand- und Unfallopfer flickte er wieder zusammen, sein guter Ruf eilte ihm voraus, und deshalb brauchten sie diesen Mann. Er verfügte über Kontakte weltweit.

»Nach der Statistik«, fuhr er fort, »werden sich in zwanzig Jahren die Brustkrebsfälle verdoppelt haben. Da kommt einiges auf die rekonstruktive Chirurgie zu. Ich werde meine Mannschaft vergrößern.« Das Spiel seiner Mundwinkel äußerte einen unterdrückten Stolz. »Wir stehen erst am Anfang. Muss man zugeben.« Er ging zurück zu seinem Schreibtisch, setzte sich wieder in den Chefledersessel. Mit einem Ruck nahm er die Brille ab, putzte sie mit einem Stück seines Kittels. Auf der Nase zeigten sich tiefe rote Dellen. Er legte die Brille auf den Tisch und rieb sich mit Daumen und Zeigefinger über die Nasenwurzel. Auf einmal wirkte er müde. »Mitte des letzten Jahrhunderts lautete die OP-Methode: rausschneiden, wo der Tumor sitzt. Wo das harte Gewebe ist, da ist die Brust befallen.« Amanda glaubte ein Flattern in seiner Stimme zu vernehmen. »Später hat ein Amerikaner diese Methode erweitert, hat geraten, Brustdrüse und -muskel ebenso zu entfernen und auch die umgebenden Lymphknotenareale. Das ist die Halsted-Doktrin, die gilt seit 1890 als eine radikale Behandlung. Wohlgemerkt, seit 1890. Es ging und es geht langsam voran. Heute, mehr als achtzig Jahre später, wird in den großen Forschungszentren nach nebenwirkungsarmen Strahlen geforscht, um die Krebszellen abzutöten. Ist aber Zukunftsmusik. Strahlenphysik. Und denken wir noch weiter, wird es vielleicht bis zur Jahrtausendwende strahlenaussendende Medikamente geben. Auch Zukunftsmusik. Ich wünschte, es ginge schneller. Wir fliegen zum Mond, aber wir finden noch keine Methode, um kranke Zellen zu eliminieren und das peripher liegende Gewebe nicht anzugreifen! Was bleibt? Chemotherapeutika! Maßgeschneidert gibt's nichts. Aber wir tauschen uns aus, wir Wissenschaftler, auch mit denen in New York. Ob die Krankheit heilbar wird? Ob es bald rundum verträgliche Medizin gibt? Ich denke, nein.« Er machte eine Pause, setzte die Brille wieder auf und fügte nachdrücklich an: »Eure Freundin, Katrin Schmitz, muss Vernunft annehmen. Wir haben an unserer Klinik die Möglichkeit der erweiterten Diagnostik. Goldstandard sozusagen. Wir stellen Brustkrebstumore mittels Röntgenstrahlen dar, wir setzen das moderne Medikament Tamoxifen als Antihormontherapie ein. Ein sehr gutes Medikament, ist erforscht, um das Tumorwachstum zu verlangsamen, bestenfalls zu stoppen. Mit diesem Verfahren erhöhen wir die Überlebensrate um dreißig Prozent. Das sind positive Effekte, denen lediglich die Konsequenzen der Nebenwirkungen gegenüberstehen.«

»Was sind die Nebenwirkungen? Haarausfall? Was sonst noch?«, mischte sich Amanda ein und zupfte das Tuch auf ihrem Kopf zurecht. »Schon der Kontakt mit Seife verursacht Juckreiz. Ich weiß das, meine Haare sind abrasiert. Sehen Sie …« Sie strich das Tuch zurück, und ein wenig genoss sie sogar das verdutzte Gesicht des Arztes. »Ich bin eine Fremde, wenn ich in den Spiegel sehe. Und obwohl meine Haare von Natur aus flusig waren, würde ich meinen Jahresumsatz dafür geben, könnte ich die jetzt, in diesem Moment wieder auf dem Kopf haben.«

Dr. Lilienthal nickte, redete weiter. »Verstehe. Wir empfehlen trotzdem eine Antihormontherapie, und zwar über Jahre hinweg. Leider hält sich nicht jede Patientin daran, setzt die Tabletten zu früh ab. Fatal, wenn sich die Frauen in Sicherheit wiegen. Tja, aber so eine wie eure Freundin, die alles verweigert, ist mir selten begegnet.«

»Vater, bitte sei konkret. Wie kannst du helfen?«

»Ich weise sie ein. Mein Kollege von der Inneren soll sie untersuchen, ich bin ja nur der Chirurg.«

Amanda widersprach: »Sie schafft das nicht ohne Haare, ohne Wimpern. Sie ist Model.«

Seine Hand sauste auf die Schreibtischplatte nieder. »Das ist doch hier kein Wunschkonzert«, rief er und sah auf die Armbanduhr.

Erst dachte Amanda, er würde Ben und ihr die Tür weisen, aber er schien es sich anders zu überlegen.

Wieder nahm er die Brille ab und massierte die Dellen an der Nasenwurzel. »Die Mortalitätsrate bei Brustkrebs ist nun mal hoch. Und in dieser Phase, in der eure Freundin ist, überleben nahezu achtzig Prozent den Brustkrebs nicht. Sie weiß das! Denn wir Ärzte haben die Pflicht, die Frauen aufzuklären.« Er seufzte mehrmals und sah von Ben zu Amanda: »Stadium IV ist wie ein Damoklesschwert. Sie soll die Behandlung durchziehen und sich dann noch den einen oder anderen Wunsch erfüllen, ans Meer wollen die meisten fahren oder einmal auf einem Berggipfel stehen. Eine Patientin wollte Fallschirmspringen, eine andere in Tansania gegrillte Heuschrecken essen. Eine Patientin hat sich eine Liste gemacht, darauf die Namen derjenigen, die sie um Verzeihung bitten will. Eine andere hat einen Schneiderkurs belegt und sich das Ballkleid genäht, das sie nie tragen wird. Es gibt Hunderte Wünsche, wenn das Ende des Lebens absehbar ist. Dann wird jeder Tag – na ja, wie ein Fest.« Er verstummte.

Wie oft wird er solche Sätze seinen Patientinnen gesagt haben? Einerlei, gerührt, geschüttelt, schmeckt aber nicht jeder!, fand Amanda.

»Geht meistens daneben, das mit den Wünschen zum Schluss«, widersprach Ben. »Viele sind doch zu schwach.

Und ein Programm abspulen, das bedeutet Druck. Überhaupt, wer kann schon in einen Menschen hineinsehen, wer kann was empfehlen? Sie wird bei uns wohnen, bis sie wieder gesund ist.« Nun schlug Ben mit der Hand auf den Schreibtisch. Selten hatte Amanda ihn derart aufgewühlt erlebt. Und sie hätte ihn umarmen können, aus Liebe, aus Freundschaft, als er anfügte: »Vater, es gibt etwas zwischen Himmel und Erde, wir nennen es Wunder. Es kann etwas geschehen, das auch Ärzte und Krankenpfleger nicht verstehen.«

Dr. Lilienthal drehte den Kopf zur Seite, sah aus dem Fenster, auf den Campus dieser Universitätsklinik und weiter auf den Parkplatz. Lange verlor sich sein Blick in der Weite. »Ben, Amanda, ihr ladet euch eine schwere Last auf, das kann danebengehen. Was ist, wenn sie euch unter den Händen wegstirbt, quasi über Nacht? Acht von hundert, das ist die Quote.« Seine Stimme wurde tonlos, als er weitersprach. »Auch deine Mutter hatte Brustkrebs.« Er ging in schnellen Schritten zu Ben, hockte sich vor ihn. »Keine Angst, mein Junge, sie ist geheilt. Bei ihr wurde der Tumor früh erkannt. Ich sollte dir das nicht sagen, sie hat das mit sich allein ausgemacht und mit den Ärzten in der Schweiz. Auch mich wollte sie während der gnadenlosen Monate nicht sehen.«

Ben wurde kreideweiß, schüttelte den Kopf, als hätte er Wasser in den Ohren. »Wie bitte? Mama? Und ich erfahr das nicht?«

Der Vater griff nach dem silbergerahmten Foto und betrachtete es, jegliche Strenge verschwand aus seiner Mimik. Sehr langsam setzte er zu reden an: »Deine Mutter hatte sich dazu entschieden, um dich nicht zu belasten. Und um unsere Ehe zu schützen. Obwohl ich täglich mit sehr kranken Menschen umgehe, ist es was anderes, wenn es die eigene Frau trifft.«

Ben stieß den Atem hart durch die Nase, nahm dem Vater das Foto aus der Hand und gab es an Amanda weiter: »Ich fasse das nicht.«

Amanda sah auf eine Frau, die schlank und groß und hellblond war, silbrige Augen und ein verschmitztes Lachen hatte. So stand sie da in einem schwarzen, engen, löchrig gehäkelten Kleid, und Amanda dachte, es sei von Chloé. »Sie ähnelt dir!«, stellte sie fest.

Und Ben wiederholte: »Einfach vor mir verheimlicht.«

»Wenn Frauen an Krebs erkranken, dann leiden die Männer«, fuhr Dr. Lilienthal fort. »Ich verstehe deine Mutter. Sie wollte es allein durchstehen, sie wollte vor meinen und deinen Augen das Elend nicht ausbreiten. Und ein Elend ist es, da gibt es gar nichts schönzureden. Wer behauptet, die Krankheit habe auch etwas Gutes, etwas, das dem Leben mehr Tiefe gibt, das dem Leben eine neue, eine bessere Richtung gibt oder mehr Klarheit oder was weiß ich, der irrt! Es ist totaler Quatsch, einen Sinn in dieser Krankheit zu suchen. Esoterische Gequassel ist das! Die Krankheit bringt nur eines – Leid. Verdammt, man hat den Tod vor Augen! Immer zu früh, zu plötzlich, zu ungerecht, was weiß ich, immer falsch. Und manchmal zerstört der Krebs nicht nur den Körper, nein, auch das Warme, Geheimnisvolle einer Liebe zwischen zwei Menschen.«

»Wie meinen Sie das?«, fragte Amanda und rutschte auf ihrem Stuhl nach vorne. Endlich wurde der Doktor mal konkret.

»Ich sehe das auf der Station. Dann sitzen die Ehemänner am Bett, halten Händchen, aber um den Mund erkenne ich Abscheu. Vor den Ausschlägen, den Ekzemen im Gesicht, vor den künstlichen Ausgängen am Körper. Die Männer sitzen da, und ihnen kommt die Liebe abhanden. Sie wünschen sich die Frau zurück, die sie bisher gekannt haben. Und gleichzeitig schleicht sich da etwas ein, nämlich diese Ahnung, es wird nie wieder sein wie vorher. Da wird etwas nie wieder zu kitten sein. Wisst ihr, was ich dann denke? Vorsicht vor Schamlosigkeit! Linie halten! Auch eine gesunde Frau würde sich ihrem Mann nicht haarlos und schutzlos zeigen. Es brennen sich die Bilder in die Gehirne der Männer, die Bilder ihrer kranken Frau. Das wollte deine Mutter vermeiden, Ben.« Der große Mann schluckte mehrmals laut. »Deine Mutter hatte sich neben der medizinischen auch therapeutische Hilfe gesucht. Und das rate ich auch eurer Freundin. Bei euch ist Katrin Schmitz nicht sicher, sie bürdet euch eine zu große Verantwortung auf. Ich wiederhole mich. Das ist nicht fair.«

Ben murmelte, er werde in die Schweiz fahren zur Mutter.

»Ja, rede mit ihr – und verstehe sie. Keine Vorwürfe. Ach, eigentlich sollte ich dir das alles nicht erzählen. Sie trägt übrigens eine Perücke. Wie es darunter aussieht, das will sie mir nicht zeigen. Ich will es auch gar nicht sehen.«

Da erzählte Amanda, dass sie eine Friseurin sei, dass sie den Frauen helfen könne, schön zu bleiben. Sie erzählte von ihrem Plan, die Haare zu schneiden, bevor sie ausfallen, und die Perücke genau nach diesem Schnitt zu fertigen. »Niemand wird merken, dass die Frau eine Perücke trägt. Wissen Sie, ich erkenne, was einer Frau wirklich steht. Wenn die Frisur passt, dann werden die Haare ein Teil der Persönlichkeit, das gilt auch für die Perücke«, so bekräftigte sie. Während Amanda redete, wurde ihr heiß, selbst die nackte Kopfhaut unter dem Tuch glühte. Erstmals hatte sie es laut ausgesprochen, was sie hinter dem weißen Vorhang im Laden erarbeiten wollte. Statt Promis sollten dort besondere Kundinnen Platz nehmen, solche wie Catherine, wie die Mutter von Ben, wie Dorothee und all die anderen Frauen, die unter dem Verlust der Haare nicht leiden wollten. »Genial«, rief sie aus und strahlte. Fast vergaß sie die Ernsthaftigkeit des Themas, sie fühlte sich vollends eingenommen von ihrem Plan, den krebskranken Frauen zu helfen. *Schnitt und Perücke und keine Scham!*

Da schob Dr. Lilienthal seine Visitenkarte über den Tisch. »Für alle Fälle. Wenn Ben in Zürich ist, dann solltest du mich erreichen können. Auf der Rückseite steht meine Vierundzwanzig-Stunden-Notfallnummer. Ruf an, wenn es Catherine schlechter geht. Sie kann jederzeit kommen.« Er sah jetzt wieder auf seine Armbanduhr. »Höchste Zeit für mich.« Damit stand er auf, knöpfte seinen Kittel zu, indem er den Bauch einzog. »Man hört sich.«

Schweigend gingen sie den langen Krankenhausflur entlang, traten leise auf den gewienerten, grau gesprenkelten Boden, der aus großen Quadern bestand, schwarze Fugen dazwischen. Amanda trat nicht auf diese Fugen, dachte, das könnte Unglück bringen. Ein Pfleger schob einen Getränkewagen vor sich her, eine Krankenschwester hastete von einem Zimmer ins nächste. Es roch nach schwarzem Tee, Urin und Desinfektionsmittel. Amanda blieb stehen, wartete, bis Ben neben ihr war, und griff nach seiner Hand.

KAPITEL 27

10. Oktober 1976

Zwei Nächte vor dem Shooting träumte Amanda von einer grau gesprenkelten Steinplatte auf ihrer Brust. Die drückte schwer, nahm ihr die Luft und auch die Stimme. Lediglich ein Röcheln kroch aus ihrer Kehle durch das Wohnzimmer bis ins Bad. Von weit her hörte sie, dass jemand ihren Namen rief: »Amanda, schnell, komm!« Sie wollte aufspringen, hinlaufen zu der Stimme, aber sie lag da, steif und schwer, unfähig, sich unter der Steinplatte zu regen.

»Ruf den Notarzt. Sie erstickt«, schrie Ben, und da schoss sie in die Höhe, hellwach und sekundengenau begriff Amanda, es war nicht in ihrem Hals, das Röcheln, es kam tatsächlich aus dem Bad. Von Catherine. Ein Lichtschein auf dem Boden. Die Panik von Ben. Sie raffte ihr Nachthemd, rief, sie komme, sie komme, und wusste, dass Schlimmes passierte, denn nie zuvor hatte sie solch ein Röcheln gehört und nie zuvor den besonnenen Ben derart brüllen. Der Flur war zu lang, ihr Laufen kam ihr vor, als würde sie auf der Stelle treten, sie stieß mit dem Fuß gegen das Vertiko, humpelte bis zum Bad. Auf dem Boden lag Catherine und atmete schwer, ihre Lippen waren blau, und im Gesicht stand der Schmerz. Sie schwitzte.

Ben beugte sich tief über sie, massierte ihr Herz, beschwor es: »Schlag weiter, eins, zwei, drei«, und als er Amanda sah, fauchte er: »Scheiße! Lungenembolie. Ruf den Notarzt, mach schon!« Er massierte weiter das Herz, während Amanda im Flur eins eins zwei wählte, Namen und Adresse nannte und das wiederholte, was Ben diktierte: »Tumorassoziierte venöse Thromboembolie. Die sollen Gerinnungslöser im Wagen haben.« Innerhalb weniger Minuten packte Amanda geistesgegenwärtig das Nötigste in eine Tasche, kramte in der Schublade mit den Tüchern, zog ein farbiges heraus, eines mit Streifenmuster, band es um Catherines Kopf, weil sie wusste, dass niemand Fremdes die Freundin mit Haarstoppeln sehen sollte, während Ben weiterpumpte, um dem Herz einen Rhythmus vorzugaukeln, den es selbst nicht mehr fand.

»Einige Krebspatienten kriegen das, ich kenne das von der Station. Ruf meinen Vater an. Er soll in die Klinik kommen. Wähl die Notfallnummer von meinem Vater! Er soll nicht fragen, sondern sich ein einziges Mal auf meine Diagnose verlassen und den Katheder vorbereiten. Sag ihm, die Herzdruckmassage hat einen Stillstand verhindert.«

***

Wenn Amanda später von den vierundzwanzig Stunden erzählen sollte, die zwischen dem 10. und 11. Oktober 1976 lagen, würde sie sich an den Transport im Krankenwagen erinnern, an die Erleichterung, als der zugeführte Sauerstoff Catherine die Todesangst nahm und das Medikament in den Venen wirkte. Amanda saß neben der Krankenliege, hielt die Hand der Freundin, munterte sie auf, dass dieser Zusammenbruch nur eine Episode und bald überstanden sei. Da drehte Catherine den Kopf zu ihr hin, ihre Augen wie Pastell, nichts Giftiges, nichts Spöttisches darin, eine Weite in diesem Blick, die Amanda keine Zuversicht bot, dass es morgen einen neuen Tag gäbe.

»Schreib in dein Skizzenbuch«, sagte Catherine leise: »Wenn alles geht, bleibt auch kein Wille.«

Die Fahrt zur Klinik dauerte lange zwanzig Minuten.

Dr. Lilienthal wartete bereits am Eingang, als Ben aus dem Wagen sprang, bevor der parkte, und seine Diagnose wiederholte. Wortlos nickte sein Vater und strich ihm über den Rücken. »Alles richtig gemacht.«

Und in den nächsten Stunden schrieb Amanda in ihr Skizzenbuch, als sei sie eine Protokollantin, als müsse sie einen schlechten Film dokumentieren, den sie nicht sehen wollte, weil die Handlung grausam war. Sie schrieb und schrieb, als könnten die Worte, wären sie einmal auf dem Papier, diese ganze unsägliche Geschichte zurückdrehen und noch einmal von vorne beginnen lassen.

Ich sitze vor dem Zimmer auf der Station. Sie nennen die Station die Überwachung. Sitze auf dem Boden, lehne mit dem Rücken an der Wand. Krankenschwestern, Pfleger gehen vorbei, fragen auch mich nach meinem Befinden. Ich antworte nicht, sitze da und erinnere mich. An Paris. An Berlin. An Tango. An Mode. An Krankheit und Leben.

Ich schreibe, suche Worte gegen die Zeit, die an mir klebt, die ich nicht will. Ich atme und sende den Atem zu ihr hin, denn sie hat zu wenig davon, ihr Sauerstoff im Blut reicht nicht aus. »Ein Mangel«, sagen die Schwestern, »unter fünfundachtzig Prozent, das ist kritisch.«

Jetzt steht Dr. Lilienthal vor mir, groß und mächtig erheben sich seine zwei Meter, neben ihm sein Sohn, mein Ben, mein Freund, du bist blass und erschöpft, wie ich.

Man habe gestern die Mutter verständigt, die sei nun da, sei im Zimmer, sagt der Doktor. »Frau Schmitz ist bei ihrer Tochter.« Er wiederholt es, als wäre es ein Trost. Ich will sagen, dass die Mutter nicht gut für Catherine war auf ihrem kurzen Weg von zweiunddreißig Jahren. Aber ich schweige, nicke nur.

Ben fasst mich am Ellenbogen, zärtlich und drängend. »Lass uns zu ihr gehen, sie will es so.«

Wir betreten das Zimmer. Es ist dämmrig, denn die Vorhänge sind zugezogen. Es riecht nach Rosenwasser. Meine Augen gewöhnen sich an das vage Licht, das in staubigen Streifen durch das Zimmer fällt. Und ich erkenne die Mutter, schmächtig sieht sie aus, die Haare zum Knoten gebunden, die Strickjacke eng um den Körper geschnürt. Sie hebt den Kopf, grüßt uns. Dann beugt sie sich vor, legt die Arme um ihre Tochter.

Catherine hebt den Kopf, sieht mich an, schwach klopft sie mit der Handfläche auf die Bettkante, dreht sich aus dem Arm der Mutter heraus. »Setz dich«, ihre Stimme dunkel, fast kehlig.

Ich setze mich an ihre Seite, fingere an Catherines Tuch, das sie um den Kopf geschlungen trägt, ich weiß nicht, warum ich das tue. »Ich hab dich lieb.«

Nimmt sie einen Atemzug, hält ihn fest, stößt ihn aus, er kommt aus der Tiefe, kommt von weit, weit her, ihre ganze Welt in einem einzigen letzten Atemzug.

KAPITEL 28

Palmersheim, November 1976

Es fehlte das Quietschen. Solange Amanda zurückdenken konnte, quietschte das Törchen des Jägerzauns, jetzt ließ es sich ohne Geräusch und Ruckeln öffnen. Der Weg bis zur Haustür war aus Waschbetonplatten gelegt, aus den Ritzen krabbelte Moos. Früher gab es hier Kieselsteine, mit denen Amanda auf dem Rasen Muster legte. Irritiert nahm sie wahr, dass es auch keine wild wuchernden Rosenhecken mehr neben dem Eingang gab, sondern drei rund geschnittene Buchsbäume. Und das Namensschild aus hellblauer Emaille hatte jemand durch ein goldenes Viereck ersetzt, auf dem Regentropfen schlierten. Sie las den Namen *Rolfsen*. Amanda klingelte und lauschte mit dem Ohr an der Haustür, bis sie klackernde Schritte vernahm. Als die Tür sich Sekunden später öffnete, zog Amanda aus Reflex die Kapuze ihres Parkas zurück, damit die Mutter sie erkannte nach all den Jahren. Das Erste, was die Mutter von sich gab, war ein Schrei.

»Was ist denn mit dir passiert?« Keine Umarmung aus Freude, kein Staunen über das Wiedersehen, dass ihre jüngste Tochter unangekündigt vor der Tür stand, einzig die Frage: »Bist du krank?«

Hinter Amanda klatschte der Regen, und vor ihr stand die Mutter, hielt die Hand vor dem Mund, riss die Augen auf, und Amanda bedauerte bereits in dieser ersten Minute, hier in Palmersheim Trost gesucht zu haben. »Nein, ich bin nicht krank, die Haare hab ich mir freiwillig abrasiert.«

»Dann ist gut, komm rein, Kind, sonst gucken noch die

Nachbarn. Die reden eh schon blödes Zeug.« Damit griff die Mutter nach Amandas Ärmel. »Putz die Schuhe ab. Das Sauwetter hängt schon seit Tagen fest. Käffchen?« Sie zeigte auf das Klingelschild und fragte, ob Amanda sich nicht wundere über den neuen Namen, dann zappelte sie mit den Fingern der rechten Hand, ein Ehering daran. »Tja, auch in meinem Alter findet man einen Mann. Fein, dass du da bist, wenigstens eine von den verlorenen Töchtern sieht mal nach mir. Häng die Jacke auf den Bügel.«

Sie schritt durch die lange Diele, wo früher eine Blumentapete geklebt hatte, gab es einen Wandbehang aus getrockneten Gräsern und das Geweih einer Antilope darauf genagelt. »Hans-Hubert liebt die Jagd in Kenia«, erklärt die Mutter im Vorübergehen.

»Du hast den Hans-Hubert geheiratet? Was ist denn mit seiner Marga?«, fragte Amanda.

Da drehte sich die Mutter um, betrachtete ihre Tochter von oben bis unten. »Genau wegen so was habe ich Heide und dir nix geschrieben. Was wisst denn ihr? Macht euch einfach aus dem Staub, und ich kann sehen, was aus dem Salon wird.«

Als die Mutter das einwandte, kam es Amanda vor, als wäre sie eine andere Frau, gealtert, ja, aber dagegen ankämpfend mit allen Mitteln. Ihre Haare trug sie mit einem falschen Zopf nach oben geschlagen, das Kleid lag eng am Körper. Amanda erinnerte sich daran, dass die Mutter früher, kaum hatte sie das Haus betreten, ihre Schuhe in die Ecke schleuderte, das Kleid durch einen Kittel ersetzte, den Töchtern über den Kopf streichelte und sagte: »Jetzt machen wir drei uns das gemütlich.« Sie rührte den Teig für Apfelpfannkuchen an und stellte jeder ein Glas mit verdünntem Obstsaft daneben. Damals, da war Amanda sechs, fand sie, die Mutter sei die hübscheste Frau der Welt mit ihren kurzen, in Wasserwellen gelegten Haaren und dem hellroten Lippenstift. Und vor allem mochte sie diese pastellfarbenen Kittel, die immer sauber und gestärkt waren und nach der Mutter rochen, nach Haarspray, Apfelscheiben und ein bisschen nach ihrem Parfüm.

Jetzt war ihr Zuhause fremd geworden. Es gab keine Fotos mehr von der Familie, von Heide und ihr, stattdessen gerahmte Bilder von afrikanischen Landschaften. Amanda schloss die Augen, versuchte sich zu erinnern, wie es früher hier ausgesehen, wie sie empfunden hatte in diesem Wohnzimmer, als der Zigarettenrauch des Vaters in der Luft hing und der Duft von Kuchen im Ofen sich da hineinmischte oder als Heide sich zwischen Vater und sie zwängte, frisch gewaschen und die Tupfer Niveacreme im Gesicht noch nicht verrieben.

»Wo ist Heide?«, fragte sie.

»Im Ruhrpott. Na ja, ihr seid beide nichtsnutzig. Allein kann ich das nicht. Immer mehr von uns kleinen Salons machen Pleite. Da gibt es jetzt die Kettenläden in Bonn und Köln und was weiß ich wo. Auch die Frauen aus dem Dorf gehen dorthin. Treu sind die nicht. Aber lass gut sein. Jetzt gibt es erst mal Kaffee, und du erzählst, ja?«

Amanda zog die Schuhe aus und auch den Parka, wusch sich im kleinen Gäste-WC die Hände. Sie betrachtete sich im Spiegel, nickte sich aufmunternd zu, heute würde sie regeln, was zu regeln wäre. Es gab keinen richtigen Zeitpunkt, das hatte sie gelernt, und abzuwarten war die schlechteste Option. Heute würde sie verzeihen und auch um Verzeihung bitten, sie würde nicht eher gehen, bis die Mutter sie umarmte. Dass es den kleinen Salon nicht mehr gab, zeigte ihr, dass auch die Mutter es nicht einfach gehabt hatte in den vergangenen Jahren. Verlassen vom Mann, von den Töchtern und der Arbeit. Solange sie zurückdenken konnte, war der Salon das Herzstück in Mutters Leben gewesen. »Ich tue Gutes, denn ich mache die Frauen schön«, hatte sie oft gesagt.

***

Seit Catherines Beerdigung empfand Amanda eine tiefe Sehnsucht nach der Mutter und auch nach Heide, eine solche Sehnsucht, die sich festsetzte wie eine Zecke in der Haut. Das hatte Amanda zunächst verwirrt. Sie hatte es auf den Schockzustand geschoben, in dem sie seit Catherines Tod gefangen schien. Da waren die Gedanken über das Ende des Lebens, bevor es richtig begonnen hatte. Da waren auch die Gedanken, ob es sich überhaupt für Frauen lohne, schön zu sein, sich attraktiv zu geben für die anderen. Das hatte Catherine getan, andere gelockt mit ihrem Körper. Nun gab es die Freundin nicht mehr, und Ben hielt sich zunehmend in der Schweiz auf. Amanda vermisste auch ihn. Sie wurde traurig. Sie verspürte keinen Drang, den Laden wieder aufzuschließen und ihre Kundinnen zu begrüßen, obwohl das Terminbuch voll war. Schon der Gedanke, Haare in die Hand zu nehmen und zu plaudern über das Wetter, über Mode oder über das Gelingen des Sonntagsbratens, über das Fremdgehen des Ehemannes oder andere Kleinigkeiten, raubte ihr die Kraft. Plötzlich konnte sie sich vorstellen, dass es einen Punkt im Leben gab, an dem alles nichtig wurde, weil die Lust fehlte, zu arbeiten, zu reden, zu essen, zu schlafen. Niemand war davor je gefeit, wenn die Leere sich ausbreitete, wenn es keine Freude mehr aufs Aufwachen am nächsten Morgen gab. Keine Energie am Tag, schlaflos in der Nacht. Alles egal. Alles vorbei.

Wenn Abdel nach der Beerdigung mit hochgezogenen Augenbrauen wieder behauptet hatte: »Bei uns in Tunesien weiß man, dass Freude sieben Tage währt und die Traurigkeit ein ganzes Leben«, hatte er recht. Genauso fühlte sich Amanda. Ben aber hatte ihn in die Seite geknufft und widersprochen, hatte bemerkt, dass solch ein Spruch nicht sehr tröstlich sei. Doch in Amandas Gedanken saß dieser Satz fest.

»Du musst an die guten Dinge denken«, riet Ben. »Was war das Schönste, das du mit Catherine erlebt hast? Mach das groß in deinem Kopf.« Er hockte sich vor Amanda, stützte seine Hände auf ihren Knien ab, und seine Augen, ansonsten silbergrau und ruhend, kamen ihr verschleiert vor.

»Berührend war es ganz am Ende. Da haben wir zwei getanzt. In meinem Laden die Musik von Nazareth aufgedreht. Nie habe ich so wild und frei getanzt wie mit Catherine. Und weißt du was? Sie hat zu mir hingesehen, und ihr Lächeln war nicht spöttisch, denn du ahnst es, ich kann gar nicht tanzen. Aber ihr Lächeln war ganz mild, sogar bewundernd. Ja, unsere Tangotänzerin hat mein Stampfen bewundert!« *Da hatte der Tod sie schon fast gepackt*, dachte Amanda und auch, ob sie es hätte sehen müssen.

Mit Ben sprach sie lange über die letzten Augenblicke, über kleine Zeichen, ob es diese gab, ob sich der Tod andeutete in Blicken, in Gesten, bevor die Haut sich verfärbte und der Atem sich veränderte. »Erkennst du was auf der Station?«, wollte Amanda wissen. Ben hatte die Augen geschlossen, hinter den Lidern hatte Amanda seine Augäpfel zittern sehen. Dann sagte er: »Nein, ich glaube nicht. Aber vielleicht hört man es. Sie erzählen mir manchmal von Träumen. Kann sein, dass Menschen vor dem Tod intensiver träumen. Aber, Amanda, wer weiß das schon?«

Dass Ben am nächsten Tag aufbrach, um bei seiner Mutter zu wohnen, verstand Amanda, doch im Geheimen hätte sie es sich anders gewünscht. Für sie verwischte sich die Zeit, Tag und Nacht wurden eins. Es kam vor, dass sie erst am Abend auf die Uhr sah, noch immer im Morgenmantel am Tisch saß und ein Glas Wasser umfasste, ohne einen Schluck getrunken zu haben. Und wäre eine der Kundinnen nachts um den Ludwigkirchplatz spaziert, sie hätte Amanda dort sitzen sehen, neben einem roten flackernden Friedhofslicht. Denn nachts schlüpfte Amanda in ihre Clogs, warf sich eine Wolldecke über die Schultern und ging die hundert Schritte hinüber zum Laden. Dort versank sie in Gedanken, die Hände vor der Brust gefaltet, wie René es getan hatte, wenn er ehrfürchtig gewesen war, und den Kopf zum Boden geneigt, so verharrte Amanda im Dunkeln, fragte nach dem Warum. Warum Catherine? Wo war der Sinn, wo die Antwort auf diese scheinheilige Frage, die niemals aufzulösen wäre, nicht in der Trauer, nicht in der Erinnerung, wenn der erste heftige Schmerz vorüber wäre, auch später nicht, wenn Catharines Duft nach Rosenwasser und etwas Herbem, das Grün ihrer Augen, der Klang der Stimme, wenn all das verschwinden würde, raus aus Amandas Kopf und im Herzen nur noch eine verblasste gemeinsame Zeit? Amanda spürte in diesen Nächten, wie sie schwach wurde. René, mit dem sie hin und wieder telefonierte, hatte ihr geraten: »Falt die Hände vor die Brust, dann kippst du nicht um. Die Samurai-Kampfkünstler finden in dieser Haltung Kraft. Sie lauschen in sich hinein und bewahren ihre Balance. Weil sie im Rhythmus atmen. Vier Takte ein, sechs Takte aus. Und wenn das bei dir nicht klappt, dann köpf einfach eine Flasche Ruinart!« Amanda half das Atmen. Sie dachte, während sie vor ihrem Laden saß, dass mit dem Atem alles begann, alles endete und es dazwischen die Herausforderung gab. Und immer wieder tauchte vor ihrem inneren Auge dieses Bild auf: Die Tochter im Arm der Mutter, wiegend und wortlos. Frau Schmitz am Sterbebett ihres Kindes. Das waren die Stunden, in denen auch Amanda sich mit der Mutter versöhnen wollte.

»Ich fahre nach Palmersheim«, hatte sie verkündet.

»Das ist die richtige Entscheidung«, bekräftigte Ben am Telefon.

»Wann kommst du zurück nach Berlin?«

»Ich weiß es nicht. Wir unternehmen Reisen, Mutter und ich. Ich überlege, ob ich bleibe, ob ich in der Schweiz Medizin studiere. Vater pendelt. Fast sind wir wie eine Familie. Spät, aber passiert.«

»Man kann keine Zeit nachholen, vorbei ist vorbei, und du bist schon groß«, gab Amanda dann zu bedenken, und was patzig wirkte, sollte nur wie ein Zuruf sein, dass auch sie ihn brauchte.

»Stimmt, aber man kann was korrigieren, das geht immer«, erwiderte er.

Amanda hatte noch am selben Abend die Koffer gepackt und tatsächlich etwas wie Aufbruch empfunden. Sie freute sich auf die Dunstschwaden von Bratkartoffeln und Kohl, die aus den gekippten Fenstern der gekachelten Häuser entlang der Hauptstraße drangen, sah die Alpenveilchen unter Gardinen stehen, stellte sich weiter vor, wie sie diese Hauptstraße entlangschlenderte bis zum Ortsausgang, dort wo die Felder von einem Waldstreifen begrenzt wurden und es diesen Saum aus Wildblumen gab. Zu Hause. Eine Umarmung von der Mutter, ja, das wären Trost und Zuflucht, und beides hatte sie unbedingt gebraucht.

KAPITEL 29

Vor zwei Jahren habe ich aufgegeben. Allein kann ich das nicht stemmen, und Personal ist unzuverlässig«, erklärte die Mutter. »Zeiten ändern sich, und an alten Zöpfen festzuhalten, das ist keine gute Wahl. Weg mit dem, was nicht mehr passt!«

»Schade. Ich kann mir gar nicht vorstellen, dass du nur noch zu Hause bleibst. Bist du denn glücklich? Ich meine, so ohne Kinder und Aufgabe? Du hast doch immer gesagt: ›Mir kommt kein Mann mehr ins Haus.‹«

»Liebelein, ich bin sechzig. Kriege später kaum Rente. Meinst du, ich will in der Altersarmut landen? Es gibt hier alte Frauen im Dorf, die wühlen in Abfalleimern nach was zu essen oder sammeln Fallobst auf. Das mit der Ehe kam genau richtig.« Sie wedelte mit der Hand durch die Luft. »Lassen wir das. Ich habe sowieso ein schlechtes Gewissen wegen Marga.« Sie zog die Stirn kraus. »Aber sie hat es halt verhunzt. Hat sich gehen lassen. Die Marga ist faul, dick und schwitzig geworden. Frauen, die uneitel sind, altern schneller.«

»Und da hat Hans-Hubert sie verlassen?«

»Ich mach uns erst noch mal einen Kaffee. Willst du ein Butterbrot oder Kekse dazu?« Sie grinste ein bisschen verschlagen, und dieses Grinsen erinnerte Amanda an die Tänzerinnen am Seine-Ufer. Und als die Mutter nach wenigen Minuten wieder aus der Küche ins Wohnzimmer kam, als sie Wurst, Käse, Brot auf den Tisch stellte und dazu die Kanne Kaffee und eine Lage von den Konditoreikeksen, da redete sie ohne Pause von ihrem Glück, bemühte sich, keinen rheinischen Dialekt zu sprechen, überhaupt gab sie sich vornehmer als früher. »Na ja, ich habe nachgeholfen. Eigentlich müsste ich mich bei der Marga entschuldigen. Aber die zieht im ganzen Dorf über mich her, die ist nachtragend.« Sie schlug die Hand vor den Mund und kicherte wie ein Schulmädchen, was Amanda charmant fand, unwillkürlich lächelte auch sie.

»Ich hab die Blondierung mit fünfzehn Prozent Entwickler angerührt und die Hitzehaube auf Stufe fünf gestellt und die Marga eine Stunde, na sagen wir, vergessen.« Röte stieg aus ihrem Nacken ins Gesicht. »Haare wie ein abgewetzter Pinsel.«

»Mama!«

»Zurück zu dir. Was machen die in Paris anders? Du musst das doch wissen. Hast du überhaupt gefunden, was du bei dem Karl gesucht hast?«

Amanda nickte, wollte berichten von ihrer Ausbildung bei *Chez René*, von ihrem Einsatz bei Karl Lagerfeld und auch von ihrem kleinen Laden in Berlin, mit dem sie sich einen Namen gemacht hatte.

Aber die Mutter sah sie eine lange Weile an und deutete auf den kahlen Kopf. »Eine Glatze ist kein Mode-Gag! Überhaupt, früher hast du rosa Blusen getragen, das war adrett. Siehst ja aus wie ein Kerl in den Klamotten.«

Amanda hatte nach der Beerdigung entschieden, sie brauche schwere Kleidung, wollte dicken Stoff auf der Haut spüren. Eine satte Farbe sollte er haben. Eine sichtbare Grenze zwischen innen und außen, nichts Leichtes, Helles wollte sie tragen. Ben hatte es ähnlich empfunden, und zusammen waren sie ins Kaufhaus gefahren, hatten sich Wollpullover mit Schalkragen und Reißverschluss, Wrangler-Jeans und schwere Lederboots gekauft. Und als sie sich draußen auf dem Wittenbergplatz unterhakte, da kam es ihr vor, als gingen sie voller Absicht im Partnerlook, so wie es manchmal die alten Ehepaare taten, die in ihren Laden kamen. Ben und sie hatten sich angesehen und herzlich gelacht, es war das erste gemeinsame Lachen nach vielen Wochen Traurigkeit.

»Ich denke immer an meine Töchter«, bemerkte die Mutter, während sie sich erhob und zur Eichenschrankwand ging, die untere Schublade aufzog und einen Stapel Briefe herausnahm. »Hier, der letzte kam vor vier Jahren, da hast du einen eigenen Laden eröffnet. Ich war stolz auf dich, habe diese Zeilen oft gelesen, mutig fand ich das, traut sich nicht jede Frau zu, besonders in Berlin, oder?« Die Mutter nahm diesen Brief aus dem Umschlag, und Amanda erkannte, dass einige Sätze unterstrichen und die Seitenränder mit Notizen versehen waren. »Ich habe mich gefreut, darin herumgekritzelt mit all meinen Gedanken. Antworten wollte ich nicht. Was hätte ich auch schreiben sollen? Du warst weg, im eigenen Leben, ohne uns. Gebetet habe ich jeden Abend für dich …«

»Meine Freundin ist tot.« Amanda sprach diesen Satz mit fester Stimme. »Sie ist vor sechs Wochen gestorben.«

»Oh, das ist schlimm. Ein Unfall?«

»Brustkrebs.«

Unwillkürlich fasste sich die Mutter an die Brust. »Hört man öfter. War sie alt?« Ohne eine Antwort abzuwarten, stapelte die Mutter das Geschirr zusammen und brachte es in die Küche. »Sektchen?«

Amanda hörte, wie sie Schränke öffnete und schloss, wie sie den Wasserhahn auf- und zudrehte. *So ist die Mutter immer schon gewesen, was belastend ist, schiebt sie in die Kü-*

che. Amanda war sechshundert Kilometer gefahren, hatte sich Trost erhofft und ein Willkommen, wollte sich vergraben in ihrem alten Zimmer, das frei war von all den Ereignissen, die seit ihrer Kindheit geschehen waren. Als Kind hatte sie sich in ihre Träume geflüchtet, wenn die Mutter an ihr herumgemeckert und all ihre Ideen als Spinnerei abgetan hatte. Da war sie hilflos gewesen und hatte das Verständnis der Mutter nicht einfordern können. Jetzt aber stand Amanda als erwachsene Frau von achtundzwanzig Jahren in diesem Wohnzimmer, das wirkte wie das Titelblatt einer Wurfsendung im Briefkasten, jetzt wusste sie, was sie wollte, was sie erwartete. »Ich bin gekommen, um mich für ein paar Tage hier zu verkriechen«, rief sie der Mutter hinterher, »und auch, um getröstet zu werden. Und nein, meine Freundin war nicht alt, sie war jung. Sie war eine Tänzerin, ein Model von Karl Lagerfeld. Und sie hat in der Krankheit ihre Haare verloren.«

Noch hörte Amanda den Wasserhahn, dann die Schritte der Mutter. Sie trat mit dem Absatz in den Perserteppich und drehte ihn hin und her. »Ich bin immer da, wenn meine Töchter mich brauchen«, wehrte sie den Vorwurf ab und setzte sich neben Amanda, faltete die Hände in den Schoß. »Erzähl. Ich höre, Kind.«

»Okay. Erst lief der Laden in Berlin gar nicht …«

»Nicht schlimm. Berlin ist eben ein schwieriges Pflaster. Eröffne den Salon hier in Palmersheim wieder«, fuhr sie dazwischen. »Ist noch alles drin. Da weißt du, was du hast.« Sie strich mit den Fingerspitzen über Amandas Kopf: »Es gibt für alles eine Lösung, Kind. Hoffentlich kommen die Haare überhaupt wieder. Was hast du gesagt? Vor sechs Wochen abrasiert? Dann müssten die schon länger gewachsen sein.« Sie stieß ihren zischenden Ton durch die Zähne. »Du hattest bis zur Einschulung keine Haare auf dem Kopf. Da war nur Flaum. Im ersten Schuljahr sind die endlich gewachsen, so schnell, dass man es mit dem Lineal messen konnte. Na, wird schon wieder.« Sie umfasste ihre Knie, wusste nicht, wohin mit den Händen, faltete sie dann wieder, um zu fragen: »Und? Machen die Friseure in Paris und Berlin was anderes als wir im Dorf?«

»Ja, doch, die sind mehr im Trend. Auch denen sticht es abends im Rücken, und manchmal ersäufen sie ihren Frust wegen der Konkurrenz in Sekt.« Amanda stockte. »Nein, ich bleibe nicht hier. Mein Laden läuft mittlerweile.«

»Ach, was willst du denn da oben im Osten?«

»Mama, ich habe einen Plan. Ich will für Frauen da sein, die ihre Haare während der Krankheit verlieren. Ich will ihnen Übergangsfrisuren schneiden, Perücken machen, wenn es sein muss, Tücher und die Pflege der Kopfhaut. Ich will sie ermuntern, sich schön zu fühlen, und ich will mehr sein als eine Friseurin.«

»Stuss!«, rief die Mutter. »Was soll denn das heißen? Lass das sein. Du bist keine Psychologin! Solche Krankengeschichten können einen verfolgen. Die machen dich fertig. Auch hier auf dem Dorf werden Frauen krank. Die kommen zu mir, die haben im Salon vor allen Kundinnen geheult. Manche haben schon bei mir auf dem Sofa gesessen, die haben gar nicht vom Gesundwerden geredet, nur von Haaren. Haben Angst, dass ohne Haare die Ehe den Bach runtergeht. Weißt du, was ich denen sage? ›Hört auf schwarzzusehen, das ist schädlich. Davon wird man noch kränker.‹ Die müssen sich bei Laune halten! Augen zu und durch. Ich habe das gelernt, glaub mir. Als dein Vater weg war … Aber das ist eine andere Geschichte. Ich sage denen: ›Zieht euch eben eine Mütze über. Schönheit schenkt Gott, Schönheit nimmt Gott.‹«

Da entschied Amanda, mit der Mutter nicht mehr über

ihre Zukunft zu reden – die würde nicht verstehen –, und breitete ihre Arme aus, lächelte die Mutter an, erkannte zum ersten Mal, dass sie diese hellblauen Augen geerbt hatte und auch die vollen Lippen, diesen nach oben geschwungenen Mund. Sie drückte die Mutter an sich, tat das, was sie von der Mutter erhofft hatte. Eine Umarmung – nicht in Liebe, aber in Frieden.

»Was bist du denn jetzt so gefühlsduselig?«, fragte die Mutter.

»Wenn es mir mal dreckig geht, ich meine so richtig dreckig, bist du dann für mich da, also sitzt du dann auf der Bettkante?«

»Mutterliebe kennt kein Ende«, schmunzelte sie verlegen. »Jetzt erzähl von deiner Freundin.«

»Gut. Kennst du Wandgräber? In Wilmersdorf sind die unter den Friedhofsarkaden. Wir standen zu viert vor der Wand in diesem Raum, die Decke bemalt, der Boden aus Stein, Ben, Abdel, Catherines Mutter und ich. Kein Pastor, nur ein Friedhofsdiener, der die Kachel vor die Urne geschoben hat. Die war so klein wie eine Tasse.«

Die Mutter beugte sich vor, stützte die Unterarme auf die Knie und drehte am Ehering. »Nur vier Trauergäste? Und dann?«

Amanda schloss die Augen. »Dann hat Catherines Mutter um Verzeihung gebeten. Posthum. Sie hat es immerzu vor die Wand gemurmelt. Ben hat eine Rede gehalten, mit durchgedrückten Knien stand er da wie ein kleiner Junge, im Arm einen dicken roten Rosenstrauß. Er hat schöne Worte gefunden, vom Sinn des Lebens und der Ewigkeit danach. Auch Abdel hat gesprochen. Ein Gedicht aus seiner Heimat, aus Tunesien, hat er durch fast geschlossene Lippen gedrückt, obwohl Catherine seine laute, raue Stimme gemocht hätte. Es handelte von den Wellen des Meeres, von dieser endlosen Musik, die berauschender als jede Gitarre eine Melodie spielen kann.«

Die Mutter lauschte konzentriert, drückte die Finger fest gegeneinander: »Und du?«

»Nichts, mir ist nichts eingefallen.«

Als Amanda nach vorne getreten war, hin vor die kleine Einlassung in der Friedhofswand, jetzt für immer mit dieser weißen Kachel verschlossen, mit dem geschwungenen Namen in roten Buchstaben darauf, kein Name aus dem Geburtsbuch, sondern der Name, den sie sich selbst als Tänzerin in Paris gegeben hatte – *Catherine, 1944 bis 1976* –, da hatte Amanda gedacht, man sollte goldene Sandalen mit Absatz daruntermalen.

»Mama, mir ist tatsächlich nichts eingefallen. Tja, ich habe dann ein Lied angestimmt. *Le Métèque*. Kennst du es?«

Die Mutter nestelte an der Kante der Tischdecke und tupfte gegen die Augenlider. »Das geht mir nah.« Mehr sagte sie nicht.

KAPITEL 30

Berlin, Mai 1980

Seit vier Jahren buchten die besonderen Kundinnen im *AmLe* einen Termin hinter der weißen Trennwand. Den Vorhang hatte Amanda durch diese Schiebevorrichtung ersetzt, um dem hinteren Raum mehr Intimität zu verleihen. Es kamen Obdachlose wie Dorothee, Künstlerinnen wie Catherine. Es kamen Mütter, Ehefrauen, Alleinstehende, auch Politikerinnen, Journalistinnen. Es waren Frauen, die bislang frech und mutig durchs Leben gegangen waren, und auch solche, in deren Gesichtszüge sich die vergebliche Suche nach Glück eingegraben hatte. Einige kamen mit ihren Partnern, andere mit ihren Kindern, manche kamen allein. Dass sich Amandas Können herumgesprochen hatte in Berlin und über die Stadtgrenze hinaus, das lag an der Empfehlung, die mittlerweile Frauenärzte ihren Patientinnen gaben. Ganz am Ende, nach der Besprechung der Therapie, drückten sie den Frauen Amandas Broschüre in die Hand, farbig gestaltet in Pink und Rot, versehen mit der Überschrift: *Und morgen wieder schön.* Die Ärztin im Kiez verriet gar, dass diese Friseurin sich nicht nur um die Haare kümmere, sondern Frauen sogar ins Klinikum Steglitz begleite, zu den Gesprächen mit dem Operateur Dr. Lilienthal und zur Chemotherapie, wenn es niemanden gab, der die Hand hielt, während die Medikamente in die Vene tröpfelten und die Brechschale griffbereit danebenstand.

»Warum ich?«, fragten viele. »Warum jetzt? Ich trinke nicht, rauche nicht, treibe Sport, ich bin ein guter Mensch, jedenfalls gebe ich mir Mühe. Was habe ich verbrochen?«

»Wenn ich das wüsste, vermutlich sind da so viele Gründe, wie es Betroffene gibt. Jede Frau hat ihre eigene Geschichte, die gut ausgehen kann oder nicht. Ich denke, es ist ein Himmelssegen, wenn wir gesund durch dieses Leben kommen. Treffen kann es jede.« Amanda rang nach Worten und wusste doch, es würde nie Worte geben, die trösteten. Es kam auch vor, dass sie die Lippen zusammenpresste und schwieg, dass sie eine Frau vor dem goldgerahmten Spiegel lange umarmte, sie festhielt, mit ihr im Gleichtakt atmete, wenn sie merkte, dass diese Frau sich Vorwürfe machte: zu wenig auf sich geachtet, zu viel ertragen an Streit und Sorgen, nie einen Schlussstrich gezogen unter giftige Beziehungen, falschen Lieben zu lange hinterhergeweint, sich geschunden für andere und sich selbst vergessen. In diesen schmerzhaften Momenten erinnerte sich Amanda an Bens Vater. »Nimm die Frauen in den Arm. Als Arzt kann ich das nicht, aber du darfst das«, hatte er ihr vor Jahren gesagt. Sie tat es vor dem Abnehmen der Haare und auch danach. Fing den Schock der Frauen ab und ließ zu, dass sie die Traurigkeit mit ihr teilten. »Wir sehen jetzt nach vorne«, empfahl Amanda dann. Und auch beim ersten Zeichen von Tränen, die sich immer mit einem langen Niederschlagen der Augenlider andeuteten, beugte sie sich vor und legte beide Arme um die Schultern der Frau. »Du bist stark, und ich bin bei dir. Wir haben keine Eile.« Sie zog den Rollhocker heran, setzte sich und wartete, wartete, bis die Kundin bestimmte, sie sei bereit. Beim ersten angedeuteten Nicken griff Amanda zu Schere und Rasierer. Bevor sie den ersten Schnitt setzte, packte sie in die Haare, sagte, es seien wertvolle Haare, aber nun durch die Chemo vergiftet. Es würden bald neue kommen, vielleicht dicker, intensiver in der Farbe oder ohne Pigmente, vielleicht lockig oder ein wenig drahtig. »Wir lassen uns mal überraschen. Das heute ist dein persönlicher Tiefpunkt. Mir hat mal eine kluge Freundin gesagt: Die dunkelste Stunde komme vor dem Sonnenaufgang. Klingt tröstlich für uns zwei, oder?«

Und dieser letzte Satz, der war Amanda wichtig. Nicht einsam den Kopf rasieren, sondern es zu zweit durchstehen, denn das war kein Spaziergang, sondern eine tragische Szene im Lebensdrehbuch. Manche schluckten den Schmerz über den Haarverlust hinunter, andere schlugen die Hände vor den Mund, um nicht zu schreien. Der erste Blick auf einen kahlen Frauenkopf, der tat auch Amanda weh, aber sie ließ es sich nicht anmerken, lächelte nicht, schluckte nicht, sah in den Spiegel und stellte fest: »Geschafft. Jetzt wird es besser für dich, versprochen.«

Sie goss das rote Öl, das sie selbst zusammenmischte, in ihre Handflächen, wartete, bis es warm wurde, bis sich die ätherischen Düfte verflüchtigten, um dann beide Hände sanft auf den Kopf der Frau zu legen, bis das Öl die gereizte Haut beruhigte.

***

Ungeachtet der Kundinnen und des munteren Geplauders, das im vorderen Raum herrschte, stürzte eine junge Frau in den Laden, direkt auf Amanda zu. »Guten Tag. Ich bin Renate Scholl. Meine Ärztin hat Sie empfohlen, haben Sie Zeit? Ich brauche eine Rasur«, rief sie. »Sie sind Amanda Lennart, oder?« Ihr manikürter Finger tippte in der Luft, als wäre sie die Klassenbeste, dabei stellte sie ihre Businesstasche mit dem Chanel-Emblem auf den freien Platz am Fenster. »Geschafft, was für ein stressiger Tag. Kann ich mich hierhin setzen? Ich brauche immer den Blick nach draußen.« Dabei öffnete sie den Kragen ihrer weißen Bluse und erwähnte, dass die Hitzewallungen schlimmer seien als der Haarausfall. »An der Tür steht, dass Sie ohne Termin arbeiten. Also, passt es? In spätestens einer Stunde muss ich wieder draußen sein, ich hab noch eine Präsentation. Werbung, ich bin in der Werbebranche tätig.«

Ihr Auftritt zeigte Wirkung, denn sofort verstummten die übrigen Kundinnen. *Die Frau nimmt sich den Raum, mit ihren rund eins achtzig auf High Heels und den hellblonden Haaren ist sie eine echte Erscheinung. Und mit der Stimme könnte sie ein ganzes Fußballfeld beschallen.* Amanda bat um drei Minuten Geduld und kämmte die restlichen Strähnen in den Pony ihrer Kundin, während sie überlegte, welche Art des Einstiegs zu einem vertrauensvollen Gespräch günstig wäre. Jede im Laden wusste um die Vorzugsbehandlung, die Krebspatientinnen hier zustand, und jede hatte Verständnis für Launen, aber solch ein ungeniertes Auftreten hatte es bislang noch nicht gegeben. *Da nehm ich mal das Tempo raus*, dachte Amanda und begrüßte die junge Frau, indem sie auf sie zuging, ihr die Hand reichte. »Fühlen Sie sich willkommen. Ich möchte Ihnen vorschlagen, dass wir uns nach Ihrer Präsentation wiedersehen. Dann gehen wir in den hinteren Raum und besprechen die nächsten Schritte in Ruhe.«

»Jetzt! Ich kann nicht noch einmal quer durch die Stadt fahren. So geht das nicht. Die Krankheit wird mir nichts diktieren, die wird mich nur dort einschränken, wo es unbedingt sein muss. Die frisst mir keine unnötige Zeit. Das lasse ich nicht zu.«

»Und ich muss mich jetzt um die Blondierung kümmern, sonst werden die Strähnen meiner Kundin dort drüben schneller heiß, als ich Ihre Haare rasieren kann.«

»Dann kommen wir beide nicht ins Geschäft«, entgegnete die Frau. »Ich habe meine Agentur gerade erst gegründet, und gleich geht es um einen dicken Auftrag. Es arbeiten Leute für mich, und Auftraggeber vertrauen mir. Ich habe keinen Bock auf Krebs. Ich werde tun, was ich tun muss. Fertig. Konkret heißt das, ich knall mir die Chemo rein. Das war's. Kein Jammern, kein Erklären.«

Amanda fand den Auftritt der Frau, die kaum älter war als sie selbst, unhöflich und beeindruckend zugleich. Aber solch eine Haltung war nicht ungefährlich. Zu oft hatte sie von Experten wie Dr. Lilienthal erfahren, dass Frauen während der Therapien schnell erschöpft waren, dass ihr Körper und ihr Geist nach Pausen verlangten. Niemand konnte die Wochen terminieren wie zuvor, denn das ging über die Kraft hinaus. Auch diese Frau, Renate, musste sich irgendwo einen Schutzraum bauen, musste sich Zeit für die Krankheit und für die Heilung nehmen und für all die Gefühle dazwischen, die kaum zu bändigen waren. In solch einem Schutzraum konnte sie die Wand anschreien, in den Boden treten, mit der Faust in Kissen schlagen. Rauslassen, loslassen ohne Zuschauer. Sich verstecken, vornehmen, etwas zu korrigieren, bewusster werden, die Tage mehr schätzen lernen, hoffen, die Zukunft werde besser sein. Krisen konnten ein Temperament verändern, sie konnten dem Leben die bislang gewohnte Geschwindigkeit nehmen. Aber Krisen hatten auch ein Ende. Krisen waren kein Dauerzustand, kein Lauf auf einem Endlosweg. Amanda wusste auch von Frauen, die sich weigerten, die Routine fortzuführen, die alles aus dem Tagesplan strichen, was Stress erzeugte. Erfolg verkam dann zu einem Schimpfwort, und die Anerkennung der anderen zählte nicht mehr. All das wurde klein, wenn das Leben wackelte. Das hatte Renate nicht bedacht, sie stand noch am Anfang dieser langen Strecke.

»Warten Sie fünfzehn Minuten, bitte. Oder kommen Sie

nach halb sieben wieder, beides ist möglich. Für Sie arbeite ich länger heute.«

Renate hob das Kinn, verschränkte die Arme. Ihr edler schwarzer Hosenanzug, sicherlich einst nach Maß geschneidert, hing formlos an ihrem Körper. Vermutlich hatte sie unter der Chemo an Gewicht verloren. »Okay. Ich warte. Eine Viertelstunde. Aber in Ihren Raum da hinten gehe ich nicht, auch während der Krankheit stehe ich in der ersten Reihe. Ich verstecke mich nicht, ich bleibe die, die ich bin.«

Klang zuvor das Plaudern und Lachen der beiden anderen Kundinnen leicht, so legte sich nun eine gedrückte Stimmung über den Laden. Sie blätterten in Zeitschriften, nippten am Kaffee. Sie wollten nicht zu Zeuginnen werden und schon gar nicht diese schöne Frau mit den blonden Haaren während der Rasur ansehen. Jeder im Kiez wusste von Amandas Leidenschaft für die besonderen Kundinnen. Nie gab es ein Anstarren, ein Tuscheln oder gar Fremdschämen, wenn eine der krebskranken Frauen in den Laden kam, sich die Perücke vom Kopf riss und Amanda zuwarf: »Einmal waschen und bügeln, bitte!« Amanda fing die Perücke dann geistesgegenwärtig auf, schwenkte sie in der Luft und rief hinterher: »Zieh ein Tuch über, es regnet.« Sie liebte diese kleinen Anekdoten in ihrem Laden, es waren Lichtblicke, denn sie zeigten ihr: Eine Frau, die humorvoll reagierte, die hatte das Schlimmste hinter sich. Ja, Amanda wollte, dass ihr Laden für jede Frau eine kleine Flucht aus dem Alltag war. Und es machte sie fröhlich, wenn sich Kundinnen hier kennenlernten, unterhielten und am Ende vielleicht spontan entschieden, noch einen gemeinsamen Kaffee in der Bar nebenan zu trinken. Es mochte an Amandas Art liegen, dass so etwas möglich war, denn jeder Dünkel sollte vor der Tür bleiben. Sie sprach ihre Kundinnen mit Vornamen an, und wenn eine beim ersten Termin einen adeligen Zusatz oder einen Titel nannte, dann winkte Amanda ab, schob den Stuhl zurecht und sagte: »So ein Kokolores.« Und dass eine ihrer beiden Kundinnen jetzt zu Renate schielte, dann auf die Uhr sah und rief: »Wo ist der Föhn? Ich mach das heute selbst«, fand Amanda umwerfend gefühlvoll. Sie drückte der Kundin die Utensilien in die Hand und sagte: »Danke. Dafür gibt's ein Krönchen und bei drei Krönchen einen Haarschnitt für umsonst.« Währenddessen wusch sie die Strähnenfarbe aus den Haaren ihrer zweiten Kundin und beobachtete Renate aus den Augenwinkeln.

Die stierte in den Spiegel, völlig unbeweglich saß sie im Ledersessel und drückte die Lippen aufeinander. *Aus dieser Mähne könnte man eine Perücke machen, da würde niemand etwas ahnen, würde sie ab heute einen Bob tragen.* Amanda sammelte ihre Energie, bevor sie sich Renates Stuhl näherte, kurz schloss sie die Augen und legte eine Hand auf ihr Herz. »Wie Seide. So was ist selten. Soll ich Ihnen von meinem Konzept erzählen? Oder möchten Sie etwas anmerken, damit ich besser verstehe? Ach ja, noch eins, wir können jederzeit nach hinten gehen, dort sind wir ungestört.«

»Schneiden Sie es einfach ab, sodass ich einigermaßen aussehe. Und nein, ich will nicht reden, würde ich das wollen, würde ich zum Therapeuten gehen.«

»Gut. Ich werde Ihnen einen langen Bob schneiden. Sie haben ein ausgeformtes Kinn, klare Gesichtszüge. Stecken Sie dann eine Seite hinters Ohr.«

»Nein, nichts für den Übergang. Sofort rappelkurz, und wenn das löchrig wird, dann rasiere ich. Kein Problem.«

»Machen Sie das nicht allein. Das kann einen Schock auslösen. Stellen Sie sich das nicht so einfach vor.«

Renate sah auf die Uhr, stöhnte: »Wie oft denn noch? Ich habe keine Zeit! Also, ganz, ganz kurz, ja? Und so eine Perücke werde ich nicht tragen. Ich stehe zu mir, immer, auch mit Krebs. Alles andere wäre albern.« Renate lächelte aufmunternd, als wäre sie es, die Amanda Mut zusprechen müsste, endlich die Schere in die Hand zu nehmen und mit der Arbeit zu beginnen. »Wird schon, Sie haben ja Ihren Ruf zu verlieren.«

»Ich knüpfe Ihnen später einen Zopf aus den abgeschnittenen Haaren und nähe ein Kämmchen daran. Der falsche Zopf ist gerade Mode.«

»Nein. Ab und weg damit, bitte. Ich schleppe aus dieser beschissenen Phase nichts mit mir rum.«

Amanda nickte, ja, auch das war eine Entscheidung. Und gerade, als sie die Schere ansetzen wollte, da hob Renate die rechte Hand wie zum Stoppzeichen. Sie müsse doch noch ein, zwei Minuten in den Spiegel sehen, sie sei ein visueller Typ. »Ich war schon immer eitel«, bemerkte sie und lächelte, »und neidisch, wenn eine besser ausgesehen hat. Verstehen Sie das?«

Amanda winkte ab: »Das ist so, seit Menschen sich in Wasseroberflächen spiegeln.«

»Mag sein. Aber seit der Krankheit vergleiche ich mich nicht mehr. Da bin ich lockerer geworden. Mir ist egal, ob eine attraktiver ist, ich gucke nur auf mich, ob es Zeichen der Krankheit gibt, ob die verschwinden, ob die bleiben. Ist das gut? Vielleicht habe ich Angst, dass die Krankheit mich total verändert. Ich meine nicht den Haarausfall, sondern die ganze Ausstrahlung, meine Schönheit.«

»Na, der Spiegel beweist, dass es nicht so ist. Mit oder ohne Haare, Sie bleiben, wer Sie sind, Renate.«

Sie war eine Frau, die auf sich achtete, die um ihre Wirkung wusste. Amanda stellte sich vor, wie diese Frau, die als

Unternehmerin gestartet war, auch Termine sortierte für Kosmetik, Fußpflege, Maniküre, wie sie ihren Kalender durchblätterte, jene Treffen rot markierte, die für den Erfolg wichtig waren, wie sie ihre Wirkung durch Mode verfeinerte mit dem Wissen, wo sie den Raum betrat, da sah man hin. *Sie wäre eine beliebte Kundin bei Chloé in der Avenue Montaigne, ihr würde kein Portier den Weg verstellen.* Die Größe stimmte, die Figur ebenso, und ihre Klamotten trug sie mit einer überheblichen Lässigkeit. *Das mag Karl.* Mit dieser Erinnerung an Paris, an den Aufbruch und an das, was folgte, fühlte Amanda sich plötzlich alt und müde, es schien, als wäre diese Begebenheit aus einem anderen Leben, auf einem anderen Stern gewesen. Nachdenklich sah sie in das harmonische Gesicht von Renate, so ebenmäßig, als hätte da Vinci den Zirkel angelegt. »Später polierte man Bronze, und noch später gab es den Luxus-Spiegel in den venezianischen Häusern, kunstvoll verziert wie ein Statussymbol«, nahm Amanda den Gesprächsfaden wieder auf. »Wissen Sie, Renate, ich habe lange nach einer Formel für Schönheit gesucht. Begonnen habe ich bei den Malern der Renaissance, ganze Tage habe ich im Louvre verbracht.«

Renates Augen weiteten sich. »Interessant. Früher war es mir unglaublich wichtig, schön zu sein. Als Kind wollte ich die Prinzessin sein, als Jugendliche wollte ich Wettbewerbe gewinnen. Heute denke ich, Erfolg macht schön. Gesichter verändern sich, krank, gesund, unterfüttert, faltig, ist doch egal. Es zählt einzig, ob man die Ziele erreicht, die man sich setzt. Ich mag den Hype ums Aussehen nicht mehr. Gepflegt, ja. Mit eigenem Stil, auf jeden Fall. Aber ich hechele keinen Komplimenten mehr hinterher. Deshalb: Haare abschneiden, rappelkurz, aber bitte ohne mitleidiges Getue.«

»Es gibt Forschungen. Kennen Sie die Zeichnung von Leonardo da Vinci?«

»Pah, den Menschen vermessen? Vorgeben, was perfekt ist? Ja, kenne ich, natürlich. Ein Gesicht in zwei gleiche Hälften vertikal geteilt und horizontal gedrittelt. Ein Gesicht in Felder gegliedert, die miteinander harmonieren. Rechnen ohne Restbetrag. *Das* sind Einheitsgesichter. Da hat das Leben nicht dran gerüttelt. Bei mir passiert das gerade, das Leben rüttelt, aber ich falle nicht. Und jetzt los bitte.«

Damit nahm Amanda die Schere in die Hand, hielt sie mit gestrecktem Arm über den Kopf, atmete tief durch und setzte den Schnitt nahe der Kopfhaut an, fegte später die Haare zusammen in eine Ecke, sortierte sie am Abend, denn Abfall, wie Renate dachte, würden diese Strähnen nicht sein.

KAPITEL 31

An manchen Abenden gelang es Amanda nicht, den Laden zu schließen und das Geschehene zurückzulassen. Dann setzte sie sich noch eine Weile auf die Bank vor dem Ladenfenster und sah zur Spitze der Ludwigkirche hinauf. Sie versuchte sich vorzustellen, wie es Catherine da oben hinter den Wolken wohl erging. Vermutlich würde sie den Rücken ins Hohlkreuz biegen und all den besonderen Kundinnen zurufen: »Macht Fehler! Seid unvernünftig! Kramt eure Marotten hervor und tragt sie wie Trophäen vor der Brust.« Amanda lächelte unwillkürlich, genau das war die Stimme von Catherine.

Längst ging es auch ihr selbst nicht mehr um die Frage, ob drei Goldsträhnchen mehr im Pony vorteilhaft wären. Es ging in ihrem Laden auch nicht darum, die Trends zu kopieren, die Vidal Sassoon in London vorgab, wenn er den *Five-Point-Schnitt* ersann und gleich das Shampoo als *Wash and Go* dazu in der Hand hielt, das seinen Namen trug. In Berlin rückte Udo Walz an die Spitze der Liga, wurde gefeiert wie die Stars, die er frisierte. In Hamburg machte sich Marlies Möller einen Namen mit ihren Trockenhaarschnitten. *Endlich eine Frau auf dem Weg nach oben*, dachte Amanda und lehnte sich auf der Bank zurück. Sie schloss die Augen und wähnte sich wieder in Paris, als sie vor vielen Jahren versucht hatte, den Bob, den René an Frauen liebte, durch Fedriges zu verfeinern. René schnitt den Bob bis heute, obwohl heute das Wilde, das Asymmetrische angesagt war, zottelig mit der Effilierschere reingefranst, als wären Haare ein Fell, das es auszudünnen galt. Nein, Amanda folgte all diesen Diktaten der anderen nicht. Sie sah schlichtweg hin, wie eine Frau ihren Laden betrat, in weniger als einer Minute nahm sie Bewegung, Gestik, Stimme, Kleidungsstil auf. Das bot die Grundlage für die Frisur, die sie schneiden würde. Kein kleinliches Abteilen in Quadrate, wie René es bis heute zelebrierte, kein Small Talk mit Prosecco und auch keine Auszeichnungen von Akademien an den Wänden – solche Nebensächlichkeiten gab es nicht in ihrem Laden. Das *AmLe* widerstand auch diesem Chic, den die Magazine vorgaukelten, wenn sie versuchten, einer Frau mithilfe von Mode und Schminke ein bisschen Glamour anzudichten. Bei *AmLe* ging es bodenständig zu, es blühte die Atmosphäre dort mit den Launen und Macken der Kundinnen auf und mit der ungekünstelten Ehrlichkeit von Amanda. Wo andere termingenau planten, pflegte sie die Spontaneität, und nach wie vor nahm sie sich heraus, selbst zu entscheiden, ob und wie viel eine Kundin zahlen sollte. Das mochten manche als kapriziös bezeichnen, sie aber sah es als Beitrag zur Schönheit, die vor keiner Geldbörse haltmachen sollte. Es gab Tage, die waren es Amanda wert, sie in ihrem Skizzenbuch nachzuzeichnen, andere Tage vergingen in der Routine. Und manches Mal dachte sie, sie wäre in Paris auf der falschen Fährte gewesen, als sie nach einer allgemeingültigen Formel für Schönheit gesucht hatte. Heute wusste sie: Es gab sie nicht! Keine Kunst, keine Philosophie und schon gar kein Operateur konnte sie für sich beanspruchen.

Viel schwerer wog für Amanda diese große Frage ihrer besonderen Kundinnen: *Warum ich?* Diese Frage erschlug nach wie vor jede Antwort, fuhr jedem über den Mund, der es wagte, eine Lösung anzubieten. *Warum ich?* Es bliebe ein ewiges Geheimnis, das vermutete sie. Und doch ließ die

Frage Amanda nicht los. Wie damals in Paris, so war sie ergriffen von der Idee, zumindest eine Facette der Antwort zu finden. *Da muss etwas Verstecktes in den Schicksalen liegen.* Deshalb ermutigte Amanda die Frauen, von ihrem Alltag zu erzählen, von ihren Erlebnissen vor der Krankheit. Meist taten sie es distanziert, als würden sie von einer Fremden reden, als wären sie nicht die Hauptperson im eigenen Film, sondern eine Beobachterin. Und genau hier, so ahnte Amanda, konnte der Schlüssel liegen. *Man muss rückwärts forschen. Man muss den Anfang einer Geschichte ausgraben, dann ahnt man etwas von der Spur, die im Krebs endet.* Das schrieb sie in ihr Skizzenbuch.

Während der abendlichen Telefongespräche mit Ben erzählte sie von ihren Vermutungen: »Weißt du, was ich beobachte? Es ist nicht der Alkohol, nicht die fette Hausmannskost mit Schweinebraten. Das erkenne ich nicht als Treiber für den Krebs! Hörst du, Ben? Hörst du mir zu? Denn manche Frauen essen wie die Scheunendrescher, andere zählen Erbsen auf dem Teller. Beide kann es treffen. Aber jetzt kommt's: Einige arbeiten sechzehn Stunden im Job, andere sind von drei Kindern gestresst, es gibt Frauen, die werden von ihren Männern geschlagen, es gibt solche, die vertuschen, dass der Kerl ein Trinker ist. Andere werden von ihren Männern auf Rosen gebettet … Ich kenne viele Geschichten hinter der Krankheit, ich kenne sie quasi aus erster Hand.«

»Amanda, was willst du mir sagen? Ich muss für die Klausur lernen«, unterbrach Ben ihren Eifer.

Amanda schnaubte: »Lass mich ausreden! Das ist wichtig für angehende Ärzte wie dich. Auch in der Schweiz forscht man, oder?«

»Okay, okay, ich höre. Was hast du rausgefunden, du Anwärterin auf den Nobelpreis in Medizin?«

Sie stellte sich vor, wie er unruhig von einem Fuß auf den anderen trat, barfuß und in heller Leinenhose, sein Hemd faltenfrei gebügelt und zu weit geöffnet. Lässig fand er das. Den Parka samt Stiefel hatte er bald in eine Kiste gepackt und unter das Bett in seinem Berliner WG-Zimmer geschoben. »Schwere Stoffe stören, ich bin eben ein Luftikus«, hatte er festgestellt und gegrinst: »Wenn Frauen in der Schweiz auf so was stehen, dann schick mir die Kiste nach, einverstanden?« Amanda hatte ihn gegen den Oberarm geboxt und geantwortet, sie werde ihn vermissen. Und das tat sie bis heute. Sie vermisste morgens den Geruch nach Spiegeleiern, sein Scheppern mit Pfannen, sie vermisste die Gespräche in der Nacht und seine besonnene Laune, wenn sie auf Gott und die Welt schimpfte, weil es im Laden eine gab, die vor dem goldumrahmten Spiegel sitzen wollte, weil sie sich für prominent hielt, und Amanda das verneinte. Sie vermisste sein Tätscheln im Rücken zum Trost für irgendwas und auch die Tulpen, die er hin und wieder mitbrachte und sagte: »Keine Rosen, aber schöne Blumen für dich. Einfach so.« Sie schluckte heftig, wollte die Gedanken nicht, sondern sich einzig auf das konzentrieren, was sie ihm unbedingt mitteilen musste, seit Tagen schon wartete sie auf dieses Telefongespräch. Deshalb erklärte sie in sachlichem Ton: »Ich habe herausgefunden, dass es etwas Gemeinsames gibt. Frauen, die nach der Diagnose in meinen Laden kommen, die schleppen alte, schlechte Erlebnisse mit sich. Immer ist da was gewesen, das sie zu lange belastet hat, das sie nicht abgeschüttelt haben.«

»Wie bitte?«

»Ärger, Stress, Angst, Ablehnung, Enttäuschung, Einsamkeit, schlechte Kindheit, lieblose Ehen, zerplatzte Träume, Druck durch Schulden, zu viele Tränen, zu wenige Albernheiten, zu oft verziehen und zu selten auf den Boden gestampft, zu wenig gefordert, stattdessen gehofft auf später, dass dann alles besser wird …«

»Mach mal einen Punkt! Niemand kommt ohne Stolpern durchs Leben. Es sei denn, man ließe sich kontakt- und staubfrei einschließen.« Ben lachte laut auf. »Amanda, lass das nicht meinen Vater hören.«

»Ich weiß auch, dass so was nicht im Lehrbuch steht, aber wenn ich mir die Geschichten in meinem Skizzenbuch durchlese, dann erkenne ich Muster! Es gibt darin Geschichten von schlechten Ehen. Da will ich gar nicht wissen, was für ein Ton in Familien herrscht, wenn die Haustür geschlossen wird. Soll ich aufzählen? Es gibt Frauen, die Arbeiten erledigen, die nicht zu ihnen passen. Die halten ihr Talent klein! Da sind, so erzählen sie, Kollegen, die ihnen die Tage vermiesen aus purer Boshaftigkeit, weil die denken, Frauen gehören an den Herd. Es gibt Chefs, die schnauzen ohne Grund, drohen mit Kündigung für Nichtigkeiten. Es gibt Kampf ums Kinderkriegen, um Karrieren, um Anerkennung, ums Geld. Es gibt die Sucht zu gefallen, zu verführen, zu viel von sich preiszugeben für ein paar Komplimente. Weißt du, was ich finde? Eine Frau sollte häufiger Bilanz ziehen und ändern, was ihr nicht guttut. Lass mich ausreden, Ben, bitte! Letzten Monat kam Angela in meinen Laden. Zweiundzwanzig Jahre in mieser Ehe durchgehalten, wegen der Kinder, sagt sie. Und dann kam der Krebs. Als sie endlich die Scheidung eingereicht hat, war der groß wie ein Hühnerei. Das meine ich, Ben, Frauen müssen mehr auf sich achten, früher die Reißleine ziehen.« Und ihr fiel die Mutter ein. Dass sie sich den großkotzigen Hans-Hubert geangelt hatte, war vielleicht ihre Reißleine, und als sie der Marga die Haare versaut hatte, war das ihr Schnippchen gewesen, das sie dem Schicksal geschlagen hatte aus Sorge vor der Pleite, vor einer zu knappen Rente, vor Einsamkeit. »Frauen«, so fügte Amanda atemlos an, »sollten lernen, egoistisch zu sein.«

»Du meinst, Frauen und Männer passen nicht zusammen?«

»Habe ich nicht behauptet, aber sie wollen Unterschiedliches. Wenn Frauen in den Laden kommen, dann interessieren sie sich für die Frisur, die ich ihnen schneide und nach deren Vorlage ich mit Natalia die Perücke fertige. Sie wollen wissen, ob die Perücke todsicher sitzt, ob die nicht verrutscht beim Gehen, Bücken, beim Liegen.«

»Klar. Und Männer?«

»Wenn Männer ihre Frauen begleiten, dann wollen die über den Preis diskutieren, wollen von der Technik erfahren und das Material untersuchen. Die machen Druck, fragen hundert Mal, wann die Perücke fertig sei, ob es nicht schneller gehe, ob es da nicht was zu optimieren gebe. Merkst du den Unterschied?«

Ben schwieg eine Weile, dann fragte er: »Und du glaubst, dass Frauen auf die Meinung der Männer pfeifen sollten?«

»Wenn es ums Gesundwerden und um die Schönheit in dieser verdammten Zeit geht, ja!«

»Hm, könnte sein. Schreib darüber. Mach das öffentlich. Biete das der *Brigitte*, der *Freundin* oder der *Elle* an. Find ich gut. Erzähl denen, was Ärzte nicht sagen dürfen, weil es genau das betrifft, was zwischen Himmel und Erde, Wissenschaft und Wahnsinn schwebt.« Er gab sein leises Ben-Lachen von sich, durch die Zähne gedrückt und am Ende der Seufzer. »Vater hat Kontakte, er soll die mal aktivieren. Ich kümmere mich. Du weißt, meine langen Klavierspielerfinger, wie du sie nennst, reichen von Zürich über die Alpen hinweg, quer über die Mauer nach Berlin.«

KAPITEL 32

Mai 1981

Sie erkannte ihn nicht sofort, sein Strahlen kam ihr aufgesetzt vor, und als er fragte, ob er sie auf einen Wein einladen dürfe, vielleicht gegenüber im Lokal auf dem Kirchplatz, in aller Form wolle er sich für sein Auftreten damals entschuldigen, da stutzte sie: »Hugo Rath?« Er trug die Haare nun blond, lang bis auf die Schultern, eine gepflegte Föhnwelle lag auf dem schwarzen Kragen des Hemdes auf, überhaupt kleidete er sich schwarz bis zu den Schuhen, was die Frisur umso mehr zum Leuchten brachte. »Oh, Sie haben sich verändert«, meinte Amanda und bot ihm einen Platz auf der Bank an. »Nein, ich will keinen Wein trinken, ich sitze hier nur, um nachzudenken. Wie geht es Ihnen?«

»Ich bin doch Hugo, wir waren beim Du.« Er zeigte mit dem Daumen auf den Laden, bemerkte, er habe von einigen Kundinnen erfahren, dass der eine Anlaufstelle für Kranke sei. Er knetete seine Finger, während er weitersprach: »Damals, das mit dem Bowie, das tut mir echt leid.«

»Vergessen.«

Es entstand eine Pause, in der Amanda den Kollegen ansah, ihr geschulter Blick für Gesten und Stimmungen zeigte ihr, der Typ hatte Sorgen. Wer sich bemühte, sein Aussehen derart zu verändern, der befand sich in einer Krise. »Setz dich. Wie kann ich helfen?«

Sein Strahlen nahm zu, es wanderte vom Mund bis zu den Augen, mit denen er ihr zuzwinkerte: »Ich bin hier, um dir meine Hilfe anzubieten. Denn ich vermute, alleine packst du das nicht. Krank und gesund, Frisur und Perücke, das ist zu viel für eine Frau.«

Amanda nickte, immerzu nickte sie, bevor sie sagte: »Berlin ist ein Dorf. Da bleibt keine Wahrheit verborgen.«

»Ja, ja, die reden, dass du hin und wieder bis nachts im Laden stehst.«

»Das meine ich nicht.« Sie machte eine Pause. »Ich meine deine Pleite.«

Hugo knetete nicht mehr seine Finger, er hielt sie jetzt gegen die Oberschenkel gedrückt, um das Zittern zu unterbinden. »Na, ganz so ist es nicht …«

»Wir können das abkürzen. Was genau willst du von mir?«

Da lachte er, und es klang witzig, als er sagte: »Dein Shampoo-Boy sein.«

Selten machte einer sie sprachlos, aber diesem schmalen jungen Mann war es gelungen. Es gehörte Chuzpe dazu, sich zurück auf die erste Stufe der Ausbildung zu begeben. Manch einer hätte seine Allüren gepflegt, ein Gebet zum Himmel geschickt und auf Antwort gewartet, während die Zeit die Katastrophe beschleunigte. Deshalb klopfte sie mit den Fingerknöcheln aufs Holz, räusperte sich und sagte: »Jetzt doch, jetzt brauche ich ein Glas Wein.«

Dass er seit Wochen in diesem Lokal auf dem Ludwigkirchplatz sitze und das *AmLe* beobachte, dass er wisse, wie viele Prominente kämen, wie sich überhaupt die Frauen die Klinke in die Hand geben würden, gab er zu. Auch sagte er, dass er sich Gedanken über Amandas Zukunft gemacht habe, da sei noch so viel Musik drin, ob sie das nicht erkenne? Es sprudelte aus Hugo nur so heraus, als hätte er es einstudiert, als müsse er eine ganze Jury auf seine Seite ziehen. Sein Lächeln wirkte gekünstelt, und die Hände hielt er tief in den Hosentaschen. Er setzte sich nicht an den Tisch, sondern stand davor und zählte seine Fakten auf. Schmächtig wirkte er, wie einer aus dem Modemagazin. Jetzt schnippte er mit Daumen und Zeigefinger dreimal in der Luft. »So weit, so gut? Was ich sagen will, wir können uns ergänzen. Das Duo der Branche. Du die einen, und ich die anderen. Na, neugierig geworden?« Endlich verrückte er den Stuhl, setzte sich, um von seinen Plänen mit dem *AmLe* zu erzählen. Er ließ sich von Amandas Auflachen nicht aufhalten, sondern hob die Hand: »Warte, ich bin noch nicht fertig. Man liest ja viel über das Drama, Krebs und so. Das ist schlimm. Ich als Friseur verstehe das. Aber denk mal weiter.« Er kniff die Augen zusammen, und Amanda dachte, dass er für einen Mann sehr dichte Wimpern hatte. »Kurzum, du brauchst mich, wenn das groß werden soll«, schlussfolgerte er.

Amanda lehnte sich zurück, sah sich die Gäste auf dieser Restaurantterrasse an und hoffte, dass keiner darunter war, der sie kannte, denn Hugo redete zu laut, an den Nachbartischen verstummten bereits die Gespräche. Deshalb legte sie den Finger auf ihre Lippen und wies ihn an, leiser zu sein. Hugo beugte sich vor und flüsterte mit wichtiger Miene: »In jedem Drama liegt eine Chance.«

»Das gilt nicht für diese Krankheit!«

»Lass mich doch mal ausreden! Ich meine das anders. Um den Frauen zu helfen, brauchen wir mehr als Perücken und Streicheleinheiten.«

Nun zog Amanda die Brauen hoch. *Was weiß denn der?* Aber sie schwieg, fand sowieso keine Lücke in seinem Wortgeklackere, um ihm zu entgegnen, dass ihr Konzept im Laden nicht zur Diskussion stand.

»Ich greif dir unter die Arme«, sagte Hugo gönnerhaft. »Mehr noch. Du gibst mir deine Kontakte, und ich organisiere, was längst überfällig ist, die Charity. Empfänge, Gesellschaften in Berlin. Die oberen Zehntausend spenden für krebskranke Frauen. Die können mal darüber sprechen, wie das so ist, wie man sich als Wohltäter fühlt. Weißt du, was ich meine? Eine Homestory, eine Exklusiv-Reportage. Interview. Einblicke in Privates. Das lieben Leserinnen.« Er glühte, redete wieder zu laut. Dann lehnte er sich weit über den Tisch, kam nah mit seinem Gesicht, und Amanda erkannte die Schweißperlen auf seiner Stirn, sie dachte, dass er zu angestrengt sei.

»Das ist nicht mein Thema«, bemerkte sie.

»Doch! Spenden, sag ich dir, die können verworrene Wege nehmen, am Ende landen die bei dir, äh, bei uns.« Er senkte die Stimme weiter, flüsterte: »Denk mal nach. Davon reisen wir nach Indien, kaufen Tempelhaar. Kennst du die Tradition dort? Ich habe mich informiert.« Er machte eine Kunstpause, wartete auf ihre Reaktion. Dann redete er weiter wie ein Kenner: »Dort opfern Frauen ihre Haare aus Dankbarkeit. Weil sie geheiratet haben, weil sie krank waren und nun gesund sind, weil sie einen Sohn geboren haben. Wegen allem Möglichen, aber egal. Zurück zu uns: Wir fertigen im großen Stil Perücken und, mal sehen, vielleicht eine Serie mit Cremes für die Kopfhaut und für die Nerven. In Indien gibt es diese Ayurvedafarmen, hast du davon gehört? Die rühren das auf Bestellung an. Müssen wir sehen, wie hier die Behörden reagieren, aber das kriege ich hin. Wir melden Patente an, fertig. Man muss groß denken, nicht kleckern, Amanda.« Er lehnte sich endlich zurück, wie ein Sieger verschränkte er die Arme hinter dem Kopf. Sein Lächeln hatte er nicht verloren, und aus den Augen strahlte der Hintersinn. »Was meinst du?«

Sie dachte, dass sie das, was sie meinte, diesem Pleitefriseur nicht auf die Nase binden würde, dass jeder Kommentar dazu wie ein Verrat an ihren besonderen Kundinnen klänge, denn genau das wollte sie nicht: sogenannte Geschäfte machen. Sie hörte in letzter Zeit häufiger von der Idee, Charity-Veranstaltungen zu organisieren, um die Nöte krebskranker Menschen mehr in den Mittelpunkt zu rücken. Und mit ein wenig Glamour könnte es sogar gelingen, Spendengelder aufzutreiben. Das wiederum fand sie per se gut und richtig, aber nicht auf diese Art, wie Hugo es vorschlug. Da durfte keine Klatschspaltenschönheit sich die Nase vor laufender Kamera pudern, während daneben eine Patientin noch unter den Narbenschmerzen nach der Brust-OP litt. Das passte nicht, das war kein Format, das Amanda sich wünschte, das würde zudem zu viel Geld für Gagen, Personalkosten, Raummieten, Technik und Häppchen mit Sekt schlucken. Gespendetes Geld sollte ohne Abzüge in der Forschung, in den Praxen, in den Kliniken ankommen. Bei den Patientinnen! Es sollte Alleinerziehende mit einer Haushaltshilfe stützen, damit Kraft für die Kinder bliebe, es sollte bei Frauen wie Dorothee ankommen, damit die sich eine ordentliche, eine perfekte Perücke leisten konnten und nicht vor Scham zu Hause blieben, bis sie den Job verlören. Es sollte Menschen helfen, die plötzlich krank wurden und ohne Vorsorge, ohne Reserven dastanden, unfähig, die Miete, die Kredite, den Lebensunterhalt zu zahlen. Und wenn Frauen von den Spenden eine Reise in die Provence, mitten rein in die Lavendelfelder, ermöglicht würde, um dort den Duft zu schnuppern und die Hände nach überstandener Therapie zum Himmel zu strecken, dann wäre auch das sinnvoll. Deshalb stand sie auf, ging um den Tisch und setzte sich neben Hugo. Sie roch sein Parfüm, es roch nach frisch geschnittenem Gras, nach Sommer, und das milderte ihren Ärger über Hugo ein wenig ab. »Hugo, wenn ich etwas unterstützen würde, dann wäre es all das, was Frauen hilft, mit beiden Beinen im Leben stehen zu bleiben. Aber eine Promi-Veranstaltung ist das nicht. Ich will keine Hochglanzborschüre, keinen roten Teppich, auf dem ich in Kameras winke. Das ist Udos Job.«

Er hob beide Hände, wie einer, der sich ergibt. »Ich bin bankrott, da denkt man eben über Alternativen nach.«

»Ich weiß. Und ja, einen Shampoo-Boy brauche ich, aber auf keinen Fall einen Partner, der denkt, das Wort *wir* würde ihn und mich meinen.«

Hugos Lächeln verschwand. Er bestellte ein weiteres Glas Wein, fragte nicht, ob Amanda auch noch eines wolle. »Denk doch mal, du wärst der Platzhirsch. Überschlaf die Sache. Wir brauchen Haare, viele Haare. Indische Haare weisen eine Schuppenschicht auf wie europäische. Das ist genial. Tempelhaare gibt es immer und vor allem für 'n Appel und 'n Ei. Sagt man das so im Rheinland? Du siehst, ich habe nachgeforscht, wer du bist, wo du herkommst.« Er lehnte sich zurück, machte eine Kunstpause. Bevor er weitersprach, nahm er hektisch einen großen Schluck aus dem gerade servierten Glas. »Dann eben ohne Charity. Aber mit einer Linie für Cremes nach der Rasur. Und mehr Werbung für den Laden. Noch was, bitte ändere diesen Namen *AmLe,* der ist doch albern. Nimm deinen vollen Namen. Wenn wir später Partner sind – ja, ja, ich weiß, jetzt kannst du dir das nicht vorstellen, aber warte ab! Dann steht da Rath und Lennart. Das hat doch Ausdruck. Tja, ich bin ein Visionär, Amanda, sei froh, dass wir hier sitzen.«

Sie amüsierte sich über seinen Starrsinn. *Dem Typ steht das Wasser bis zum Hals, und statt ernsthaft um eine Anstellung zu bitten, greift der in die Vollen.* Und gerade als sie ansetzen wollte, seine Fantastereien zum Einsturz zu bringen, da hörte sie, wie ein Mann ihren Namen rief. Sie drehte sich um – und erkannte Fritz. An einem Einzeltisch am Rand, einen halben Liter Wein in der Karaffe und dazu ein

Schmalzbrot. Der Stuhl neben ihm war leer, und auf seinem Schoß lag eine Aktentasche. Er hob die Hand, machte ein Zeichen, ob er kommen dürfe, und Amanda rief quer über die Terrasse: »Ja, bitte, Fritz, kommen Sie doch zu uns an den Tisch«, woraufhin Hugo stöhnte.

Sie fand seinen Gang zu schleppend und seine Haltung zu krumm. *Ein Mann von siebzig Jahren könnte kräftiger sein*, dachte sie und begrüßte ihn freudig. Bevor sie ihn nach seiner Amelie fragen konnte, sagte er: »Sie ist weitergegangen.« Amanda sprang auf und umarmte ihn. Monatelang war er mit seiner Amelie zu ihr gekommen. »Das tut mir leid. Bitte, Fritz, setzen Sie sich.« Er ließ sich schwerfällig nieder. Seine ansonsten sanften Gesichtszüge kamen ihr wie eingekerbt vor, als er weitersprach. »Erst dachten wir, es wäre überstanden, aber dann war die Leber befallen. Es ging schnell, vier Monate …« Er schluckte.

Amanda legte ihm die Hand auf die Schulter. »Wie schrecklich. Möchten Sie morgen in den Laden kommen, und wir reden ungestört?« Ihr Blick fiel auf Hugo, und sie hoffte, er wäre rücksichtsvoll genug, um sich zu verabschieden, zumindest, um auf die Toilette zu gehen. Doch Hugo blieb sitzen und starrte auf Fritz, der seine Aktentasche fest vor der Brust hielt. »Sie fehlt. Ich sitze seit vier Wochen hier auf der Terrasse, immer am Tisch unter dem Baum. Ich wollte zu Ihnen kommen. Doch da gab es nie den richtigen Zeitpunkt.« Er nickte kurz zu Hugo, fragte aber nicht nach dem Namen, stellte auch sich selbst nicht vor, sondern öffnete die Verschlüsse seiner Aktentasche und zog eine Perücke heraus. Kurz geschnitten, blond und lockig. »Die gebe ich Ihnen zurück, Amanda. Ich brauche sie nicht mehr. Meine Amelie sah bis zum Schluss schön damit aus. Überlassen Sie die Perücke einer anderen Frau, ja, das wäre in Amelies Sinn. Da kann eine andere ihre Freude daran haben.«

Amanda drehte den Kopf zur Seite. Sah die Bilder vor sich. Amelie und Fritz, immer Händchen haltend kamen sie an, brachten die Perücke zum Waschen und Kämmen, dann stülpte sich Amelie einen Knautschhut über den Kopf und kündigte an, in zwei Stunden wieder da zu sein. Nie haderte sie, nie beschwerte sie sich über Schmerzen. Und Fritz bewunderte sie für die Duldsamkeit und für die gute Laune. Nun saß er einsam hier, und dass er diese Perücke verschenken wollte, das rührte Amanda. Sie sagte: »Fritz, das wäre nicht hygienisch. Das darf ich nicht annehmen. Sie sollten die Perücke verwahren, wie ein Andenken an Amelie.«

Er sprach es tonlos: »Wissen Sie was? Sie waren uns eine Stütze, aber einen Fehler haben wir in Ihrem Laden gemacht. Erinnern Sie sich an die Rasur?«

»Ja, natürlich. Sie haben ihr die Hand gehalten. Sie haben ihr in die Augen gesehen. Ich weiß es noch genau. Sie haben ihr gesagt: ›Wie bist du schön.‹«

Fritz nickte. »So war es. Aber haben Sie auch gesehen, wie Amelie die Augen zugedrückt hatte, ganz kurz, ganz fest? Da habe ich gewusst, sie hat sich geschämt.« Fritz neigte sich vor, legte seine Hand auf die Lippen und flüsterte: »Sie hat sich vor mir nie wieder nackt gezeigt.«

Da nahm Amanda den Mann noch einmal in den Arm. »Das konnten wir nicht ahnen, Sie beide waren sich immer so nah.«

KAPITEL 33

August 1981

Sie würden zu dritt kommen. Ein Beleuchter, ein Fotograf, eine Redakteurin. »Es soll authentisch sein, Amanda. Arbeiten Sie während der Aufnahmen, wie Sie das immer machen. Nichts Gestelltes. Alltag. Wir wollen mitten rein. Tun Sie so, als wären wir nicht da. Einverstanden? Denn wir brauchen diese ganze ungeschönte, unsägliche Geschichte, wir wollen Antworten auf die Fragen, die unsere Leserinnen sich stellen: Wie begann das Drama, was fühlte die Frau nach der Diagnose? Litten die Kinder? Wie waren überhaupt die Reaktionen der anderen? Hielt die Liebe, oder gingen die Männer? Was waren die dunkelsten und auch die hellen Gedanken? Wir wollen dieser Krankheit das Stigma nehmen, wollen, dass es aufhört mit dem Schämen, wenn die Haare fallen«, hatte die Redakteurin Irene Walter am Telefon gesagt. Sie sprach ruhig, besonnen, da gab es keinen heischenden Tonfall, sondern eine Wärme, die Amanda durch das Telefon wahrnahm. »Konkret: Wir möchten die beiden Frauen ein halbes Jahr durch die schwere Zeit begleiten, von ihrem Gesundwerden erzählen, das kann Mut machen, so was nennt man im Jargon *Reality*, ich nenne es eher *Mitten aus dem Leben.*« Irene hatte gefragt, ob auch eine Visagistin angemessen sei, vielleicht könne die den Frauen Schminktricks beibringen für die haarlose Zeit. Aber Amanda hatte das abgelehnt, sich überhaupt Bedenkzeit erbeten. Drei Tage hatte sie nachgedacht, ob sie solch eine Story in einem Modemagazin wolle, und sich dann entschieden: *Ja! Krisen gehören zum Leben einer Frau – darüber sollte niemand schweigen, sich dafür nicht schämen.* Und sie dachte auch: *Krisen haben einen Anfang und ein Ende, sie sind eine Strecke, keine Ewigkeit.* Deshalb wählte sie die Nummer der Redaktion, verlangte Irene und sagte ohne Einleitung, ohne einen Dank für die Publicity für ihren Laden: »Kommen Sie. Mit Kamera und Mikrofon. Aber keinen Malkurs fürs Gesicht.« Denn sie rate ihren Kundinnen in dieser Zeit der Heilung, nicht zu experimentieren, sich sowieso nicht tätowieren zu lassen mit dicken Balken über den Augen. »Wir Frauen wissen spätestens seit der Pubertät, welche Lippenstiftfarbe zu uns passt. Das müssen wir nicht im Kollektiv in Schminkkursen ändern.« Sie zögerte, überlegte, ob sie das einer Redakteurin eines Modemagazins sagen sollte, doch dann fügte sie an: »Das füllt nur die Kassen der Kosmetikriesen.«

Irene hatte das akzeptiert, hatte gesagt: »Okay, bei diesem Shooting sind Sie der Boss.«

Da wusste Amanda, dass diese Frau richtig wäre für solch eine Reportage, sie würde auf Weichzeichner verzichten und nicht auf die Tränendrüsen drücken. »Schreiben Sie, ein paar federnde Striche da, wo die Brauen waren, eine Umrandung mit dem Kohlestift dort, wo die Wimpern waren. Leicht beigen Puder ins Gesicht. Dann ist die Frau außen schön. Noch schöner ist sie, wenn sie weiß, wo tief drinnen ihre Kraft zum Leben sitzt.«

***

Mit Hugo, der seit einigen Monaten bei *AmLe* arbeitete, hatte sie die Räume am Abend zuvor geputzt, hatte Blumen ins Schaufenster gestellt und auch ein Foto von Catherine, strahlend neben Karl. Ein wenig kam es ihr vor, als ob dieses Shooting das fehlende Steinchen in ihrer Freundschaft war, hatten sie doch beide als junge Frauen in Paris davon geträumt, dass Magazine über sie berichteten. Nun, das Schicksal selbst hatte die Wünsche anders geformt. Catherine war tot und Amanda vom Modezirkus ungefähr so weit entfernt wie von den Eisschollen vor Grönland. *Manchmal überholt die Zeit die Wünsche*, dachte sie und strich über das Foto, auf dem Catherine das Harlekin-Kleid trug, ein Windstoß bauschte den Saum. Damals wollten sie beide berühmt werden wie Karl, damals standen sie am Anfang eines steinigen Weges. *Ich vermisse dich, Catherine.* Ihr Blick ging zur Kirchturmspitze, zur Wolke darüber. *Heute geht es nicht um uns, es geht um meine besonderen, sehr mutigen Kundinnen. Gut so.*

»Da sind sie. Die ganze Ausstattung haben die dabei. Hatte ich mir für meinen Laden auch mal vorgestellt«, bemerkte Hugo und riss die Tür auf. Er war weiß gekleidet, die bunte Krawatte hing lose um den Hals, er trug wieder braune Haare, einen modischen Kurzhaarschnitt wie die Popper, im Nacken rasiert, die Stirntolle bis zu den Wimpern. Dass er mit den jungen Kundinnen flirtete, mochte Amanda, denn damit lockerte er die Stimmung auf. Und dass er talentiert war und sich trotzdem fürs Shampoonieren nicht zu schade, das rang ihr Respekt für den gestrauchelten Kollegen ab. In den nächsten Stunden aber hatte er Redeverbot. »Und lass dein Fabulieren von Trend-Haarschnitten. Trends kreieren gehört nicht zu meinem Konzept.« Er solle sich im Hintergrund aufhalten, denn Männer hätten auf den Fotos, die die leidigen Nebeneffekte von Brustkrebs thematisierten, nichts zu suchen, erinnerte ihn Amanda. Halb im Ernst, halb zum Spaß hob sie den Zeigefinger. Hugo nickte, bot an, Kaffee zu kochen, für

Wasser und Cola zu sorgen und später für Schnittchen. Der vordere Teil des Ladens nämlich blieb heute geschlossen und im hinteren wartete bereits Renate.

Drei Monate waren seit ihrer letzten Chemo vergangen, eine Perücke hatte Renate während der gesamten Zeit nicht getragen. Vielmehr kam sie heute, um sich die kurzen und noch immer blonden Haare erstmals schneiden zu lassen, um zu erzählen, wie sie mit der Krankheit umgegangen war, nämlich mit Ignoranz. Ihre Designertasche stand auf dem Frisiertisch, und sie lächelte in den Spiegel. »Schön fand ich mich auch, als ich haarlos war, bis heute denke ich, wenn ich mich betrachte: *Ich bin schön!* Das habe ich mir mit knallrotem Lippenstift auf den Badezimmerspiegel geschrieben. Das ist mir zum Mantra geworden«, erklärte sie und strich sich durch die kurzen Haare. Sie schluckte mehrmals und fügte leise an: »Hin und wieder sehne ich schon die Mähne zurück. Aber was soll's. Zeiten ändern sich. Heute gibt es eben den Bubikopf. Und wisst ihr was? Dafür bin ich dankbar. Man wird bescheiden in der Krankheit. Die kleinen Dinge sehe ich, vorher gab es für mich nur das Große und Ganze.« Sie zwinkerte dem Fotografen zu. »Wie soll ich sitzen für die Aufnahmen? Was wäre businesslike?« Dann lachte sie, sagte, ihr Unternehmen stehe gut da, trotz allem hielten die Kunden zu ihr, seien die Mitarbeiter klasse. »Manche arbeiten für zwei, wenn ich mal ausfalle. Kommt aber selten vor. Ich reiße mich zusammen, ich lasse mir meine Zukunft von diesem verfluchten Tumor nicht zerfressen. Ja, das ist meine Haltung.« Sie redete plötzlich, als hätte sich eine Schleuse geöffnet, jede Frage von Irene beantwortete sie mit ungemeiner Ehrlichkeit. »Darf ich den Namen meiner Agentur nennen? Werbung im Blatt?«, wandte sie sich an das Team. Bevor jemand antworten konnte, sagte Amanda: »Nicht fragen, machen!« Sie umarmte Renate, flüsterte ihr ein Dankeschön ins Ohr. Dann ging sie zum Vertiko, öffnete die Schublade, in der sie das Skizzenbuch verwahrte, und nahm einen fünfzig Zentimeter langen blonden Zopf heraus, dick und schwer und mit einer pinken Schleife versehen. Renate riss die Augen auf, als sie das im Spiegel beobachtete und stieß tonlos hervor: »Ist das meiner?«

»Ja, das ist mein Geschenk für dich. Ich habe es vernäht, mit Kämmchen versehen. Du kannst den Zopf in die Haare stecken, damit durch die Wohnung tanzen oder im Park und daran denken, was du hinter dich gebracht hast. So tapfer bist du gewesen.« Amanda beugte sich vor und drückte Renate einen Kuss auf die Wange. Oft hatten sie sich mittlerweile gesehen, aus anfänglicher Skepsis war Freundschaft geworden. Und hatte Renate nie die Contenance verloren, jetzt griff sie nach dem Zopf und hielt die Tränen nicht zurück.

Das Team hielt die Szene fest, die Kamera klickte unentwegt. Und mitten ins Blitzlicht hinein sagte Renate: »Und schreiben Sie auch, dass ich heute intensiver bin, ich zögere nicht mehr. Wenn mich eine Sache packt, dann gehe ich da rein, denn Zeit fürs Warten habe ich nicht, hat keiner, schreiben Sie das.« Damit strich sie sich über das weiße Etuikleid. Noch etwas mager stachen die Arme heraus, doch ihre Augen, die zeigten eine Entschlusskraft. Was Amanda bei ihrem ersten Zusammentreffen als unhöflich empfunden hatte, das sah sie heute als Trotz, der nötig gewesen war, um diese Strecke zu bewältigen. Sie flüsterte, »Danke, Renate, das berührt mich«, und gleichzeitig schluckte sie schwer, wandte sich der zweiten Kundin, Ella, zu, bat nun die sportliche Frau vor den Spiegel.

Ella war das, was man eine Spätgebärende nannte, Anfang vierzig und im sechsten Monat schwanger mit dem zweiten Kind. Ihr erstes, ein Mädchen von acht Jahren, wartete mit dem Vater in der Eisdiele nebenan. Dass sie sich bereit erklärte, dieses Interview zu geben, das geschah aus Dankbarkeit gegenüber dem Leben. Dankbar war sie, weil es nach allen Regeln der medizinischen Kunst ihrem ungeborenen Kind gut ging. Sie sagte, dass sie zuversichtlich sei, dass sie an das Beste glaube. »Was anderes bleibt mir nicht, als diese Freude auf mein Kind ganz, ganz hell zu halten.« Trotz der Chemotherapie entwickle sich das Baby im Bauch vorbildlich. »Es ist mein Wunder.« An Irene gewandt, betonte sie: »Und vor diesem Wunder wird der Haarausfall zur Nebensache.« Sie lachte breit in die Kamera. »Ich werde wieder Mutter, trotz Krebs, Chemo, kahlem Kopf, das halten wir aus, mein Kind und ich.«

»So soll es sein«, sagte Amanda, »ich habe noch nie gehört, dass ein Ungeborenes durch den Krebs der Mutter Schaden nimmt. Sie sind alle, die ich kenne, gesund auf die Welt gekommen.« Amanda nahm die Perücke vom Puppenkopf, erklärte, wie Ella sie aufsetzen sollte, von hinten nach vorne, nicht umgekehrt. Dann sagte sie: »Die schneiden wir jetzt pfiffig, so wie du es bist.«

Ella nickte, schloss die Augen, und Amanda hob die Schere, sog die Energie dieser Sekunden in sich ein, setzte den ersten Schnitt und wusste, es würde gut werden. Mit dem ungeborenen Baby, mit der gesamten Familie, die ihr ans Herz gewachsen war, würde das Leben dieser Familie eine positive Wendung nehmen.

Sie sah, wie Ella aus dem Laden ging, den Kopf schüttelnd, prüfend, ob die Haare hielten. Und als sie draußen vor dem Laden in die Hocke ging, um ihre Tochter in den Arm zu nehmen, wuselte die Kleine mit zehn Fingern durch die Perücke, zupfte daran.

»Das ist der härteste Stresstest«, so erklärte Amanda der Redakteurin. »Die sitzt, wie Haare sitzen sollten – fest.«

***

Amanda schlug die neue Ausgabe der *Brigitte* auf, las erst das Inhaltsverzeichnis. Dort stand schwarz auf weiß: *Ein außergewöhnlicher Friseurladen in Berlin.*

Sie blätterte weiter, las die Reportage, fand sie gelungen. Was sie aber erstaunte, das war etwas anderes – eine Homestory über Karl Lagerfeld im selben Heft. Karl vor seiner Bibliothek, Bücher bis an die Decke. Da stand er, sein Lächeln überlegen – und trug einen Zopf. Gebunden im Nacken mit schwarzem Band.

NACHWORT

Und morgen wieder schön ist ein Roman. Das zu erwähnen ist mir wichtig, denn das Thema des Haarausfalls während der Chemotherapie, die Zeit der Heilung, all der Ängste und Hoffnungen während dieser schweren Phase im Leben einer Frau, das wird niemals allgemeingültig in Worte zu fassen sein. Zum weiten Aspekt medizinischer Behandlung kann der Roman keine Hilfe leisten.

So habe ich mich auf die Schicksale meiner Figuren konzentriert, habe ihnen angedichtet, was ich während langer Recherchen erfahren habe vor dem Hintergrund der damaligen Zeit. Frauen gehen unterschiedlich mit der Krankheit um, es gibt so viele Reaktionen darauf, wie es Charaktere und Lebensumstände gibt. Und doch ist mir in den Gesprächen immer wieder die Angst vor dem Haarverlust begegnet und damit die bange Frage, ob die Schönheit verschwindet. Davon handelt mein Roman.

Inspiriert hat mich eine wahre Heldin in Berlin. Elisa Leimbach. Sie war Friseurmeisterin, Visagistin, sie arbeitete in Paris, London, Zürich, New York und später in Berlin. Einige ihrer Erzählungen habe ich in meinem Roman verwebt. Dabei habe ich eine andere Zeit gewählt, als die, zu der Elisa ihren Friseurladen betrieb.

Meine Geschichte spielt in den 1960er- und 1970er-Jahren. Die meisten Figuren sind im Skizzenbuch entstanden und mit dem Schreiben erst lebendig geworden. Sie sind meiner Fantasie entsprungen. In der Essenz jedoch habe ich die unkonventionelle, eigensinnige und immer ehrliche

Art der heimlichen Heldin in Berlin gestreift. Und wenn ich heute zurückdenke, dann ist es vor allem eines, das mir in Erinnerung bleibt: Elisa in rosa Bluse, mit roten Wangen, in Aktion, die Schere in der Hand und den Satz auf den Lippen: *Und morgen bist du wieder schön!*

Wer je ihren kleinen Friseurladen am Ludwigkirchplatz in Berlin betreten hat, dem sind gute Laune und ein liebenswertes Chaos entgegengeschlagen. Es ist ein Wuseln und Lachen gewesen, und obwohl sie es mit jedem Hairdesigner der Welt hätte aufnehmen können, obwohl sie in Paris und später in New York von weltbekannten Modeschöpfern und Fotografen gebucht wurde, ließ sie sich nie vom Glamour verbiegen.

Wenn in ihrem kleinen Friseurladen die Schiebewand den Raum teilte, dann herrschte eine andere, eine ruhige Stimmung. Dann saß eine ihrer besonderen Kundinnen im Ledersessel. Elisa sah hin, fühlte mit, umarmte und begleitete die Frau durch alle Phasen des Krebses. Mich haben diese Szenen hinter der Wand berührt. Einer der letzten Sätze, die sie zu mir sagte, war: »Ich hätte etwas in meinem Leben versäumt, hätte ich diese Arbeit nicht getan.«

Elisa Leimbach starb am 11. Mai 2018.

Ihren Friseurladen gibt es nicht mehr.

***